Het doden van een mens

Guus Kuijer

Het doden van een mens

ATHENAEUM — POLAK & VAN GENNEP
AMSTERDAM 2007

Copyright © 2007 Guus Kuijer
Athenaeum—Polak & Van Gennep, Singel 262,
1016 AC Amsterdam

Omslag Anneke Germers

ISBN 978 90 253 2763 7 / NUR 323
www.boekboek.nl
www.klassieken.nl

Iedereen is zoals God hem heeft geschapen,
en vaak nog erger.

Sancho Panza

Inhoud

Voorwoord 9

Knollendam versus Madrid 11
Het vagevuur en het bezigen van de eigen moeder 20
De jongen uit Los Monegros 28
Over de zondigheid van het bakken in olijfolie 36
Over de bestraffing van lichaamsdelen 43
De meest schaamteloze van alle hoeren 54
De God van de heer Huislamp 62
Een gek, maar een eerlijke gek 69
Liever lijk dan ketter 81
Een wijnbouwer met een schoffel over zijn schouder 93
De potten en pannen van Teresa 104
Een bedremmelde blote mevrouw 117
De heer van slot Binningen 127
Waarom 'jezelf zijn' slecht is voor de gezondheid 141
De verrader van Arend Appelbol 159
Waarom interactief theater zo ontroerend is 171
De logica van de obsessie 184
Over de gereformeerde gezindheid en de geur van
brandend vlees 200
Hoe een ordinaire moord deftig 'de fout van
een tijdperk' werd 214

Voorwoord

De propagandamachine van de westerse wereld heeft het Westen verbonden met positieve begrippen als democratie, vrije markt en vrijheid van meningsuiting, de islamitische wereld met negatieve begrippen als theocratie, terrorisme en fanatisme. Het geraffineerde van deze typeringen is dat ze niet te ontkennen zijn: de meeste westerlingen hebben zich gecommitteerd aan de democratie, de vrije markt en de vrijheid van meningsuiting en inderdaad, theocratische neigingen kunnen de islamitische wereld niet worden ontzegd, terrorisme en fanatisme gaan opvallend vaak gekleed in woestijnkledij.

Toch bekruipt mij het onbehaaglijke gevoel dat ik word meegezogen in het paranoïde wereldbeeld dat zegt: het Goede zijn wij, het Kwade zijn zij.

Wanneer twee partijen strijden, zijn er andere mogelijkheden denkbaar: beide partijen zijn goed, beide partijen zijn kwaad, beide partijen zijn zowel goed als kwaad. De eerste twee mogelijkheden worden wel eens geopperd door een derde partij, maar nooit door de strijdende partijen zelf. De derde positie wordt alleen ingenomen door vriendelijke mensen die niet van ruzie houden en willen bemiddelen. De kans dat deze mensen worden fijngemalen tussen de strijdende partijen is groot. Het paranoïde wereldbeeld dat een Kwaad veronderstelt dat eropuit is het Goede naar de verdommenis te helpen, is blijkbaar te aantrekkelijk om te weerstaan.

Toch hebben miljoenen Europeanen de afgelopen eeuwen met gevaar voor eigen leven geprobeerd het paranoïde wereldbeeld te nuanceren. Zij zijn door hun overheden gemarteld, verdronken, onthoofd en verbrand, maar uiteindelijk heeft dit idee gezegevierd: een andere denk- of levenswijze dan de mijne is lang niet altijd duivels. Dit idee heeft na een strijd van honderden jaren een einde gemaakt aan de vervolging van ketters en heksen, en, na de rampzalige heropleving van het paranoïde wereldbeeld in Hitler-Duitsland, die van joden, zigeuners en homoseksuelen.

De neiging om bij tegenslag een zondebok te kiezen is menselijk, maar daarom niet minder verwerpelijk. De oorlog die gaande is tussen christendom en islam zal niet ophouden als beide partijen elkaar blijven verketteren. Het afschieten van Talibanstrijders veroorzaakt een geboortegolf van Talibannetjes, het opblazen van torens een babyboom van tot de tanden gewapende newborn christians. De kans lijkt me groot dat Europa, net als Erasmus in de zestiende eeuw, wordt fijngeknepen tussen twee partijen die beide heilig geloven in hun paranoïde wereldbeeld.

In dit boek duik ik in de geschiedenis om erachter te komen hoe wij de overtuiging kwijtraakten dat het verketteren van mensen een vruchtbare methode is bij het bestrijden van ideeën. Ik doe dat omdat ik vind dat we moeten onthouden hoeveel bloed, zweet en tranen het onze voorouders heeft gekost om tot het besluit te komen dat het paranoïde wereldbeeld niet deugt.

Tegelijkertijd is dit boek het verhaal van een moord die werd gepleegd in de zestiende eeuw. Ik hoorde daarvan toen ik een paar jaar geleden op een bankje zat in een Spaans stadspark. Wat toen een mistig incident leek uit een grijs verleden, kreeg in de loop van de tijd betekenis. Het was een moord namens God. Omdat we opnieuw worden geconfronteerd met religieus gemotiveerde moorden, heb ik geprobeerd de motieven van de zestiende-eeuwse moordenaar te achterhalen. Was er iets mis met hem of zit er een steekje los aan de religie?

Knollendam versus Madrid

'Het doden van een mens is niet het verdedigen van een doctrine, het is het doden van een mens,' schreef Sebastian Castellio in 1553.

Het lijkt ons nu een open deur, maar de meeste van Castellio's tijdgenoten waren niet in staat te begrijpen wat hij bedoelde. Het martelen en levend verbranden van mensen met afwijkende ideeën was dure christenplicht.

Er was een heftige strijd gaande tussen Goed en Kwaad, tussen God en de Duivel. Eenmaal door de Duivel bezeten werd de mens besmettelijk voor anderen. Ter bescherming van zijn medemensen moest hij worden geëlimineerd, zoals tegenwoordig zieke varkens of kippen dienen te worden 'geruimd'.

Er zaten natuurlijk sadisten onder de inquisiteurs, maar de meeste van hen werden gedreven door oprechte bezorgdheid. Zij vereerden een God wiens humeur in hoge mate werd bepaald door het gedrag van de mens. Eén zondaar kon Hem brengen tot een redeloze uitbarsting van woede. Er volgde een uitbraak van de pest, een aardbeving, hongersnood: rampen die schuldigen en onschuldigen in gelijke mate troffen omdat de verhouding tussen de godheid en de gemeenschap was verstoord. De godheid gedroeg zich als een automaat: je gooide één ketterse gedachte in de gleuf en het ding begon te schetteren.

Ik geef u een voorbeeld waarvoor ik een paar eeuwen overspring en beland bij de aardbeving van 1755 in Lissabon. Ik doe dat omdat Voltaire het 'auto de fe' dat in die stad naar aanleiding van de aardbeving werd georganiseerd zo leuk heeft beschreven.

Wat is een 'auto de fe'? Mijn woordenboek geeft: 'kettergericht'. Dat is juist, maar het klinkt als een saaie rechtszaak. Gelukkig geeft het woordenboek als een van de betekenissen van het begrip 'auto' ook: religieus toneelstuk. Samengevoegd zou je heel goed kunnen zeggen dat een 'auto de fe' een *kettergericht als religieus toneelstuk* was. Op de inhoud en de bedoeling van zo'n opvoering kom ik later terug.

Voltaire schreef vier jaar na de ramp: 'Na de aardbeving die driekwart van Lissabon vernietigde, wisten de geleerden van het land geen efficiënter middel tegen de totale ineenstorting te vinden dan voor het volk een 'auto de fe' te organiseren. De universiteit van Coímbra besloot dat het spektakel van het verbranden van een paar mensen op een laag vuurtje tijdens een grote ceremonie het onfeilbare middel was waarmee zou worden verhinderd dat de aarde opnieuw ging beven. [...] Diezelfde dag nog beefde de aarde opnieuw met een angstaanjagende kracht.'

Tot in de negentiende eeuw zijn er in ons arme Europa mensenoffers gebracht om de razernij van de godheid te kalmeren. Deze godheid was ouder dan het christendom, ouder zelfs dan het jodendom en dus zeer heidens. Hij moest door middel van ingewikkelde rituelen en mensenoffers in het gareel worden gehouden. De Blijde Boodschap van Jezus speelde een uiterst bescheiden rol.

Het rooms-katholieke christendom bepaalde zich tot de ritualisering van gebeurtenissen uit de biografie van Jezus: geboorte, dood en opstanding. Wat de man precies had beweerd, lag begraven onder een dikke dekmantel van kerkelijke tradities.

Iemand zei ooit tegen Teresa van Ávila dat ze een heilige was. 'Dat verhoede God,' zou Teresa hebben geantwoord. 'Men zou er dan later toe kunnen komen mijn gebeente te vereren en mijn werk te vergeten.'

Dat is precies wat er is gebeurd. Je kunt op haar naamdag in Ávila snoepjes kopen die 'de botten van Teresa' of 'de vingertoppen van Teresa' heten, maar haar boeken leest niemand meer.

Zo was het Jezus ook vergaan. Men vereerde de splinters van zijn kruis, maar in zijn woord was men nauwelijks geïnteresseerd. Er bleven wat gemeenplaatsen over.

De hertog van Alva, die na de beeldenstorm van 1566 naar de Lage Landen werd gestuurd om orde op zake te stellen, was zo'n man voor wie rebellie en ketterij één pot nat waren. Hij kon zich niet voorstellen dat iemand behoefte zou kunnen hebben aan een persoonlijk geloof. Hij wist niet eens wat dat wás. Hij wist alleen dat mensen met dergelijke exotische behoeften moesten worden opgehangen. Wie niet voor de Spaanse 'way of life' was, was een ketter/rebel. Wie zich tegen de Spaanse koning verzette, verzette zich tegen God en God was een Castiliaan. 'Wie niet voor ons is, is tegen ons.'

In hetzelfde jaar 1568 waarin Alva begon met het Castilianiseren van de Nederlanden, brak er in de bergen rond Granada een moslimopstand uit van ongekende omvang. Het duurde twee jaar voor de opstand op gruwelijke wijze kon worden neergeslagen. Wat was de oorzaak van die opstand geweest? Dit: dat de moslims in Arabische kleding rondliepen, de taal niet spraken (dat wil zeggen, het Castiliaans niet), er islamitische gebruiken op nahielden en daarom door de christelijke meerderheid werden gepest en gediscrimineerd. De moslims weigerden te assimileren.

De castilianisering van de moslims was mislukt. Met ons, kaaskoppen, zou het evenmin lukken, maar het duurde lang voor de Spanjaarden daarachter kwamen. Met de moslims zou het slechter aflopen dan met ons. Hun lot was mede te wijten aan onze koppigheid, maar daarover later.

*

Ik was geneigd Spanje te zien als een eenheid, maar dat is het niet, nu niet en in de zestiende eeuw ook niet. Het koninkrijk Aragón, dat onder meer de tegenwoordige deelstaten Aragón en Catalonië omvatte, bevond zich in een situatie die enigszins te vergelijken is met die van de Lage Landen. Omdat het land door toedoen van de zeer katholieke Fernando onder de kroon van Castilië was komen te vallen, kreeg het, net als wij, met een hevige Castiliaanse invloed te maken. Er werd in Aragón een eigen taal gesproken (Fabla Aragonesa) die voor Castilianen vrijwel onverstaanbaar was. Deze taal is onder druk van het Castiliaans zo goed als verdwenen, maar wordt op dit moment door idealistische groeperingen weer opgediept en in woordenboeken en grammatica's vastgelegd.

De Catalanen hebben zich beter geweerd: hun taal is springlevend en zij nemen in Spanje dan ook een aparte plaats in. De Inquisitie, die een sterk wapen was in de handen van de kroon, hebben zij tegengewerkt door haar te ridiculiseren en informatie te onthouden. Het aantal verklikkers van de Inquisitie was in Catalonië het laagst van heel Spanje.

Door de ligging van Aragón/Catalonië, aan de voet van de Pyreneeën, was het onmogelijk invloed vanuit het buitenland te voorkomen: ook toen Filips de Tweede de invoer van buitenlandse boeken verbood lagen de boekhandels van Barcelona er vol mee. Aragonese jongeren trokken de bergen over om in Toulouse, Montpellier of Lyon te gaan studeren, tegen de zin van Madrid in, dat, zeker in de tweede helft van de eeuw, het oversteken van de Pyreneeën als een ketterse daad beschouwde. Aan de Franse kant van de Pyreneeën lag namelijk de protestantse provincie Béarn, dat toen Navarre werd genoemd. Jawel! Het protestantisme had de Spaanse grens bereikt! Opstandige geesten uit zowel Aragón als de Nederlanden werden door dat ketterstaatje gesteund. Toen de Aragonese moslims als gevolg van de Castiliaanse politiek in het nauw raakten, zochten zij contact met Béarn. Misschien zijn wij elkaar daar tegengekomen: opstandige moslims en opstandige Nederlanders, beiden vechtend voor het behoud van de eigen identiteit.

Je kunt stellen dat allen die onder de Spaanse kroon vielen, maar geen Castilianen waren of niet als Castilianen werden beschouwd, in hetzelfde schuitje zaten: joden, moslims, indianen, Catalanen, Aragonezen, Vlamingen en Hollanders. Een Spaanse wereldreiziger die zowel Amerika als de Nederlanden had bezocht vond dan ook dat wij op indianen leken.

Wat was de tactiek van Karel de Vijfde bij de castilianisering van Aragón? In Aragón heerste al eeuwenlang een traditie van opstandigheid tegenover de grootgrondbezitters, die eenvoudigweg 'rijkemannen' werden genoemd (ricoshombres), de adel dus. Al in de twaalfde eeuw zwierven er groepen bezitslozen rond in de Pyreneeën, de 'almogávares'. In Spaanse encyclopedieën worden ze opgevoerd als een soort commandotroepen van de Aragonese koningen in de dertiende eeuw, maar ze zijn ouder. In de twaalfde eeuw leefden ze als struikrovers/huursoldaten, en ze waren koningsgezind omdat ze hoopten dat de koning de adel een toontje lager kon laten zingen.

De koningen hebben handig gebruikgemaakt van de natuurlijke koningsgezindheid van het gewone volk en zijn afkeer van de adel.

Ik kan daar een sterk staaltje van vertellen. Toen rond 1485 in Zaragoza, de hoofdstad van Aragón, de Inquisitie werd geïnstalleerd, was niemand daar blij mee, maar een paar adellijke heren waren zo dom om de eerste de beste inquisiteur, Pedro de Arbués, meteen maar te vermoorden, in de kathedraal van la Virgen del Pilar nog wel, voor het altaar! Het gevolg: het volk schaarde zich achter de Inquisitie en Arbués werd zo'n beetje heilig verklaard. Het volk koos niet zozeer voor de Inquisitie als wel tegen de adel. Sommige historici vinden de actie van de edelen zo oliedom dat ze bijna niet kunnen geloven dat de moord geen truc was van de zeer katholieke koningen om de Aragonezen achter zich te krijgen.

Karel de Vijfde heeft in Aragón met tamelijk veel succes met hetzelfde bijltje gehakt en Filips de Tweede heeft het in de Nederlanden ook geprobeerd, maar de tegenstelling tussen volk en adel lag bij ons minder scherp. Tot zijn ergernis en schrik gingen de Vlamingen en de Hollanders achter hun adel staan, zelfs als die adel hen keer op keer verraadde en in de steek liet. Met Alva heeft Filips het 'good cop, bad cop'-spelletje willen spelen: de goede koning tegenover de wrede generaal. Het heeft niet mogen baten.

Aragón was misschien te verwant aan Castilië om zelfstandig te kunnen blijven, de Lage Landen waren te weinig verwant om Castiliaans te kunnen wórden. Veel van onze voorouders wendden zich tot de kerken van de Reformatie om dat anders-zijn uit te drukken. Het protestantisme werd de manifestatie van de Nederlandse identiteit.

De castilianisering van de Nederlanden was misschien geen opzettelijke politiek, maar wel het al dan niet bedoelde gevolg van het besluit van Karel de Vijfde om Milaan en de Nederlanden aan het Imperium te onttrekken en direct onder de Spaanse kroon te brengen. Dit besluit werd effectief na Karels overwinning in Mühlberg, toen de keizer de protestantse vorsten versloeg.

De Spaanse 'way of life' en dus ook het Spaanse katholicisme werd vanaf die datum haast ongemerkt de norm, net zoals het de norm was voor de indianen in Latijns-Amerika, de joden en de moslims in Spanje. Het is de onvermijdelijke wet van het Imperium: wie zich niet te weer stelt gaat erin onder, of dat Imperium nu het Spaanse of het Amerikaanse is.

*

Wat geloofden mensen als Filips de Tweede en Alva eigenlijk? Ik kan u daar een beeld van geven.

Filips had een maffe zoon, Carlos. Die jongen werd een keer ernstig ziek omdat hij van een trap was gevallen. (Hij zat achter de meiden aan als ik me goed herinner.) Omdat de jongen bijna doodging, raadde Alva de koning aan de jongen het gebalsemde lijk van een heilige te laten aanraken. Een andere variant van het verhaal vertelt dat ze de mummie bij die arme jongen in bed hebben gelegd. En wat denkt u? Elf dagen later was gekke Carlos weer beter en kon hij vrolijk zijn hobby hervatten: het martelen van dieren.

Filips was zeker niet enger dan de meeste van zijn tijdgenoten. Hij hield niet van geweld, had een afkeer van stierengevechten en woonde zelden een executie bij. Het griezelige beeld dat we van hem hebben past eigenlijk alleen bij de laatste tien jaar van zijn leven, die hij rouwend om zijn laatste vrouw en ziek doorbracht in het paleis dat 'De Puinhoop' heet, maar dat wij beter kennen onder de naam 'El Escorial'. Marten Toonder had geen betere naam kunnen bedenken, vooral omdat El Escorial het tegendeel van een puinhoop is: een grimmig gebouw van kolossale omvang, dat eerder aan een kazerne dan aan een paleis doet denken.

In de kaartenkamer van Filips zag ik tot mijn vreugde dat het schitterende Knollendam wordt vermeld op de kaart van Holland. Een plaatsnaam die begint met kn moet Filips hebben overtuigd van het slechte karakter van ons volk. Het Spaans kent bij mijn weten maar één zo'n woord: knut, wat inderdaad knoet betekent en naar ik meen uit het Russisch komt. De knoet erover!

Filips was streng als dat gebouw, streng voor de wereld en voor zichzelf. Hij werkte als een paard, zijn leven lang. Hij cijferde zichzelf weg omdat hij ervan overtuigd was dat God hem zijn zware taak had opgelegd. Hij was niet de eerste meneer, noch zou hij de laatste zijn die overtuigd was van zijn goddelijke missie.

Kenmerkend voor Filips was zijn mening over de 'onoverwinnelijkheid' van de Armada. Hij was zeer goed op de hoogte van de inferioriteit van de Spaanse vloot ten opzichte van de Engelse.

Paus Sixtus de Vijfde wilde weten hoe het stond met de Armada en stuurde een gezant naar Lissabon. Garrett Mattingly geeft een gesprek weer van deze gezant met een belangrijke Spaanse gezagvoerder. De vraag was: gaat Spanje winnen? Ik laat het antwoord in het Engels staan omdat het zo leuk klinkt.

De zeeman zei: 'It's very simple. It is well known that we fight in God's cause. So, when we meet the English, God will surely arrange matters so that we can grapple and board them, either by sending some strange freak of weather or, more likely, just by depriving the English of their wits.'

Dezelfde zeeman beschrijft even later gedetailleerd de redenen waarom de Engelse vloot superieur is aan de Spaanse en hij besluit: 'So we are sailing against England in the confident hope of a miracle.'

Ik hoor grimmige ironie in zijn stem. Hij wist ongetwijfeld dat de Engelsen en de Hollanders evenzeer op Gods steun rekenden, maar dat zij hun godsvertrouwen konden baseren op een gemoderniseerde vloot, terwijl de Spanjaarden, nota bene als aanvallende partij, slechts konden hopen op een wonder.

In materiële zin was de Armada in het geheel niet onoverwinnelijk, zij was onoverwinnelijk in spirituele zin. Filips geheime wapen was God, een verpletterend wapen dat het ketterse Engeland node moest missen, zo was het idee. Filips stond niet alleen in de mening dat God een Castiliaan was. Miguel de Cervantes kneep het Andalusische volk uit om de Armada te kunnen bevoorraden in de vaste overtuiging dat God vóór Castilië was en tegen Engeland. Don Quichot kon pas worden geboren na de onthutsende nederlaag van de Armada, waarna, volgens een Spaans historicus, de mensheid de wereld 'op zijn protestants' begon te zien, dat wil zeggen (geloof ik) met de blik van de koopman.

Het leven als één vroom en heldhaftig herenavontuur was een ridicule droom geworden. Het ros Rocinant bleek een oude, afgeleefde knol te zijn en met idealen was geen droog brood te verdienen.

*Het vagevuur en het bezigen van
de eigen moeder*

De eeuw was hoopvol begonnen. Omdat de ene na de andere mafketel de pauselijke tiara op zijn corrupte hoofd zette, was ieder weldenkend mens ervan overtuigd dat de kerk een stevige dweilbeurt nodig had.

De jonge Filips was een bereisd en jolig mens, een liefhebber van feesten, toernooien en amoureuze dames. Vooral voor dat laatste zal menig man begrip hebben. Hij maakte in het buitenland alleen een stroeve indruk omdat hij als rechtgeaard Spanjaard geen woord over de grens sprak. Zijn gewoonte zich in het zwart te kleden ging terug op een Bourgondische traditie. Juist tussen de uitbundige kledij van de anderen stak de koning in het sobere zwart beter af.

Er woei een geest van vernieuwing door Europa. De katholieke wereld was zich een aap geschrokken van Luther, maar vestigde haar hoop op Erasmus, een derdewegger die wellicht in staat was de gebroken kerk te lijmen. Diens vriend Thomas More had bovendien een goede beurt gemaakt toen hij zich als eerste minister van Engeland ontpopte als een fanaticus die menige ketter levend liet verbranden. Die humanisten waren zo gek nog niet! Geleerd en toch zo katholiek als de pest! More begreep dat het niet bij een aanval op het primaatschap van de paus zou blijven. 'Het volk zal het juk van de vorsten van zich afschudden en hun bezittingen tot zijn eigen bezit maken,' schreef hij. De hervormers hebben zich deze waarschuwing aangetrokken en hebben geprobeerd door invoering van een strenge tucht de vorsten gerust te stellen.

Filips las Erasmus en maakte enthousiast aantekeningen in de kantlijn. De invloed van Erasmus was groot in het begin van de eeuw. Maar toen Miguel de Cervantes in 1547 werd geboren, was de hoop alweer vervlogen. De kerk had in de gaten gekregen dat het renaissancistische devies: terug naar de bronnen en dus ook terug naar het evangelie, een regelrechte bedreiging vormde voor het op kerkelijk gezag berustende religieuze leven. Tegenover het gezag van de kerk werd het formidabele gezag van het evangelie geplaatst. Overal doken vertalingen van de Bijbel op, wat betekende dat de mensen zich op de hoogte konden stellen van de inhoud van het geloof zonder tussenkomst van de geestelijkheid.

De kerk reageerde furieus en tot haar eeuwige schande maakte zij van de Bijbel-in-de-landstaal een verboden boek. Het werd verbrand als het werd aangetroffen, soms met de vertaler erbij. Jezus werd in feite een ketterse profeet die de mensen op verkeerde gedachten kon brengen.

*

Er waren, ook in de zestiende eeuw, katholieken die niet konden geloven dat het zover met de kerk was gekomen en die, naïef en idealistisch, de proef op de som namen. Francisco de Enzinas was er zo een. Toen hij werd geboren in 1520 heerste er een betrekkelijke vrijheid van denken in Spanje, maar er waren voortekenen van een naderende ramp. In 1518 strandden pogingen om de Inquisitie te hervormen: geen gebruik meer te maken van anonieme getuigen en geheime cellen, de verdachte op de hoogte te stellen van de aanklacht en te voorzien van een advocaat. Adriaan van Utrecht, die op dat moment bisschop van Tortosa was, werd toen grootinquisiteur. Alle pogingen tot vernieuwing werden door onze flinke landgenoot de grond in geboord. Volgens Adriaan was het juist prima om stiekeme getuigen te gebruiken, verdachten in het onzekere te laten over de aanklacht, ze in cellen op te sluiten die niemand kon vinden en ze vooral door niemand te laten verdedigen.

Vanwege dat klimaat nam Francisco de Enzinas de benen en schreef zich op 4 juni 1539 in aan de universiteit van Leuven. Een keurige, katholieke universiteit, waar niks op aan te merken was. Het kan zijn dat Francisco hoopte dat er misschien nog enig respect voor het weten heerste, terwijl dat in Spanje verloren was gegaan. In Leuven werd het idee geboren dat het leven van Enzinas heeft bepaald: hij nam zich voor het Nieuwe Testament in het Castiliaans te vertalen.

Toch werd het hem in het zeer katholieke Leuven te benauwd. Hij moet hebben geweten dat Erasmus de stad twintig jaar eerder was ontvlucht omdat er fel tegen hem werd gepreekt. Op 27 oktober 1541 schreef Enzinas zich in aan de universiteit van Wittenberg, waar Melanchton hem opnam in zijn huis. Van deze Philippus Melanchton, de belangrijkste discipel van Luther, wordt gezegd dat hij een beminnelijk man was en dat er nooit een onvertogen woord over zijn lippen kwam, maar of dat waar is zullen we later zien.

In Wittenberg voltooide Enzinas zijn vertaling van het Nieuwe Testament en reisde naar Antwerpen om zijn manuscript te laten drukken, want in die stad waren meer Bijbelvertalingen uitgegeven tegen het uitdrukkelijke verbod van Karel de Vijfde in. En nu komt het ongelooflijke: Francisco besloot zijn vertaling persoonlijk aan de keizer te gaan aanbieden. Het lukte hem ook nog, in Brussel.

Dit waren zijn motieven:

1. Het Nieuwe Testament is Gods woord.
2. Ik heb Gods woord zo precies en letterlijk mogelijk vertaald.
3. De keizer is een vroom mens.

Uit die drie gedachten moet hij de conclusie hebben getrokken dat hem niets kon gebeuren.

Hij vergiste zich en wel hierom:

in de Bijbel kan niets worden aangetroffen over de kinderdoop, de drievoudigheid van Gods persoon, het bestaan van een vagevuur, de goddelijke status van Maria, de halfgoddelijke status van de heiligen, de heilzame werking van relikwieën, en zelfs kan met de Bijbel in de hand worden betwijfeld of Jezus een kerk heeft willen stichten, omdat we niet precies weten wat hij met het woord 'gemeente' bedoelde.

Het ontbreken van zo'n groot aantal dogma's die essentieel waren voor de kerk maakte van de Bijbel een ketters boek. Hoe absurd ook, ik kan daarin komen. De Bijbel is Gods woord, allemaal goed en wel, maar God moet het niet beter willen weten dan de kerk.

Er is nog een andere weg waarlangs Enzinas' waaghalzerij te verklaren valt: het geloof in de goedheid van de koning/keizer, die geen weet heeft van de slechtheid van lagere overheidsdienaren. Over de invoering van de beruchte plakkaten schreef hij bijvoorbeeld: 'Zij [de verdorven bestuurders] maken van keizer Karel de auteur van de wreedste plakkaten, ofschoon hij die gelezen noch gezien heeft, laat staan bedacht. Het lijdt bovendien geen twijfel dat hij, met de hem eigen vroomheid en zachtmoedigheid, met één pennenstreek alle goddeloze plakkaten zou vernietigen [...] wanneer hij iets zou weten en merken van de terreur'...

Dit gaat over dezelfde keizer van wie wij weten dat hij zelfs na zijn pensioen, doodziek en misselijk, onvermoeibaar brieven bleef rondsturen waarin hij aandrong op vernietiging van de ketters. Zelfs een intelligente man als Enzinas geloofde in de goedheid van de keizer, let wel: terwijl hij wist van de vernedering van Gent in 1540. Hij geloofde blijkbaar in het sprookje van de koning die 'van niets weet' en die, wanneer hij eenmaal is ingelicht, het arme vervolgde volk recht zal doen. Enzinas ging de keizer dus *inlichten* met behulp van zijn Bijbelvertaling.

Karel de Vijfde nam de vertaling in ontvangst en gaf bij die gelegenheid volgens Enzinas blijk van zijn onbekendheid met de Bijbel. Daarin vergiste hij zich. De *Paraphrases* van Erasmus, een eenvoudige uitleg van het Nieuwe Testament, werden al vanaf 1521 aan het hof grondig bestudeerd.

De volgende dag werd Francisco op het matje geroepen bij de biechtvader van Karel, een zekere Pedro de Soto,* en niet lang na het onderhoud met deze vrome man, op 13 december 1543, werd de arme Enzinas in de bak gegooid. Hij verbleef daar, zonder vorm van proces, tot 1 februari 1545, de dag waarop hij wist te ontsnappen.

In zijn scherpzinnige verslag laat Enzinas De Soto het volgende zeggen:

'Onder katholieken is het enkele lezen van het Nieuwe Testament steeds als de voornaamste oorzaak beschouwd waaruit allerlei ketterijen binnen de kerk zijn ontstaan. En eveneens uitsluitend dankzij het verbod van dat lezen [...] hebben wij ons vaderland Spanje steeds vrij en onbezoedeld van alle ketterse smetten gehouden.'

Voor degenen onder u die theologisch geneuzel vermoeiend vinden: waar de strijd in werkelijkheid over ging was de ontsluiting van de kennis. Diende de kennis te worden voorbehouden aan een kleine groep geleerden of moest het volk er toegang toe krijgen? Dat was de vraag. Kennis, daar had De Soto gelijk in, is gezagsondermijnend. Iedere dictatuur zorgt ervoor dat kennis niet vrij beschikbaar is. Internet bezorgt dictatoren over de hele wereld hoofdpijn.

Door ijverig filologisch onderzoek ontdekte de Spaanse humanist Antonio de Nebrija dat de offerbroden in de tempel van Salomo van *griesmeel* werden gebakken. Onschuldige

---

*Dezelfde De Soto slaagde erin tijdens het korte bewind van Bloody Mary de aartsbisschop van Canterbury op de brandstapel te krijgen. De man, Thomas Cranmer, had geprobeerd zijn leven te redden door onder druk van De Soto en anderen een verklaring te tekenen (met zijn rechterhand) waarin hij afstand deed van zijn protestantse geloof. Daar kreeg hij spijt van. Op de brandstapel stak hij zijn hand in het vuur terwijl hij uitriep: '...zijn onwaardige rechterhand...'.

kennis? Het begint met griesmeel, het eindigt met een verbeten strijd over de substantie van de geconsacreerde hostie en dan is het te laat. Dan is er nog maar één oplossing: de brandstapel.

*

Het zal u zijn opgevallen dat de biechtvader van de Gentenaar Karel de Vijfde een Spanjaard was. De keizer had zich innerlijk afgewend van de Vlaams/Hollands/Duitse wereld die immers vol gezagsondermijnende ideeën zat en had gekozen voor de Spaanse.

Dat zit zo. Stel dat iemand zei: 'Volgens mij bestaat er geen vagevuur,' en velen hebben dat gezegd en velen zijn om die uitspraak gegeseld, gevangengezet, van hun bezittingen beroofd, verbrand, verdronken of levend begraven. 'Broer' Cornelis uit Brugge had hen in een van zijn donderpreken nog zo gewaarschuwd: 'Ik zegge dat degene die niet alleen loochent het vagevier, maar die ook maar een klein weinig en twijfelt aan 't vagevier, dat hij veel meer misdoet dan of hij zijn eegen moeder bezigde...' Dit is protestantse satire, maar niettemin een perfecte beschrijving van de heersende mentaliteit.

Wat was er zo gezagsondermijnend aan de ontkenning van het vagevuur?

De keizer wilde een sterke kerk, die zich weliswaar ondergeschikt maakte aan het keizerlijk gezag, maar die voldoende autoriteit bezat om de eenheid van geloof in het imperium te handhaven en waar nodig te herstellen. De macht van de paus werd voor het gewone volk vooral invoelbaar gemaakt door diens vermogen de tijd die de gestorvenen in het vagevuur moesten doorbrengen te bekorten door middel van de aflaat. Het vagevuur, dat in de twaalfde eeuw was uitgevonden, is onlangs door de kerk geruisloos afgeschaft en ik vraag me af wat we nu nog aan een paus hebben. Niks lijkt me.

Het komt hierop neer: alle ideeën die de kerk minder belangrijk maakten voor het geloofsleven werden opgevat als ketters. Iemand die zei dat het geloof in Jezus het enige was wat een mens nodig had om zalig te worden, kon rekenen op de pijnlijke interesse van de Inquisitie.

Luis de León, een van de belangrijkste Spaanse dichters van de zestiende eeuw, ging vanaf 1572 ruim vier jaar de cel in omdat hij het Hooglied niet als geestelijk lied maar als een wereldlijk lied had vertaald. Het Hooglied diende gezien te worden als een liefdesverklaring van Christus aan de kerk!

Ergens rond 1538 raakte het erasmiaanse streven naar waarheid uit de mode. Het kwam voortaan alleen nog op gehoorzaamheid aan. Dat gold voor zowel het katholieke als het gereformeerde kamp. Calvijn verdiepte de onmondigheid van de mens door Luthers predestinatieleer aan te scherpen, Ignatius van Loyola zag in blinde gehoorzaamheid aan de kerk de enige overlevingskans van het katholicisme. Het kleineren van de mens moest op den duur wel tot secularisatie leiden: als de mens zijn waardigheid niet kan vinden in de kerk, zoekt hij het elders.

*

Na 1539 geloofde Karel niet meer in een verzoening van de Moederkerk en de Reformatie. Erasmus was (ook letterlijk) dood. In 1530 had Erasmus geprobeerd vanuit Freiburg de rijksdag van Augsburg te beïnvloeden. 'Hoofdzaak in onze godsdienst is vrede en eensgezindheid. Maar deze kunnen nauwelijks bestaan zolang wij alle punten willen definiëren en niemand vrij durven laten in zijn oordeel.'

Karel de Vijfde zag de eendracht als een deugd en de tweespalt als een kwaad. De voluntas propria behoorde ondergeschikt te zijn aan de voluntas communis.

'Vrijlaten' in erasmiaanse zin, was een onbegrijpelijk concept. Hoe kon je vrijlaten en samenbinden tegelijk? Zowel de moederkerk als de reformatorische zag zich als de universele kerk. De gedachte dat beide kerken naast elkaar zouden kunnen bestaan onder de vlag van koning Christus was net zo vreemd als een aarde die om de zon draaide.

Er moest een beslissing worden genomen, een knoop worden doorgehakt. De keizer zag nog maar één oplossing: de militaire. Spanje, Italië en de Lage Landen moesten een gezagsgetrouw militair blok vormen tegenover de opstandige lutherse landen.

Wij leven bijna vijfhonderd jaar later. Onder de mensen die van mening zijn dat het mogelijk is anderen met geweld een manier van denken op te leggen, zitten opmerkelijk veel christenen en moslims, groepen die merkwaardig genoeg ernstig onder die opvatting hebben geleden.

Het raadselachtige is dat Karel de Vijfde inzag dat de eenheid voor altijd verloren was. In 1541, tijdens de rijksdag van Regensburg, zei hij: 'De protestanten beoorlogen is nutteloos, want zij zullen, zelfs verslagen, hun opvattingen niet prijsgeven.'

En toch trok hij ten oorlog.

Het hoeft ons niet te verbazen. Tot op de dag van vandaag stort de wereld zich in oorlogen-tegen-beter-weten-in. En Nederland doet daar enthousiast aan mee.

De jongen uit Los Monegros

In de noordelijkste provincie van Aragón, Huesca, ligt een landstreek die Los Monegros heet. Het is een oud en versleten gebied vol vermoeide tafelbergen die niet, zoals u misschien denkt, zwart zijn, maar roestbruin. Als er niet zoveel werd gesproeid ten behoeve van de landbouw, zou Los Monegros door bewoners van onze moerasdelta voor een woestijn kunnen worden aangezien. Het is er droog en hard. Wanneer je naar het noorden kijkt zie je de toppen van de veel jongere Pyreneeën. Kijk je naar het zuiden dan lijkt Los Monegros zich uit te strekken tot aan het einde van de wereld. Als je de eenzaamheid zoekt, hier is ze. Ik mag er graag komen. Vogelliefhebbers kan ik misschien plezieren met de grote trap, die er rondloopt alsof hij een kievit is. Verder is er niks, behalve een paar herinneringen. Bijvoorbeeld de herinnering aan Ramon J. Sender, de schrijver die hier in het begin van de vorige eeuw werd geboren en onder generaal Franco in ballingschap moest.

Als je naar het landschap kijkt weet je dat hier taaie en koppige mensen worden geboren. Sender schrijft ergens dat hij als kind gieren ving door zich onder een kadaver te verstoppen. Vale gieren zullen het zijn geweest, enorme vogels met geduchte klauwen, die zijn kleren kapot scheurden. Sender bond het beest een schapenbel aan en liet hem los, waarna de boeren verbaasd opkeken als het kling-klong kling-klong boven hun hoofd cirkelde. Zulke grappen. Platteland weet u, zeer platteland.

Er leeft hier nog een herinnering.

Wanneer je van Sariñena naar het zuiden rijdt, zie je aan je rechterhand het klooster van Sijena, gebouwd op een plek waar ooit de Maagd is verschenen. In een van de balken die zich lang aan het oog hebben onttrokken, is een Arabische naam gegraveerd in Arabische lettertekens, vermoedelijk de naam van de architect. Het klooster is oud, het stamt uit de twaalfde eeuw, maar ziet er nieuw uit omdat het in 1936 door republikeinse troepen in antiklerikale razernij werd verbrand en later werd gerestaureerd. De archieven zijn in vlammen opgegaan. Dat is jammer, want misschien hadden we in die archieven kunnen lezen welke slimme jongens uit het aanpalende dorp, Villanueva de Sijena, in het begin van de zestiende eeuw daar naar school zijn gegaan en wie hun leraren waren. In het dorp zelf staat een kerk, die door dezelfde troepen in de fik is gestoken. Dat is vooral jammer vanwege het altaar dat toen verloren is gegaan. Er is geen foto of tekening van bewaard gebleven. Het zou ontroerend zijn het te kunnen zien. Het was een geschenk van een familie uit het dorp, een boetedoening, een blijk van schaamte om een rebelse zoon. Een familie die na de dood van de verloren zoon de familienaam waaronder hij berucht was geworden niet meer wilde dragen en zich voortaan 'Revés' noemde.

De verloren zoon uit deze vrome familie, afkomstig uit dit gat in Los Monegros, eindigde op de brandstapel. Ik ga u het verhaal van die jongen vertellen. Hij is de hoofdpersoon van dit boek.

*

Midden in Villanueva, in de Ramon J. Senderstraat nummer 21, staat een fors herenhuis dat altijd bekend heeft gestaan als Casa de Revés. Veel dorpshuizen in Aragón, vooral wanneer het deftige huizen zijn, dragen de naam van de familie die er ooit heeft gewoond.

In dit huis, waarschijnlijk op 29 september 1511, werd Miguel Serveto Conesa, alias 'Revés' geboren. Hij zou beroemd worden als Miguel Servet. Hij is de minst bekende beroemdheid ter wereld denk ik, zelfs in Aragón, waar pleinen, straten en scholen naar hem zijn genoemd. Ook Villanueva heeft een Miguel Servetplein en voor de kerk staat een niet zo best beeld dat hem zittend voorstelt met het boek in de hand dat zijn dood werd, zijn *Christianismi restitutio*. Het beeld staat op de plek waar de Inquisitie hem liet verbranden 'in effigie': omdat ze hem niet te pakken konden krijgen werd zijn beeltenis verbrand.

Het standbeeld van Servet is er gekomen omdat aardige mensen vonden dat hij geëerd moest worden, juist op die plek. Het is goed bedoeld, maar ik vind het wrang dat Miguel daar zit, voor de kerk die hem heeft willen verbranden en die hem erkent als wetenschapper, maar zijn geloofsopvattingen doodzwijgt.

Het stadspark van de provinciehoofdstad Huesca is ook genoemd naar Miguel Servet. Ga daar op een bankje zitten en vraag de mensen wie toch die Miguel Servet was. Ze zullen zeggen: 'Een medicus.' En als zij slim zijn zullen zij roepen: 'De kleine bloedsomloop!' Ze zijn opgeleid aan katholieke scholen weet u.

Wij Hollanders worden calvinisten genoemd, maar wat zullen de mensen antwoorden als je hun naar Johannes Calvijn vraagt? Dat we van hem op zondag niet mogen winkelen? Zoiets. Weinigen zullen antwoorden: 'Nou, dat was een gereformeerde moordenaar.' Terwijl het een en het ander waar is. Calvijn was gereformeerd en hij was een moordenaar.

Hollanders zijn opgeleid in een calvinistisch land weet u. De eer van het vaderland is in het geding. Zowel in Spanje als in Nederland.

*

Dar un revés betekent iemand een draai om zijn oren geven, maar ik betwijfel of de familie Servet alias Revés bekendstond als handtastelijk. Het lijkt me eerder een brave en vrome familie met een vader die voor zijn zonen een goede opleiding wilde. Ze zullen des zondags naar de mis zijn gegaan in de dorpskerk. Het zal ze zijn opgevallen dat de dorpspastoor van het geloof niet veel meer wist dan wat uit het hoofd geleerd potjeslatijn en slechts een flauw vermoeden had van wat er in de Bijbel stond. De lagere geestelijkheid was niet alleen in Spanje, maar in heel Europa pover opgeleid. Thomas Platter schreef rond 1520 over de situatie in Zürich: 'Ze worden priester met als enige bagage een beperkt praktisch begrip van de kerkzang. Ze bezitten geen enkele grammaticale kennis, wijden zich geen moment aan het overpeinzen van de heilige teksten.'

Na 1565 werd in het kader van de Contrareformatie dan ook gesproken over de noodzaak de Spanjaarden te kerstenen omdat de lagere geestelijkheid en de gewone mensen vrijwel niks van het geloof af wisten. Vanaf dat jaar besloot Filips de Tweede dat bisschoppen in het vervolg theologen moesten zijn; voor die tijd kon ieder rijkeluiszoontje bisschop worden.

Ik citeer uit *Het Geuzenboek* van Louis Paul Boon over de situatie in Vlaanderen: 'Op driehonderd ondervraagde monniken waren er meer dan honderd die de Tien Geboden niet konden opzeggen [...]. Daarbij waren meer dan twintig monniken die niet wisten wat het Onze Vader was...'

Erasmus overdreef misschien een beetje toen hij in de *Lof der Zotheid* over de monniken schreef dat 'zij het een bewijs van de grootste vroomheid achten als zij zich zo ver houden van alle wetenschap dat zij zelfs niet kunnen lezen'.

Je zou kunnen zeggen dat de katholieke kerk in de eerste helft van de eeuw weerloos stond tegenover de geletterde aanval van de Reformatie. Maar ook het gereformeerde volk was matig geschoold. Katharina Zell, een belangrijke protestantse uit Straatsburg, die ik later nader aan u zal voorstellen, schreef in 1557 dat de armen 'niet weten wie Christus is'.

En de kerkgangers? Er zullen weinig boeren of schaapherders tussen hebben gezeten, want het ongeloof onder het gewone volk was groot. Over het bestaan van een hiernamaals heerste op zijn minst scepsis. En ziedaar: hiermee sloten de analfabeten naadloos aan bij de filosofie van die verbazingwekkende professor uit Padua, Pietro Pomponazzi (1462-1525), die stelde dat 'alle godsdienststichters* de ziel onsterfelijk hadden verklaard, niet bekommerd om de waarheid, maar uitsluitend [ter bevordering van de] rechtschapenheid, om de mens naar de deugd te leiden'. De leer van de ontsterfelijke ziel had volgens Pomponazzi niets met de waarheid te maken, maar alles met opvoedkunde.

Kinderen vanaf een jaar of negen en ongeletterde mensen weten vaak een scherp onderscheid te maken tussen waarheden die ertoe doen en pedagogische praatjes voor de vaak, vandaar dat hier de opvatting van een zeergeleerde samenviel met een wijdverspreid scepticisme onder het gewone volk.

Er was bovendien voor de armen geen 'eer' te behalen in de kerk. 'Eer' was voorbehouden aan de geslaagden. Zij die rijk waren geworden konden hun eer vergulden met vertoon van vroomheid, maar de bezitsloze kocht weinig voor vroomheid.

Soms trad de Inquisitie op tegen opvattingen van eenvoudige lieden.

Een herder had een keer het volgende verkondigd: 'Wat voor biecht is dat die je aflegt bij een pastoor die net zo'n zondaar is als ik, de volmaakte biecht leg je af tegenover God.'

Een ander zei: 'Ga nou gauw! God is in de hemel en niet in die hostie van brood die jullie eten tijdens de mis.'

Een vrouw zei: 'Hemel en hel bestaan niet.'

---

*Alle godsdienststichters? Mozes kende de onsterfelijke ziel niet, noch hemel of hel.

De Inquisitie strafte deze lieden betrekkelijk mild, want zei ze, deze lasterlijke opmerkingen kwamen eerder voort uit stompzinnigheid of zwakbegaafdheid dan uit ketterse opstandigheid.

Het valt op hoe ver deze eenvoudige mensen met hun nuchtere vroomheid hun tijd vooruit waren.

Miguel moet als plattelandsjongen ook met volkse opvattingen in aanraking zijn gekomen en met de mentaliteit daarachter: een boerse koppigheid waar de kerk nooit vat op heeft gekregen.

Wanneer Miguel tijdens de mis heeft rondgekeken, zal hij in de kerk behalve de gebruikelijke afbeeldingen van de gekruisigde, diens moeder en een handvol heiligen, de zogenaamde *sambenitos* hebben zien hangen: de boetekleding van parochianen die ooit door de Inquisitie waren veroordeeld. Zij werden in de kerk gehangen tot voortdurende schande van de betreffende families en tot stichting van het devote kerkvolk. Het bestond uit een soepjurk waarop in het gunstigste geval een andreaskruis was geschilderd, in het ongunstigste geval een portret van de veroordeelde omringd door gretige vlammen. De soepjurk werd gecompleteerd met een mijter, een hoofddeksel dat, ik geef het toe, uiterst geschikt is om van de meest eerbiedwaardige persoonlijkheid een pias te maken.

Het zal Miguel nieuwsgierig hebben gemaakt naar de motieven van deze 'zondaars'. Dat denk ik, omdat ik me herinner hoe de slechteriken in de Bijbel mij als kind fascineerden: Goliat, Izebel, ja, zelfs Judas, een fascinatie die de kiem van tegenspraak in zich draagt.

*

Miguel was een leergierig jongetje, dat is zeker, maar waar kon zo'n jongetje terecht? Waarschijnlijk niet bij de pastoor dus.

Waar kan Miguel zijn vroegste onderwijs hebben ontvangen? Misschien volgde hij zijn eerste lessen in het klooster van Sijena, maar daarna?

Er worden in de Servetliteratuur allerlei mogelijkheden geopperd waarvan ik de augustijner gemeenschap in de versterkte abdij van Montearagón de aantrekkelijkste vind. Vraag me niet waarom, maar als u het me toch vraagt zeg ik: mooie plek met uitzicht op de Sierra de Guara en de provinciehoofdstad Huesca op één uur loopafstand. Bovendien, en dat is belangrijker, hadden de augustijnen zich, raar maar waar, ontwikkeld tot tamelijk progressieve monniken, dit in tegenstelling tot de dominicanen en de franciscanen. De eersten die om hun luthers geloof in Europa werden verbrand waren twee Antwerpse augustijner monniken (Brussel 1523).

Goed, ik kies voor de augustijnen in het kasteel van Montearagón. Wie van Huesca in de richting van Barbastro rijdt, ziet het liggen aan de linkerkant van de weg: een indrukwekkende ruïne, die tergend langzaam wordt gerestaureerd. Wie het wil bezoeken moet bij Quicena linksaf en dan een keurig geasfalteerde weg volgen tot vlak onder het kasteel. Er is meestal niemand.

Of Miguel in de abdij van Montearagón school is gegaan weet niemand, maar wel is zeker dat de belangrijkste mentor uit zijn jeugd sterke banden had met Montearagón en er zelfs in zijn latere leven abt werd.

Hij heette Juan de Quintana en was een geestelijke afkomstig uit Huesca. Miguel Serveto trad bij hem in dienst toen hij veertien jaar oud was, als page en als secretaris.

In de figuur van Quintana komen alle belangrijke theologische en maatschappelijke vraagstukken van die tijd samen: Erasmus, 'de alumbrados', de Reformatie en de 'conversos'.

Zoals zoveel enthousiaste mensen uit het begin van de eeuw was Quintana een erasmiaan, hoewel hij wel degelijk bedenkingen tegen Erasmus had.

Erasmus was een renaissancemens die terug wilde naar de bron, dus ook naar het evangelie. Toen hij uitkwam met zijn vertaling van het Nieuwe Testament bezorgde hij de christenheid een onaangename verrassing. Erasmus had ontdekt dat de enige tekst uit het evangelie die de triniteitsleer ondersteunde corrupt was en liet hem dus weg.

De tekst, de eerste brief van Johannes 5:8, althans het gedeelte dat achter de komma begon, stond de bisschoppen tijdens het Concilie van Nicea blijkbaar niet ter beschikking, want anders hadden ze hem wel tegen Arius in stelling gebracht toen deze de drievoudigheid van Gods persoon ontkende. Onze eigenste Sinterklaas gaf Arius bij gebrek aan argumenten een klap in zijn gezicht.

Het leek zo onschuldig. Erasmus had niet de bedoeling de triniteitsleer aan te vallen, maar de eerste heftige Spaanse aanval tegen Erasmus betrof diens zuiver wetenschappelijke behandeling van de nieuwtestamentische tekst. Die aanval is begrijpelijk, omdat de actie van Erasmus revolutionair was. Ik zal dat proberen te verduidelijken met een voorbeeld.

In Alcalá de Henares had een groep geleerden een drietalige Bijbel uitgegeven. Aangekomen bij de *Comma Johanneum* besloot men deze tekst, die dus alleen in het Latijn bestond en niet in de oorspronkelijke taal, het Grieks, alsnog in het Grieks te vertalen om zodoende de Latijnse kolom met de Griekse in overeenstemming te brengen.

De geleerden van Alcalá vonden het beschermen van een filosofie belangrijker dan het respecteren van een tekst. Zij waren er niet op uit om te vervalsen, laat staan te bedriegen: zij vonden het onverantwoord het fundament onder een schitterend gebouw te ondermijnen. Dat was het revolutionaire van Erasmus. Hij zei niet dat er geen schitterend gebouw was, hij zei dat het fundament eronder ontbrak, daarmee gewild of ongewild suggererend dat het op instorten stond.

Over de zondigheid van het bakken in olijfolie

Juan de Quintana was betrokken bij een hoge kerkelijke commissie die in 1527 in Valladolid bij elkaar kwam om tot een oordeel te komen over het werk van Erasmus. De zestienjarige Miguel bevond zich als page in zijn gezelschap.

Een page was een knecht, maar wordt ook wel omschreven als 'vertrouweling' en de titel 'secretaris' wijst erop dat Miguel meer is geweest dan een simpel knechtje. Waarschijnlijk voldoet noch het woord 'page' noch het woord 'secretaris' om Miguels positie te beschrijven. Die wordt duidelijk als je hem vergelijkt met de positie van de jonge Thomas More ten opzichte van kardinaal John Morton. More bediende de tafel van de kardinaal, maar hij schreef dat hij van jongs af aan in het paleis van de kardinaal werd 'opgevoed'. Het Spaans kende voor die positie het woord 'criado', dat tegenwoordig 'knecht' betekent, maar is afgeleid van het werkwoord 'criar': grootbrengen. Een criado was vroeger een leerling die tevens diensten voor zijn leermeester verrichtte.

Het is goed mogelijk dat Miguel, als criado, op de hoogte is geweest van de inhoud van de beraadslagingen, maar of het in Valladolid is gebeurd of elders: de naam Erasmus heeft zijn belangstelling gewekt, misschien niet eens zozeer om de zogenaamde *Comma Johanneum*, als wel om het vertrouwen dat Erasmus stelde in het evangelie als afdoende bron van geloof.

Er was meer. In Valladolid werden tweeëntwintig punten tegen Erasmus in stelling gebracht. Sommige daarvan zullen Servet aan het denken hebben gezet. Er werd beweerd dat Erasmus uitspraken had gedaan:

tegen de drie-eenheid van Gods persoon
tegen de goddelijkheid van Christus
tegen de doop
tegen het gezag van de paus
tegen de straffen in de hel.

De commissie van Valladolid heeft zich niet duidelijk voor of tegen Erasmus uitgesproken, omdat vanwege een uitbraak van de pest de vergaderingen moesten worden gestaakt. Quintana schijnt een gematigd conservatief standpunt te hebben ingenomen. Hij vond Erasmus 'weinig katholiek' zonder tot een duidelijke veroordeling te komen.

Zeker is dat Erasmus' opvattingen de kerk op haar grondvesten deden schudden. Hij was een persoon die spotte en tegensprak. Wat is er voorbeeldiger voor een puber afkomstig uit een dorp te midden van niks die snakt naar nieuwe gedachten en nieuwe werelden?

Ik lees het nergens, maar zouden de soms onnavolgbare theologische haarkloverijen van al die hervormers uit de zestiende eeuw niet gedeeltelijk te verklaren zijn uit de minder vrome behoefte zich individueel te onderscheiden, door tegenspraak individu te worden? Het zou in ieder geval goed passen bij de psyche van de puber die Miguel toen was en bij de puber die de mensheid toen was: in de overgang van groepsdenken naar individueel denken. De kerk gedroeg zich als de vader die het beter weet. De kinderen begonnen zich tegen pappa in Rome te verzetten en pappa, die niet aan tegenspraak gewend was, mepte in paniek om zich heen.

Het is niet waarschijnlijk dat Miguel toen al, in 1527, veel van Erasmus gelezen had. Erasmus betekende voor Miguel misschien wat Sartre voor mij betekende in mijn puberteit. Ik had slechts één boek van de man gelezen en ik begreep het maar half. Veel belangrijker was dat mijn opvoeders bedenkelijk hun wenkbrauwen fronsten bij het horen van zijn naam.

*

Er ging in het begin van de zestiende eeuw een hunkering door Europa, een verlangen naar een enthousiast en geestdriftig leven. Dat enthousiasme en die geestdrift projecteerde men doorgaans op het woord 'God'. Het is voor mij als ongelovige moeilijk na te voelen waarom heftige interesse, weetgierigheid en vervoering de vorm moesten aannemen van vroomheid. De gedachte dat men 'eigenlijk, diep in het hart' ongelovig was, is verleidelijk. Maar telkens wanneer die gedachte in mij opkomt spreek ik mezelf bestraffend toe. Ik moet proberen die mensen op hun woord te geloven. Wanneer, omgekeerd, een gelovige tegen mij zegt dat ik 'eigenlijk, diep in mijn hart' gelovig ben, vind ik dat immers ergerlijk. Ik moet aanvaarden dat Erasmus gelovig was. Hij had een hekel aan het geloof in wonderen, maar bleef een volgeling van de grootste wonderdoener aller tijden. Onbegrijpelijk, maar waar.

Toen sommige mensen de pastoor als ultieme autoriteit ter zijde schoven, zagen ze tot mijn verbazing niet een stralend blauwe lucht, de leliën des velds of een hijgend hert, zij zagen God en waren verrukt. Zoals de ontdekking van Amerika de mensen verraste met een spectaculaire, nieuwe wereld, zo verraste de mogelijkheid om persoonlijk met God in contact te treden een aantal mensen met een ongekend intens geloofsleven. Stel u voor: men heeft u in de bioscoop altijd films vertoont met het roodpluchen gordijn gesloten. Het gordijn wordt weggetrokken en u ziet voor het eerst een film op het witte doek daarachter.

Dit hebben de alumbrados meegemaakt: zij zagen het Licht, niet geprojecteerd op de zwarte jurk van de pastoor, maar direct op het witte doek van hun ziel. De verrukking die ze daarbij ervoeren kan ik navoelen, want ik ken de opwinding die gepaard gaat met een nieuwe manier van kijken. Je schiet ervan uit je schoenen en het gekke is, als je ze daarna weer probeert aan te trekken, wringen ze.

Het alumbradisme (alumbrar = licht geven of verspreiden) ging uit van principes die opmerkelijk protestants aandoen, maar aangetoond is dat de beweging al voor het optreden van Luther is ontstaan. Hun uitgangspunt was: de innerlijke ervaring is belangrijker dan de autoriteit van de kerk. Daaruit volgde dat er niet meer nodig was dan het geloof in God en Christus om zalig te worden. Het kwam er in feite op neer dat de kerk ter zijde werd geschoven ten gunste van een individuele religiositeit, die zich nogal eens uitte in een extatische gemoedsgesteldheid. Erasmus kwam daar in zijn *Lof der Zotheid* ook op uit: de extase, de zotheid, het buiten de rede raken, maakt een versmelten met God mogelijk. Toen de later zo heilig geworden Teresa van Ávila last kreeg met de Inquisitie, ging het om het idee dat de mens door middel van gebed van zijn ziel Gods woning kon maken, zonder hulp van de kerk dus.

De beweging vond veel aanhangers in en rond de universiteit van Alcalá de Henares en naar men zegt vooral onder conversos, dat wil zeggen, christenen van joodse afkomst. Door een geloof te verinnerlijken en te onttrekken aan het gezag van de kerk maak je het vrij en kun je binnen de muren van je lichaam geloven wat je wilt. De alumbrados lieten zich leiden door 'Gods geest' en praktiseerden hun geloof naast of buiten de kerk. De meeste christenen van joodse afkomst waren oprechte christenen, ook al waren hun grootouders met het mes op de keel 'bekeerd'. Toch kan het heel best zijn dat bij velen een zekere weerzin is blijven bestaan tegenover bepaalde dogma's en rituelen van de kerk. De trinitietsleer bijvoorbeeld, die stelt dat Jezus 'vanaf eeuwig' tot de goddelijke persoon behoorde en Jezus dus gelijkstelde aan God, en de Heilige Communie waarmee de goddelijkheid van Jezus werd gevierd. Ik kan me voorstellen dat dit ook voor 'bekeerde' joden en moslims generaties lang moeilijk te aanvaarden geloofspunten waren.

De religieuze extase waarin Gods aanwezigheid persoonlijk werd beleefd, was voor het jodendom gesneden koek. In het Oude Testament wemelt het van dat soort ervaringen. Abraham praat met God, Jacob worstelt met Hem, Mozes ziet Hem en volgens David is God overal en kun je Hem dus ook overal ontmoeten.

Juan de Quintana heeft zich vanaf 1525 intensief bezig gehouden met deze alumbrados en zijn criado Miguel zal zeker iets van hun licht hebben opgevangen.

*

Quintana zat ook in een commissie die door Karel de Vijfde naar Granada werd gestuurd om daar het probleem van de 'moriscos' te onderzoeken.

Tot de val van Granada in 1492 werden de moslims in Spanje 'moren' genoemd. Onder christelijk bestuur werden zij 'mudéjares'. Zij werden iets later dan de joden voor een verschrikkelijke keus gesteld: óf de ballingschap óf de doop. Vanaf 1499 werden de duimschroeven aangedraaid en braken de eerste rellen uit: in het Albaicín, in Granada, later beroemd gemaakt door Federico Lorca, toen het vooral een zigeunerwijk was geworden.

Vanaf 1502 werd de islam in heel Castilië verboden. De mudéjares werden nu moriscos genoemd, dat wil zeggen: tot het christendom bekeerde moslims.

De commissie van 1526 waarvan Quintana deel uitmaakte en waar Miguel via hem bij betrokken was, hield zich bezig met het gebruik van de Arabische taal, de Arabische manier van kleden, het slachtritueel en de besnijdenis van de moriscos, waaruit blijkt dat de moslims ondanks hun zogenaamde bekering hun islamitische gebruiken niet hadden opgegeven. In datzelfde jaar werd een verbod uitgevaardigd op het gebruik van de Arabische taal, het dragen van Arabische kleding en het voeren van een Arabische naam. Ik zeg erachteraan: het mocht niet baten. De moslims lieten zich niet assimileren. Zij waren Arabisch sprekende Spanjaarden, zij woonden al zevenhonderd jaar in Spanje, zij waren niet minder Spanjaard dan de Castilianen, het enige wat zij niet waren was katholiek. De vraag was toen en is nu nog: wanneer beschouwen we een minderheid als bij 'ons' behorend? Na een eeuw? Na twee eeuwen? Of nooit? Hoeveel eigenheid staan 'we' een minderheid toe? Wat is er eigenlijk zo gevaarlijk aan taal, kleding en naam?

De aardige Hernando de Talavera, de eerste aartsbisschop van Granada, leerde op zijn oude dag Arabisch om zich bij de moriscos verstaanbaar te kunnen maken. Zijn aanpak werd algauw als te soft van de hand gewezen. Ik houd van mensen als Talavera, omdat de zachte krachten zeker zullen winnen in 't eind. Hernando de Talavera was een converso. Hij, zijn ouders en zijn voorvaderen wisten wat vervolging was, wat minachting in mensen teweegbrengt. Arabisch leren betekende moeite doen en daarmee laten zien dat de ander er mag zijn.

Weet u wat in 1526 eveneens ergerlijk werd gevonden? Dat de moriscos geen wijn dronken, geen varkensvlees aten en *dat ze alles in olijfolie bakten*. De ware christen bakte met behulp van varkensvet moet u weten.

Augustinus had van alles tegen de joden, ze mochten niet als volwaardige burgers in de christelijke gemeenschap worden opgenomen, maar ze mochten niet worden gedood. Ketters wel. Dus toen de joden gedwongen werden om zich te laten dopen, daardoor christen waren geworden en vervolgens werden betrapt op het uitvoeren van joodse rituelen of het handhaven van joodse gebruiken, konden zij worden behandeld als ketters en ze vielen dan ook onder de jurisdictie van het Heilig Officie. Hetzelfde was het geval met de moriscos.

Ik weet niet hoeveel moriscos om hun geloof zijn verbrand, maar ook al zou het er maar één zijn geweest gedurende de korte tijd dat Miguel Servet in zijn vaderland heeft gewoond, het zal indruk op hem hebben gemaakt. Angel Alcalá schrijft: 'De aanwezigheid van Servet in de omgeving van de bijeenkomst in Granada en zijn kennis van binnenuit van het probleem overtuigden hem enerzijds van de nutteloosheid en onwaardigheid van het opleggen van het eigen geloof aan anderen en anderzijds van het idee dat de absolute eenheid van God (het dogma dat joden, christenen en moslims deelden) de essentiële band behoorde te zijn tussen alle gelovigen, boven de [later] toegevoegde en verdeeldheid zaaiende [dogma's].'

Dat zou best kunnen, want Miguel was op jonge leeftijd al een scherp waarnemer. En dat niet alleen. Hij bezat het vermogen om uit zijn waarnemingen 'eigenwijze' conclusies te trekken. Dat zou nog blijken.

Over de bestraffing van lichaamsdelen

Toulouse had in het begin van de dertiende eeuw geleden onder de massaslachting van de Albigenzen, een kruistocht van christenen tegen christenen, zelfs door orthodoxe katholieken verafschuwd om de wreedheden daar in naam van de kerk bedreven.

De Albigenzen zagen in het kruis van Jezus niets anders dan een afschuwelijk martelwerktuig waarmee de mensheid had geprobeerd te verhinderen dat het Woord werd verspreid, namelijk dat God liefde is. Zij geloofden niet in de verlossende werking van Jezus' marteldood, maar in de verlossende werking van diens woord. Het succes van *The passion of Christ*, een Amerikaanse speelfilm die *de Volkskrant* pornografisch vond, toont aan hoe opluchtend het bezichtigen van bloederig mensenvlees voor veel christenen nog steeds is. De kerk was er in de dertiende eeuw zo dol op dat de Albigenzen moesten worden uitgeroeid.

Misschien uit angst voor herhaling van een dergelijk drama werd de stad een bolwerk van de orthodoxie en reageerde zij in de zestiende eeuw als door een adder gebeten op ieder heterodox geluid. In 1508 liet het gemeentebestuur een ijzeren kooi maken, drijvend op een vlot in de Garonne, speciaal om ketters mee te verzuipen. Toen in 1562 de hugenoten een mislukte poging deden om Toulouse in te nemen, werden ze massaal verdronken of anderszins afgemaakt.

Toulouse was een zeer vrome stad, gezegend met belangrijke relikwieën. De kerk bezat niet minder dan zes stoffelijke resten van evenzoveel apostelen, namelijk die van Jacobus de Meerdere, Jacobus de Mindere, Andreus, Filippus, Simeon en Judas.

Rond 1230 werd er een universiteit gesticht. In de zestiende eeuw had vooral de juridische faculteit een goede naam en die trok studenten aan uit binnen- en buitenland, onder hen ook jongens uit landen die door Luther in beroering waren gebracht. Hoe verging het hun in een stad waar elke afwijkende uiting werd gezien als een gevaar voor orde en rust?

Felix Platter, een protestantse jongen uit Bazel, studeerde tussen 1552 en 1556 medicijnen in een andere Zuid-Franse stad: Montpellier. Hoe was dat mogelijk zonder in handen van de Inquisitie te vallen? Antwoord: door je gedeisd te houden, soms met bittere consequenties. Om zijn studie te bekostigen werkte Felix in een apotheek. Op een dag kwamen er mensen terpentijn kopen omdat de brandstapel van een ketter dreigde uit te gaan door de regen. Felix aarzelde. Een collega maakte hem duidelijk dat hij bij weigering zelf gevaar liep. Felix verkocht daarop de terpentijn.

*

In 1528 werd Miguel Servet door zijn vader naar de universiteit van Toulouse gestuurd om er rechten te studeren. Als Quintana het voor het zeggen had gehad, was het misschien de universiteit van Alcalá geworden. En als het aan Miguel zelf had gelegen misschien ook.

Er wordt hier en daar gesuggereerd dat Miguels vader Toulouse orthodoxer en dus beter vond voor een zoon die wellicht blijk had gegeven van een obstinaat karakter.

Er is een eenvoudiger verklaring. De universiteit van Alcalá had geen rechtenfaculteit omdat kardinaal Cisneros, de oprichter van de universiteit, een hekel had aan de rechtenstudie. De universiteit moest de kwaliteit van de clerus opkrikken en niet het walhalla voor baantjesjagers willen zijn.

Hoe zal de reis van Villanueva naar Toulouse zijn verlopen? Ongetwijfeld te paard. Casa Revés was voorzien van een paardenstal, die nu is omgebouwd tot een conferentiezaal. De bestrating van riviersteentjes binnenshuis, geschikt voor paardenhoeven, is bewaard gebleven.

De waarschijnlijkste route is die over Barbastro, via Ainsa het hooggebergte in, naar Bielsa. Aan je linkerhand verrijst Monteperdido: het woord zegt het al. Het moet een zware tocht zijn geweest door een gevaarlijk gebied vol struikrovers, wolven en beren.

De in het Latijn schrijvende Vlaamse dichter Janus Secundus maakt in mei 1533 dezelfde of een vergelijkbare reis. Hij schrijft in de vertaling van J. P. Guépin:

Waarom, gehate grond, laat je me toch niet door?

Waarom die bergen eerst, die steile Pyreneeën,
wat beukt de winter mij, als 't bijna zomer wordt,
waarom zo'n zondvloed van het smelten van die sneeuw en
een Jupiter die ook nog regenbuien stort?

Ik leef nog Spanje, wees voorzichtig met mijn botten...

Miguel overleefde de tocht, maar kwam in Toulouse in moeilijkheden. In 1532 verscheen zijn naam boven aan een lijst die de Franse Inquisitie had samengesteld van voortvluchtigen. Hoe lang hij al werd verdacht en gezocht weet niemand, noch wat hij op zijn kerfstok had. Wel is bekend dat er mensen waren verbrand om het lezen of in bezit hebben van Melanchtons *Loci communes* (Grondbeginselen) of een ongecensureerde Bijbel. Miguel zat in 1532 misschien in Lyon, maar waarschijnlijk in Parijs en het is de vraag of hij 'voortvluchtig' was, want dat veronderstelt dat hij op de hoogte was van een bevel tot opsporing en aanhouding. We zullen zien dat de Inquisitie lang niet altijd openlijk te werk ging. De lijst van voortvluchtigen was waarschijnlijk een geheim document.

Waarmee had Servet zich verdacht gemaakt? Ik denk dat hij tijdens verhitte studentendebatten onverstandige dingen heeft gezegd, want ik zie hem als een nogal heetgebakerde, polemische figuur, die graag mag provoceren. Hij was pas zeventien toen hij in Toulouse aankwam, voor het eerst vrij van het vaderlijk gezag en dat van Juan de Quintana. Hoeveel eigenzinnige ideeën moesten er op de wereld worden uitgeprobeerd? Vele.

*

Ik ben geboren in 1942. Toen ik een jaar of tien was, wist ik dat er meer dan honderdduizend joden uit Nederland waren weggevoerd om te worden vermoord en toch was *ik* slecht omdat ik een dubbeltje uit moeders portemonnee had ontvreemd. Ik kon het toen natuurlijk nog niet formuleren maar ik voelde een immense disproportionaliteit in de beoordeling van kinderlijke overtredingen. Ik werd christelijk opgevoed, maar het begrip zonde zei me niets. Ik kende wel een paar rotjochies, maar zondige kinderen was ik nog nooit tegengekomen. 'Goedertieren Heer, verlos ons, ellendige zondaren,' zong ik vreugdeloos in de kerk, zonder ook maar enigszins te beseffen dat de kerk ook mij rekende onder die ellendige zondaren.

De Spaanse joden werden in 1492 uit Spanje gejaagd. Alleen zij die zich tot het christendom bekeerden mochten blijven. Toen Miguel Servet tien jaar was, in 1521, had het drama zich nog maar kortgeleden voltrokken. In 1547 waren er meer dan 50 000 mensen door de Inquisitie gestraft (langdurige gevangenisstraffen, confiscatie van bezittingen waardoor hele families aan de bedelstaf raakten of verbranding). Men heeft uitgerekend dat er in de Lage Landen nog meer slachtoffers zijn gevallen dan in Spanje.

Wat heeft de jonge Miguel van de wreedheden gemerkt, hoeveel is hem ter ore gekomen? Misschien net zoveel als mij, toen ik vanaf 1952 druppelsgewijs werd ingelicht over de Holocaust. Misschien kwam hij als kind tot de conclusie dat de *slechtheid* zich buiten afspeelde, in de wereld van de volwassenen. Hij ging daarmee in tegen de opvatting dat de mens zondig wordt geboren.

Ik houd dat voor mogelijk omdat ook ik ben opgevoed in een omgeving die het kinderlijke vertrouwen in de eigen goedheid probeerde te ondermijnen met behulp van het leerstuk van de erfzonde. Ik denk dat daarmee mijn secularisering is begonnen: ik kon niet begrijpen dat ik zondig was omdat iemand uit een ver verleden blijkbaar iets stouts had gedaan. Het vertrouwen in eigen goedheid is naar mijn idee kenmerkend voor kinderen.

Het kan zijn dat Servet in Toulouse iets heeft geroepen tegen de kinderdoop en dat de Inquisitie hem heeft aangezien voor een anabaptist, wat hij niet was. Zijn latere tegenstanders hebben dat begrepen. Hij was, denk ik, langs een andere weg tot zijn afwijzing van de kinderdoop gekomen, namelijk de juridische. Hij zag de zonde niet als een substantie die van het ene geslacht aan het andere wordt doorgegeven, genetisch zouden we nu zeggen, maar onverbrekelijk verbonden aan de zondige *daad*, bedreven door een persoon die op de hoogte is van de verwerpelijkheid van die daad. Kinderen konden naar zijn mening niet zondigen omdat zij geen onderscheid kunnen maken tussen goed en kwaad, net zomin als Adam en Eva voor het eten van de boom der kennis. Kinderen konden tot een bepaalde leeftijd niet verantwoordelijk worden gesteld voor hun daden. Servet legde de grens nogal ruim: bij twintig jaar. Het is kenmerkend voor hem dat hij zich daarbij beriep op een mozaïsche wet. 'Ik heb dat geschreven omdat God in de woestijn alleen de kinderen Israëls boven de twintig gestraft heeft.'

Alles bij Servet, of het nu over rechten gaat, medicijnen of astrologie, nam de vorm aan van theologie, maar ik krijg bij hem het gevoel dat de morele verontwaardiging eerst kwam:

het onrecht dat moslims, joden en alumbrados werd aangedaan, het corrupte pausdom en wie weet ook de benarde situatie van kinderen. Zowel de wereldlijke als de kerkelijke rechtbanken lieten kinderen dezelfde straffen ondergaan als volwassen verdachten. Het sacrament van de kinderdoop had verregaande juridische implicaties, omdat het uitging van de zondigheid van de zuigeling.

*

In hetzelfde jaar dat Miguel zijn studie in Toulouse begon, vond er in de Hollandse stad Delft een eigenaardige gebeurtenis plaats. Op Hemelvaartsdag had zich een menigte verzameld voor de Nieuwe Kerk om een processie ter ere van de maagd Maria voorbij te zien trekken. Een man van zesentwintig of zevenentwintig jaar die er waarschijnlijk niet al te florissant uitzag omdat hij ernstig ziek was geweest, begon tot verbazing van de omstanders spottende opmerkingen te maken over de monstrans waarin de Heilige Hostie werd vervoerd. De man werd gearresteerd. Op 30 mei werd hij veroordeeld tot geseling, doorboring van de tong en drie jaar verbanning. Het zou me niet verbazen als zijn bestraffing in het openbaar is uitgevoerd, voor de Nieuwe Kerk.

Ik neem aan dat vooral de doorboring van de tong u verbaast. Deze straf was betrekkelijk mild. Bij de terdoodveroordeling van een ketter werd niet zelden de tong afgesneden om te verhinderen dat de veroordeelde de toeschouwers zou vergiftigen met zijn blasfemieën. Het doorboren van de tong was bedoeld om het orgaan dat de zonde had begaan te straffen en de delinquent (tijdelijk) het zwijgen op te leggen. Dit soort straf was in heel Europa gebruikelijk. Toen Miguel de Cervantes bij een straatgevecht betrokken raakte, werd hij bij verstek veroordeeld tot het afhakken van de rechterhand, het lichaamsdeel dat de zonde had begaan.

De man in Delft heette David Joris, geboren in Brugge,

maar getogen in Delft. Hij was lang niet de enige die schijnbaar zonder enige aanleiding rare teksten begon uit te kramen. In Amsterdam werd de tong van een zekere Hillebrand van Zwol met een priem doorstoken omdat hij had gezegd dat 'het sacrament van het altaar niets meer is dan gewoon brood'.

Maarten Luther had in zijn *De vrijheid van een christen* uitdrukkelijk gewaarschuwd tegen dit soort spotternijen, die hij ongepast vond. David Joris was geen lutheraan, maar het kan best zijn dat het woord 'vrijheid' waar Luther de mond vol van had, hem in zijn jonge jaren tot revolutionaire fantasieën heeft verleid.*

Het was overal onrustig. In Parijs onthoofdden onverlaten het beeld van een Madonna met Kind, waardoor koning Frans zich genoodzaakt zag om blootshoofds en met een kaars in de hand in dagenlange processies mee te lopen, in de hoop daarmee de moeder Gods met het Franse volk te verzoenen. In de streek rond Bern werden 'paapse' beelden verwoest en het jaar daarop brak er in heel Zwitserland een beeldenstorm uit.

Joris is er genadig van afgekomen. Het jaar daarvoor moest Weynken Claes uit Monnickendam in Den Haag voor de Inquisitie verschijnen. Ik lees uit haar verhoor:

Vraag: *Wat hout ghy vant Sacrament?*

Antwoord: *Ick houde vant Sacrament voor broot ende meel, waer ghy lieden dat voor eenen Godt hout.*

Weynken is op 20 november 1527 verbrand.

Wat kan Joris hebben bezield om zichzelf zo roekeloos in gevaar te brengen? En wat had hij tegen de monstrans?

Het is nu nauwelijks meer voorstelbaar, maar Joris waagde zijn leven omdat hij de verering van de monstrans, of eigenlijk de verering van de inhoud van de monstrans, zag

---

*Joris was waarschijnlijk een 'sacramentariër', mensen die door Luther 'sacramentslasteraars' werden genoemd.

als afgoderij. Volgens de katholieke leer bevindt zich in de monstrans niet zomaar een ouweltje, maar een ouweltje dat middels de consecratie het Lichaam van Christus Zelf was geworden. Het is dan ook gebruik om voor de hostie (het gewijde ouweltje) als ware het Christus Zelf op de knieën te gaan.

Luther maakte er niet zo'n punt van, maar andere hervormers zoals Zwingli in Zürich wél. Wat was het probleem? De vraag was deze: nam de gelovige door het consumeren van de hostie deel aan Christus en daarmee aan het eeuwige leven? Zo ja, dan had de kerk het monopolie op een soort levenselixer. De consumptie van dit elixer kon niet worden gepraktiseerd buiten de kerk om en maakte de gelovige dus afhankelijk van de kerk.

Voor iemand als David Joris was iedere afhankelijkheid van de kerk van Rome ondraaglijk geworden. De sociale orde was zo verstikkend dat mensen met een creatieve geest als vanzelf hun pijlen richtten op een doel dat op het eerste gezicht futiel leek, maar dat achteraf de achilleshiel van het systeem bleek te zijn.

Een paar jaar later heeft Joris zijn optreden in Delft waarschijnlijk ridicuul gevonden, want hij ontwikkelde het inzicht dat de sacramenten onbelangrijk waren, zo onbelangrijk dat het niet de moeite waard was ertegen te demonstreren. Sterker nog: aangezien de sacramenten nutteloos waren, maar ook geen kwaad konden, kon je gerust je kind laten dopen om ophef te voorkomen of deelnemen aan de communie, als dat beter was voor je persoonlijke veiligheid. Joris was een vat vol zowel verstandige als krankzinnige ideeën, zoals we zullen zien.

Niet alleen op geestelijk terrein hing er opstandigheid in de lucht: tussen 5 en 10 maart werd Den Haag geplunderd door de troepen van Karel van Gelre, wat een directe aanval was op de keizerlijke macht van Karel de Vijfde. Karel van Gelre stond bekend als een tolerant man. Misschien dacht

Joris dat het afwerpen van het keizerlijke juk nabij was en dat daarmee een einde zou komen aan de almacht van de kerk. Maar helaas, op 3 oktober moest de hertog al inbinden en de keizer erkennen als erfgenaam van zijn landen.

De krankzinnige koning van Denemarken, Christiaan de Tweede, zwierf moordend en plunderend door de Nederlanden. Grote overstromingen teisterden vooral het zuiden. De schatkist was leeg. Er braken hongeropstanden uit en de keizerlijke 'beden' werden tot ondraaglijke hoogte opgeschroefd. De woede van het volk nam de vorm aan van ketterij: het anabaptisme groeide als kool.

Tussen 1523 en 1566 zouden meer dan 1300 inwoners van de Lage Landen als gevolg van het beleid van Karel de Vijfde om hun geloof ter dood worden gebracht. Hoeveel duizenden er in ellendige kerkers hebben gezucht, van hun bezittingen werden beroofd, werden gegeseld of verminkt weet ik niet. Het lutheranisme werd in de kiem gesmoord. Alleen de hardnekkigen bleven over, gingen ondergronds en radicaliseerden. Veel tijdgenoten van Joris en Servet wezen op het averechtse effect van de vervolgingen. Doordat de hervormers, net als de katholieken, de overheid aanzetten tot vervolging van ketters, kweekten zij een leger van vrome dwepers, dat een grote aantrekkingskracht had op door staat en kerk vernederde mensen. Nu de Bijbel ook werd gelezen door mensen die er niet voor hadden doorgeleerd, stonden overal excentrieke profeten op. Melchior Hoffman was een van hen. Hij wordt gezien als de man die het anabaptisme naar Nederland bracht. Altijd op de vlucht, belandde hij in 1531 in Straatsburg, waar hij tot de overtuiging kwam dat het einde der tijden nabij was: het Godsrijk zou volgens hem in 1533 aanbreken. Men wierp hem in het gevang, waar hij tot het einde der tijden weigerde iets anders te nuttigen dan water en brood. Het einde der tijden kwam niet en Hoffman bracht de rest van zijn leven door in een smerige kerker. Een van de aardigste uitdrukkingen van deze vrome ziel is de volgende. Om Christus' goddelijkheid te verduidelijken en Hem niet te belasten met zondig mensenvlees, meende Hoffman dat Christus niet 'het vlees van Maria had aangenomen', maar door haar heen was gegaan 'als door een pijp'.

Na zijn veroordeling sloot Joris zich aan bij de wederdopers. Dat was zeker geen stap in de richting van rust en geborgenheid, want deze opgewonden mensen waren nergens veilig, ook niet in de protestantse gebieden, sinds Zwingli in 1527 vier wederdopers plechtig had laten verzuipen in de rivier de Limmat, die zo idyllisch door de stad Zürich stroomt. Het eerste theologische werk van Calvijn richtte zich niet in de eerste plaats tegen de kerk van Rome, maar tegen de anabaptisten, en zijn haat tegen hen duurde zijn leven lang.

In december 1539 werd Joris' eigen moeder Maritje in Delft ter dood veroordeeld. Ze mocht kiezen tussen verdrinken, verbloeden of onthoofden. Ze koos voor het laatste. Omdat ze haar handen vouwde in gebed nam de beul met zijn zwaard behalve haar hoofd per ongeluk een paar vingers mee. Waar gehakt wordt vallen spaanders.

Joris' roekeloze gedrag kan alleen worden verklaard vanuit een onweerstaanbare aandrang om de mensheid te redden. In een religieuze wereld wordt die reddingspoging in religieuze termen geuit: het gaat over zielenheil, het eind der tijden en redding door geloof alleen. In een seculiere wereld zou het wellicht zijn gegaan over gezondheid, de opwarming van de aarde en redding door onthaasting of aanplant van bossen. Ik zeg maar wat. In beide gevallen blijft het werkelijke motief ongenoemd: de onvrede met het bestaande. Het spreekt vanzelf dat die onvrede heftiger wordt gevoeld door bezitslozen dan door bezitters, eerder door jonge mensen dan door bejaarden en eerder door onderdrukten dan door onderdrukkers, maar zij is wel van alle tijden. Het bestaande kan zo drukkend zijn dat het een bepaald soort mensen ertoe drijft zichzelf op te blazen om daarmee de mensheid te redden.

David Joris was er zo een. Het leverde hem een leven van rondzwerven en onderduiken op. Hij kon het tot drie jaar voor zijn dood niet nalaten nog af en toe iets gevaarlijks te doen. Men zou zijn gebeente, dat al drie jaar begraven lag, opgraven om hem alsnog te verbranden, zozeer had hij het bij de levenden verbruid.

Miguel Servet was er, eveneens na jaren van rondzwerven en onderduiken, bijna in geslaagd zijn explosieve karakter op te bergen in een veilig doktersbestaan, maar wilde nog één keer van zich laten horen. Toen ging het mis.

De meest schaamteloze van alle hoeren

Het woord beeldenstorm is zojuist gevallen en het betrof niet de onze van 1566. Ik heb als kind nog op degelijke wijze vaderlandse geschiedenis gehad op een protestants-christelijke school. Dus voor mij was de beeldenstorm een heldhaftige actie van mensen die voor altijd wilden afrekenen met de 'afgoderij'. Wij vonden het schijterig van Willem van Oranje dat hij ertegen was. 'Gij zult u geen gesneden beeld maken!' briesten onze christelijke schoolmeesters verontwaardigd, en verdomd, wij voelden onze handen jeuken. Na schooltijd zochten we de afgodische kinderen van de katholieke school op en gaven ze een vrome aframmeling, want wij wilden niet 'gematigd' zijn, zoals Willem van Oranje. We wisten niet precies wat 'gematigd' was, maar christelijk was het in ieder geval niet.

Hoe was die meneer uit Steenvoorde in Frans-Vlaanderen op het idee gekomen beelden te gaan stukslaan?

Het idee was al tamelijk oud: vanaf 1524 begonnen jonge mensen in het noorden van Europa vrolijk beelden in stukken te hakken.

Wat voor indruk moet deze nietsontziende ontheiliging op katholieke gelovigen hebben gemaakt? Een verschrikkelijke. Misschien is hun emotie te vergelijken met die van de moslims in 2006 na de Deense spotprenten. Voor katholieken was het vernietigen van het beeld het vernietigen van het heilige zelf. Voor hen moet het hebben gevoeld alsof de wereld verging.

Dat was natuurlijk ook de bedoeling van de beeldenstormers: de roomse wereld diende te vergaan, ook voor hen betekende het stukslaan van een beeld veel meer dan het stukslaan van een beeld. Men sloeg zich een weg naar de vrijheid.

Het moet voor katholieken nog onthutsender zijn geweest dat hun eigen brave katholieke jongens in de katholiekste aller steden heiligenbeelden stuksloegen en altaren onteerden. Daarvoor moeten we terug naar 1527, één jaar voor de onschuldige spotternijen van David Joris: de plundering van Rome door de Spaans-Italiaans-Duitse troepen van Karel de Vijfde.

'...de soldaten en spaerden niemant die door haerlieder onversadelijcke luxurie violeerden al watter was [...] sy waren sulcken bespottinge ende versmaetheyt doende de christelicke religie die noch Joden oft Turcken oft Mooren oft de meeste vyanden van onsen geloove souden hebben mogen voorts stellen.'

Daar is geen woord van gelogen. Vooral de Spanjaarden schijnen zich te buiten zijn gegaan aan onvoorstelbare staaltjes van heiligschennend gedrag. Er werd op altaren gekakt en geneukt. Er werd met relikwieën langs kroegen gegaan om ze daar te bespotten met dronkenmansgelal. Er werd gezopen uit misbekers. Graven werden opengebroken en geplunderd. De Heilige Maagd werd bespot en beklad met obscene teksten.

Al deze jongens zouden, teruggekeerd in hun Castiliaanse dorpen, weer vroom voor de hostic op de knieën gaan en zich afvragen wat hun in Rome had bezield.

Ik heb er een vermoeden van.

Het is mogelijk een rustig, onopvallend en arbeidzaam leven te leiden en ten slotte te sterven zonder dat de opgekropte razernij die onder beschaafd en deugdzaam gedrag verscholen zit zich manifesteert. Zolang je in je dorp blijft en je onderwerpt aan de sociale controle die daar heerst en je samen met lotgenoten de dagelijkse vernederingen van de landeigenaar als normaal ervaart, de bemoeizucht van je geestelijk herder voelt als een noodzakelijk juk, richt je je woede hoogstens op je paard, je vrouw, je kind of je hond, en worden je driftaanvallen gezien als het gevolg van humeurigheid. Maar word je uit die omgeving gehaald en kom je als eenvoudige jongen-in-overwinningsroes de wereldstad Rome binnen en je ziet de overweldigende luxe waarin de mensen zich daar wentelen, het feestelijke leven dat daar moeiteloos wordt geleid, je bent niet alleen, maar onderdeel van een groep, dan breekt de woede waarop je niet was bedacht als een dolle hond in je los.

Iets van die brutale, stompzinnige vernielzucht van de vernederde ziel zat natuurlijk ook in de acties die werden ondernomen in naam van de Reformatie. Het was een woeste, nauwelijks te beheersen kracht, waarvoor de heren reformatoren terecht bang waren.

*

Bij de wederdopers ontstonden groepen die van mening waren dat het Gode welgevallig was 'ongelovigen', dat wil zeggen, allen die niet tot de sekte behoorden, te beroven en om het leven te brengen.

Jan van Batenburg was een van de extreemste sekteleiders die Nederland ooit heeft gekend. Begin jaren '30 bekeerde hij zich tot het anabaptisme en ontwikkelde zich tot de leider van een gewelddadige religieuze bende. De leden hielden geheime vergaderingen en gedroegen zich in het openbaar als normale lutheranen of katholieken, maar hielden zich daarnaast ter meerdere glorie van hun God bezig met roof en moord.

In 1536 kwamen een aantal leiders van de wederdopers in Bocholt bij elkaar in een poging de eenheid van het anabaptisme te herstellen. David Joris was een van hen. Hij toonde zich een tegenstander van het gebruik van geweld. Van Batenburg vond hem om die reden een 'hoerenzoon', maar dat verhinderde niet dat de pacifistische tak van het anabaptisme het uiteindelijk won van de gewelddadige. Van Batenburg werd door de Inquisitie in 1538 in het Brabantse Vilvoorde verbrand.

Het is duidelijk dat de beschikbaarheid van het evangelie en het vrije lezen daarvan tot krankzinnige interpretaties hadden geleid. Vandaar dat er een roep ontstond om onderricht en geloofstucht. Zwingli's wrede optreden tegen de anabaptisten in Zürich kan mede worden verklaard uit het feit dat er revolutionair dynamiet zat in die beweging. Het zuiveren van het christendom moest niet ontaarden in het opblazen van de staat. En zo begon zich een nieuw keurslijf te ontwikkelen, ditmaal niet op roomse, maar op reformatorische maat gesneden.

De Reformatie was ook een propagandaslag: door de grotere beschikbaarheid van boeken was er zoiets als een publieke opinie ontstaan. David Joris had in Bocholt gezegd: 'Ze zien ons toch al als dieven en moordenaars,' duidend op wat 'men', de publieke opinie dus, van de wederdopers vond. Ook de reformatorische kerk wilde aan de wereld, en niet in de laatste plaats aan de moederkerk en aan de keizer, laten zien dat zij een nette kerk was van nette mensen. Ook in de gereformeerde kerk was geen plaats voor ketters. De galgen en de brandstapels bleven staan. De mensen moesten vooral niet denken dat ze ergens van bevrijd waren.

*

We hebben Miguel Servet achtergelaten in Toulouse. Was hij zich van het gevaar bewust? Net als David Joris moet hebben geweten van de verbranding van Weynken Claes, zo was het voor de inwoners van Toulouse vrijwel onmogelijk niet op de hoogte te zijn van de kettervervolgingen. De Inquisitie maakte er een punt van de terechtstellingen met veel bombarie aan te kondigen met de bedoeling zoveel mogelijk toeschouwers te trekken. Het brandoffer was enerzijds bedoeld om de beledigde godheid in zijn eer te herstellen, anderzijds was het een pedagogisch middel waarmee men hoopte de gelovigen op het rechte pad te houden. Thomas Platter in Bazel dwong zijn zoontje Felix naar het lijk van een gruwelijk gemartelde misdadiger te kijken omdat zulks volgens de opvatting van die dagen de deugdzaamheid van het opgroeiende kind verbeterde.

Miguel wist van het gevaar, maar kon niettemin zijn mond niet houden.

Hij was niet de enige. Geleerden als Miguel Servet, maar ook eenvoudige mensen als Weynken Claes, liepen bij duizenden hun dood tegemoet omdat ze liever stierven dan zich de mond te laten snoeren. Op de moed van deze mensen is het vrije Europa gebouwd.

*

Of Miguel in 1530 al begreep dat Toulouse voor hem geen veilige omgeving was, weet niemand, maar in dat jaar is hij teruggekeerd onder de beschermende vleugels van Quintana, die inmiddels biechtvader van Karel de Vijfde was geworden. In tegenstelling tot de latere keizerlijke biechtvader Pedro de Soto was Quintana geen klootzak. Hij geloofde in de noodzaak van een hervorming van de kerk en verklaarde tegenover Melanchton dat hij niet begreep waarom de stelling 'redding door het geloof alleen' zoveel opwinding had veroorzaakt. De hoop dat het lutheranisme niet noodzakelijkerwijs tot een schisma hoefde te leiden was nog levend, ook al waren de tekenen niet gunstig.

Op 27 juli 1529 ging de keizer scheep in Palamos bij Barcelona, samen met een leger van 12 000 man en zijn biechtvader Quintana. In het gevolg van Quintana reisde Miguel mee. Na de schandelijke plundering van Rome wilde Karel vrede sluiten met de paus, die in feite met handen en voeten aan hem gebonden was. Hij ging niet naar Rome. Men zegt dat hij Bologna prefereerde omdat de Turken voor Wenen stonden en hij zich niet te ver van centraal Europa wilde verwijderen. Maar ik zou me kunnen voorstellen dat hij ook een beetje bang was voor boze Romeinen.

De paus, Clemens de Zevende, had in 1523 onze Utrechtse Adriaan opgevolgd en was een flapdrol zonder enige geestelijke inhoud. Onze Adriaan was tenminste nog van mening dat de kerk de hand in eigen boezem moest steken voor ze zich kon wijden aan de bestrijding van Luther. Het lutheranisme verspreidde zich als een olievlek over Noord-Europa en Karel smeekte Clemens herhaaldelijk, maar zonder succes, een concilie bijeen te roepen. De kerk moest worden hervormd, er diende een antwoord te worden geformuleerd op Luthers uitdaging. De paus weigerde. Niet om redenen van geloof. Hij was bang dat een concilie de pauselijke macht zou inperken. 'Als ik in tegenwoordigheid van de paus het woord concilie uitspreek, is het alsof ik het over de duivel heb,' schreef García de Loaysa aan de keizer.

Tegenover Luther, Zwingli, Bucer, Calvijn, stuk voor stuk energieke mannen met inhoud, stond een rij leeghoofdige en corrupte kerkvorsten in het Vaticaan. Karel begreep dat repressie alleen de geestelijke scheuring van Europa niet kon verhinderen. De Kerk moest orde op zaken stellen, maar maakte daarmee pas een te zwak begin in 1545, toen het te laat was.

De kroning in Bologna moet een spectaculaire gebeurtenis zijn geweest. Rijkelijk versierde straten en zo. Uniformen, paarden, prinsen en prinsessen, kardinalen en bisschoppen, een orgie van praalzucht, gewichtigdoenerij en nuttig netwerken.

Ik probeer me de jongen uit het schrale Los Monegros voor te stellen in het uitzinnige Bologna. Hij liep mee in het gevolg van Quintana, dus in de buurt van de pas dertigjarige keizer. De paus werd vervoerd in een draagstoel.

Miguel zag hoe het volk op Zijne Heiligheid reageerde en

het vervulde hem met weerzin. Hij schrijft:

'Hij [de paus] verwaardigt zich niet een voet op de grond te zetten om zijn Heiligheid niet te besmeuren! Hij laat zich op de schouders van mannen dragen en hij laat zich aanbidden alsof hij God is: iets wat vanaf het begin van de wereld geen enkele goddeloze heeft gedurfd. Ik heb met mijn eigen ogen gezien hoe prinsen hem met veel uiterlijk vertoon op de schouders droegen, hoe hij met zijn hand het kruisteken rondslingerde* en hoe het volk langs de straten hem knielend aanbad. Het ging zelfs zover dat zij die erin slaagden zijn voeten of zijn sandalen te kussen meenden dat zij beter af waren dan de rest en verkondigden dat zij talloze aflaten hadden verworven, waardoor hun vele jaren van hels lijden zouden worden bespaard. O Beest, laaghartigste van alle beesten, meest schaamteloze van alle hoeren!'

Het is niet mis. Kon het niet wat minder? Zeker. Maar schelden, grof schelden, was erg in de mode. Van 'respect' op grond van niks had men nog niet gehoord, integendeel, tegenstanders waren al gauw apen of varkens, monsters of misbaksels. Christenen hebben elkaar vanaf het begin stijf gescholden. Mohammed maakte bij het dicteren van de Koran dankbaar gebruik van het christelijke scheldwoordenboek. Calvijn zou een hele dierentuin leegplunderen om er zijn vijanden mee te beschrijven.

De eerste verontwaardiging van Servet was die van de plattelandsjongen: de plaatsvervanger van Christus baadde zich in weelde en liet zich als een godheid vereren. De verlossing van de zonden werd als koopwaar verkocht aan ongeletterde mensen en hun centjes werden besteed aan de pompeuze levenswijze van kerkvorsten. Het ergste scheldwoord liet Miguel achterwege, ook al verwijst hij ernaar: de paus is het Beest, de antichrist.

'...hij laat zich aanbidden alsof hij een God is.' Servet deed

---

* Soms wordt hier vertaald: 'onheil dreigend met het kruisteken'.

alsof dat nooit eerder was vertoond, maar hij wist natuurlijk beter: de paus trad in de voetsporen van de goddelijke Romeinse keizers, van wie hij de titel *pontifex maximus* had geeerfd.

Vier jaar later, in 1534, bezweek in de gevangenis van Groningen de doperse Harmen Schoenmaker aan de gevolgen van zware martelingen. Hij was van mening dat hij God de Vader was en duizend mannen en vrouwen hadden in hem geloofd. Die zielige gevangene in Straatsburg, Melchior Hoffmann, dacht dat hij de profeet Elia was en dat is ook niet mis. Het was kortom een tijd van goden en profeten van wie de paus er een was. Clemens was een onbenul, maar de antichrist? Tut tut.

De God van de heer Huislamp

Ben je van mening dat de mens een stuk verdoemenis is of denk je dat de mens als gevolg van veel geestelijke gymnastiek goddelijk kan worden? Ik vind beide opvattingen overdreven, maar het tweede klinkt me aardiger in de oren omdat het de mens in ieder geval niet kleineert. Het zegt niets over God, het zegt iets vrolijks over de mogelijkheden van de mens.

De theologische oorlog van de zestiende eeuw is alleen interessant voor zover hij een blik werpt op de ontwikkeling van een mensbeeld. Voor mij, als ongelovige, bestaat er niet zoiets als godskennis en is theologie vermomde menskunde. De strijd ging mijns inziens niet over God, maar over de mens en diens bevrijding van de dwingelandij van kerk en staat. Dat wil zeggen, daar ging het een derde van de Europeanen om. Twee derde bestond uit mensen die of alles bij het oude wilden houden of de mensheid van het ene korset in het andere wilden hijsen. Dat de minderheid van bevrijders uiteindelijk heeft gewonnen is een wonder. Duizenden en nog eens duizenden zijn voor die bevrijding op miserabele wijze gestorven. Onder die duizenden kun je niemand aanwijzen die dé bevrijder kan worden genoemd, zij droegen allemaal een stukje bij aan de ingewikkelde legpuzzel die je het portret van de moderne mens zou kunnen noemen.

Wat is de bijdrage van Miguel Servet aan de puzzel? Servet is een complexe figuur, wiens prestatie niet in één zin valt samen te vatten, maar als ik het toch doe klinkt hij als volgt:
de mens heeft het recht om zich te vergissen.

*

Na de kroning in Bologna reisde de keizer met zijn gevolg naar Augsburg om daar een poging te doen om de kerk van Rome te verzoenen met die van de hervorming. Of Servet in Augsburg aanwezig was, is onbekend. Zeker is dat hij zich op enig moment heeft losgemaakt van Quintana, want eind oktober 1530 meldde hij zich bij Johannes Oecolampadius in Bazel.

Van alle gelatiniseerde/vergriekste achternamen is deze misschien wel de bespottelijkste. 's Mans Duitse achternaam luidde Hausschein. Door Huis en Lamp van Griekse vertalingen te voorzien en een Latijnse uitgang toe te voegen verscheen het wonderschone 'Oecolampadius'.

Toen Servet in 1530 in Bazel aankwam, was Erasmus de stad het jaar daarvoor ontvlucht omdat het er te fanatiek protestants werd. In 1529 werd de mis verboden en begon men er beelden stuk te slaan.

Ik sta nog even stil bij het vreemde fenomeen van het 'breken' van kerkbeelden als uiting van de hervorming, een fenomeen dat wij van ons Nederlandse 'wonderjaar' 1566 kennen als 'de beeldenstorm'. Natuurlijk werd deze razernij toegeschreven aan een vroom motief: het vernielen van 'afgodsbeelden'. Ik heb dat nooit een afdoende verklaring gevonden, want de woede had zich beter kunnen richten tegen de gebouwen van de Inquisitie of tegen het grondbezit van de kerk. Dat de woede zich ontlaadde in het vernielen van onschuldige beelden houdt niet op me te verbazen.

Emmanuel Le Roy Ladurie bracht me met zijn *De eeuw van de familie Platter* op een beter idee. Thomas Platter groeide op in een milieu van analfabeten, ging aan de zwerf, zocht leermeesters en leerde lezen. 'En toen werd Thomas als door de bliksem getroffen door de elementaire kennis van het lezen en schrijven, die hem van alle kanten besprong en hem volledig veranderde.'

Thomas was een brave katholieke jongen geweest die priester wilde worden, maar toen hij had leren lezen, besloot hij een houten beeld van Sint-Jan te verbranden.

Deze combinatie van feiten bracht me op de gedachte dat de symbolische betekenis van de beeldenstorm gelegen is in de overgang van de cultus van het beeld naar de cultus van het woord.

Door de uitvinding van de boekdrukkunst werd het boek bereikbaar voor velen en werd het de moeite waard te leren lezen. De beschikbaarheid van het boek bevorderde de alfabetisering. De analfabeet, die als het ware gevangen had gezeten in het statische beeld, ontdekte het dynamische woord. Nu krijgt het woord 'breken', dat zo vaak opduikt bij de beschrijving van iconoclastische uitbarstingen, een diepere betekenis. Men moest breken met het beeld om het woord dat in het beeld verstopt zat te bevrijden.

In de tempel van Israël woonde niet God, maar Diens naam. De joden zijn altijd op hun hoede geweest voor een beeld waarin hun God zou kunnen worden opgesloten. Ze hebben er de nadruk op gelegd dat God een woord was en dat je Hem dus niet in een doosje kon doen of kon vastleggen in een beeld.

Betekende de bevrijding van het woord ook vrijheid voor de mens? Het heeft er even op geleken, maar de hervormers ontdekten algauw dat het woord diende te worden gefixeerd op één betekenis, zodat het vaststond en zich niet meer kon bewegen. Het bevrijde woord dreigde de min of meer geordende samenleving te veranderen in een slagveld van elkaar bestrijdende sekten. Daarom probeerden de hervormers hun volgelingen gevangenen te maken van het woord alsof dat net zozeer uit steen was gehouwen als het beeld.

*

Door het breken van de kerkbeelden in Bazel werd er een einde gemaakt aan een betrekkelijk tolerant samenleven van de oude kerk met de nieuwe. Oecolampadius was niet alleen

een furieuze antipapist, hij was minstens even gebeten op de wederdopers, die volgens hem door de wereldlijke autoriteiten veel te zacht werden aangepakt. Oecolampadius nam de piepjonge Servet in zijn huis op, waarschijnlijk onder de indruk van diens geleerdheid, maar als je beseft dat Miguel zijn ideeën over bijvoorbeeld de kinderdoop niet zal hebben verzwegen, houd je je hart vast.

In 1528 was Oecolampadius getrouwd met Wibrandis Rosenblatt. Zij moet een plooibare dame zijn geweest, aangezien ze na Huislamp met vrijwel iedereen getrouwd is geweest: met Capito en na Capito met Bucer, omdat hun vrouwen waren overleden aan de pest. Zij wordt beschreven als een zorgzame vrouw. Ze baarde een optocht van kinderen en zorgde bovendien voor de vluchtelingen die haar echtgenoten in huis opnamen. Misschien kwam het door haar dat Oecolampadius het toch nog tien maanden met Miguel heeft uitgehouden. Omgekeerd is het mogelijk dat Miguel het zo lang heeft uitgehouden met Oecolampadius omdat Wibrandis een leeftijdgenoot was en Oecolampadius een oude man. Dat Erasmus haar beschreef als 'lang niet lelijk' kan hebben bijgedragen aan de huiselijke gezelligheid.

Hoewel Servets theologie Oecolampadius zal hebben doen denken aan het anabaptisme, was het de triniteitsleer waarmee hun loopgravenoorlog begon en eindigde. Discussies over de goddelijke drie-eenheid zijn verwoestend saai en David Joris vond het dan ook dom gekibbel ('t zanckeryen). Ik zal er alleen op ingaan voor zover het een licht werpt op het mensbeeld dat aan de verschillende opvattingen verbonden is.

De vraag is deze: was Jezus vanaf eeuwig in of bij God of verscheen hij op een bepaald tijdstip in de geschiedenis? Met dat laatste kun je dan nog veel kanten op. Ik noem er twee: Jezus was een profeet zonder meer. Of: Jezus werd goddelijk doordat hij het vleesgeworden Woord Gods was. Servet betrok de laatste positie. Jezus was wel degelijk goddelijk, maar hij was een mens die goddelijk was geworden. Hij was dus niet vanaf de schepping aanwezig.

Jezus de eeuwige zoon van God levert een heel ander mensbeeld op dan *Jezus de zoon van de eeuwige God*. Ik hoor u zuchten en gelijk heeft u, maar om dergelijke subtiliteiten werden mensen levend verbrand.

Als Jezus de eeuwige zoon van God is, was hij al God toen hij uit Maria werd geboren. Om zich niet te besmetten met de erfzonde ging hij dus door Maria heen 'als door een pijp'. De rooms-katholieke oplossing is minstens even simpel: Maria was zelf ook goddelijk, dus hoef je van haar geen pijp te maken. Ik vind dat persoonlijk wat eleganter, maar als u liever een pijp wilt zal ik u daarom niet beknorren.

Het gevaar van de laatste opvatting is dat Jezus' mens-zijn flinterdun wordt, maar ik denk dat noch de rooms-katholieken noch de hervormers dat bezwaarlijk hebben gevonden. Een al te menselijke Jezus strookte niet met hun opvatting dat de mens nietswaardig is en afhankelijk van de kerk of van de goddelijke genade.

Servet vond Jezus niet uitsluitend een profeet, hij vereerde Hem wel degelijk als de zoon van God, maar zag Hem, als ik het goed begrijp, als een mens die goddelijk was *geworden*, zonder God te zijn. Jezus viel samen met Woord, hij was de lichamelijke versie van het Woord. Omdat kinderen niet kunnen zondigen en Jezus als volwassene door het Woord werd overmand, was hij nooit met de zonde in aanraking gekomen. De weg naar het goddelijke lag voor hem open.

Ik weet het: theologische subtiliteiten zijn dermate subtiel dat deze beschrijving ongetwijfeld tekortschiet.

Als het voor een mens mogelijk was goddelijk te worden, moest het voor alle mensen, in navolging van Christus, mogelijk zijn goddelijk te worden. Servet kwam daarom langs een andere weg dan de wederdopers tot de afwijzing van de kinderdoop: kinderen waren niet zondig en het afwassen van niet-aanwezige zonden bij kinderen was dus een onheilige handeling.

Servet hield de mogelijkheid open dat hij zich vergiste en dat is bijzonder. Hij nam een strikt wetenschappelijke houding aan en zei: als ik het bij het verkeerde eind heb, overtuig me dan met argumenten. Vandaar dat hij zo hongerig op zoek was naar het dispuut. Hij begreep niet dat een wetenschapper niet kan discussiëren met een profeet, wiens waarheid immers onomstotelijk is omdat zij van God komt.

Ik geef een voorbeeld. Volgens Calvijn was Copernicus 'van de duivel bezeten'. 'Sommigen,' schreef hij, 'zijn zo waanzinnig dat zij zeggen dat de zon niet beweegt en dat het de aarde is die beweegt en ronddraait.' Het wetenschappelijke argument telt voor de profeet niet, voor hem telt wat is geopenbaard en de rest is duivels. Calvijn zal het werk van Copernicus onder de 'curiositas' hebben geschaard: het gevolg van onbehoorlijke nieuwsgierigheid. Ik denk dat Copernicus Genève geen half jaar zou hebben overleefd. Ik geef toe, het is een korte tijdspanne, maar Calvijn was een vlijtig man.

Servet kwam dus in botsing met Oecolampadius, zozeer dat Huislamp hem dreigde aan te geven bij de wereldlijke autoriteiten. Deze bedreiging was niet mis, want tussen 1530 en '31 werden in Bazel verscheidene doodvonnissen geveld. Servet nam wijselijk de benen en schreef Oecolampadius vanuit Straatsburg:

'...het lijkt me een ernstige zaak een man te doden *uitsluitend omdat hij zich vergist* in de interpretatie van een tekst uit de Schrift, terwijl je weet dat ook de geleerdste mannen in die fout kunnen vervallen. En je weet heel goed dat ik mijn ideeën niet zo irrationeel verdedig dat je ze zomaar kunt verwerpen. Jou leek het niet erg de Heilige Geest te zien als een engel, maar mij lijkt het verschrikkelijk een mens Zoon van God te noemen.

Gegroet.'

Eerder in dezelfde brief schreef hij: 'God weet dat ik een

schoon geweten heb bij alles wat ik heb geschreven.'

Servets geweten was schoon, maar hij kon zich vergissen. Een mens kan zich dus vergissen met een schoon geweten. Wordt hier niet helder gepleit voor het recht je te vergissen? Me dunkt van wel. Servet gunt Oecolampadius diens vergissing: de opvatting dat de Heilige Geest een engel is, dus dient Oecolampadius opvattingen die in zijn ogen vergissingen zijn te respecteren.

Was Servet nu zo naïef of speelde hij dat? Wist hij niet dat wat voor hem een intellectuele vergissing was, voor Oecolampadius de weg was naar de verdoemenis? Nee, ik denk dat Servet geen spelletje speelde. Ik denk dat hij tot zijn verschrikkelijke dood aan toe dit verschil niet heeft begrepen. Zijn God was een heel andere dan die van Oecolampadius. Servets God stond de vergissing toe omdat het menselijk denken niet mogelijk is zonder vergissingen of sterker: omdat de vergissing noodzakelijk is voor de ontwikkeling van het denken.

De God van Huislamp, de Huislampen om hem heen en de Huislampen die hem opvolgden was een God die de vergissing bestraft met het vuur van de hel, omdat Hij niet was geïnteresseerd in de ontwikkeling van het denken. Het woord moest worden kaal gehakt tot één voor eeuwig vaststaande betekenis. Het woord behoorde even onwrikbaar te zijn als een uit graniet gehouwen beeld.

*

Thomas Platter had zich inmiddels in Bazel gevestigd en groeide van een middeleeuwer uit tot een man van de renaissance. Hij zou zich zijn leven lang aangetrokken voelen tot mensen die de bevrijding van het woord zagen als de bevrijding van de mens. Hij moest er een tijdje op wachten, maar toen liepen er een paar van dat soort mensen in Bazel rond. We zullen ze later tegenkomen.

Een gek, maar een eerlijke gek

'Was Servet een jood?' vraagt Bernard Cottret, een van de biografen van Calvijn, zich af. Hij geeft geen antwoord op die vraag, hij vermeldt alleen dat Servet het desgevraagd heeft ontkend. Mijn exemplaar van Cottrets Calvijnbiografie verscheen in het jaar 2000. Cottret kon dus misschien niet weten dat door grondig genealogisch onderzoek is komen vast te staan dat Servet geen jood was. Wel staat vast dat hij van moederszijde afstamde van een familie van conversos. Het is van belang in te zien dat conversos nu juist géén joden zijn, om de eenvoudige reden dat zij christenen zijn. Iemand die christen is, is per definitie geen jood. De familie Zaporta, die oorspronkelijk een joodse familie was, had zich al in het begin van de vijftiende eeuw 'bekeerd' (ik blijf het een beledigend woord vinden) tot het christendom. Spaanse historici zijn geobsedeerd door de vraag naar de joodse afkomst van beroemde christenen: of het nu Teresa van Ávila, Juan de la Cruz of Miguel de Cervantes is, ze zijn allemaal genealogisch uitgeplozen alsof er een waarheid te ontdekken viel ter grootte van een koe. En verdomd, men vond soms een koe, maar meer ook niet.

In 1553, toen Servet voor zijn rechters stond, was het honderd veertig jaar geleden dat zijn familie van moederskant waarschijnlijk onder dwang het jodendom afvallig was geworden. Welk geloof mijn voorouders honderd veertig jaar geleden aanhingen is mij onbekend. Het is dus de vraag of Servet het wist van de zijne.

Wat suggereert Cottret met zijn vraag? Ik bedoel: is de familie Calvijn genealogisch uitgeplozen? En zo nee, waarom niet? Was Calvijn een jood? Hoe komt het dat Cottret zich bij Servet die vraag stelt en bij Calvijn niet?

Ik kan er slechts naar gissen.

Servet was een van de weinige denkers uit die tijd die geen antisemiet waren. Dat is verdacht, want een beetje christen had een hekel aan joden en gaf daar luidruchtig blijk van. Er zijn een paar uitzonderingen. Ik zal er een noemen. Houd u vast aan uw tafel of stoel: Ignatius de Loyola, de stichter van de jezuïetenorde. Het leek hem een goddelijke gunst van joden af te stammen en gevraagd waarom zei hij: 'De man te kunnen zijn die verwant is aan Christus onze Heer en aan Onze Vrouwe de glorieuze Maagd Maria!'

Het siert hem. Zijn orde heeft hardnekkig geweigerd discriminatoire regels in te stellen tegen de toetreding van conversos. Zijn opvolger, de tweede generaal van de jezuïeten, kwam uit een familie van conversos.

Maar Servet ging dieper. Hij zei: 'Ik kan wel huilen als ik de blinde weerleggingen zie die zijn aangevoerd tegen rabbi Kimhi's kritiek op de christenen op dit punt.' (dit punt = de triniteitsleer)

David Kimhi was een joodse geleerde uit de twaalfde en begin dertiende eeuw wiens commentaren verschenen in de Eerste Rabbijnse Bijbel van 1517. Hij wees erop dat wanneer de Bijbel spreekt van 'de mond van God' of 'de oren van God' je niet moet veronderstellen dat God een mond heeft of oren. Zo is het ook wanneer bijvoorbeeld psalm 2 spreekt van 'de zoon van God'. Deze zoon is net zomin de vleselijke zoon van God als Diens mond of oren vleselijk zijn. We kunnen over God alleen spreken in antropomorfe termen en de zoon van God is dus de metaforische beschrijving van de innigheid waarmee een mens met God is verbonden.

Servet vond denk ik dat het christelijk geloof moest worden getoetst aan het jodendom. Ik denk dat de morele verontwaardiging over de behandeling van joden (en moslims) de voedingsbodem was voor zijn theologische interesse. Hij ging op zoek en kwam in aanraking met de kritiek van rabbi

Kimhi. Ik denk dat hij in de triniteitsleer een gevaar zag voor joden en moslims, omdat unitarisme werd gezien als ketterij. Hij had daarin gelijk. Hij probeerde dat gevaar weg te nemen, maar niet omdat hij zelf een jood was. Door de vraag te stellen: 'Was Servet een jood?' en die vraag niet te beantwoorden, suggereert Cottret dat Servet een geheime agenda had. Die had hij niet. Hij dacht met Luther dat 'de joden drinken uit de oorspronkelijke bron' (Luther, *Tafelgesprekken*).

Servet was geen jood, maar wilde drinken uit hun bron.

*

'Dr. Martin Luther King was gek op sneeuw.'
 'Wat zegt u?'
 'Sneeuw. Hij was gek op sneeuw.'
 'Was dr. Martin Luther King een Eskimo?'
 'Hij heeft het altijd ontkend.'
 'Gek hoor. Als ik een Eskimo was, zou ik daar recht voor uitkomen.'

*

Miguel week dus uit naar Straatsburg, op dat moment wellicht de meest tolerante stad van Europa. Ik weet nict of de politieke situatie van de stad in het begin van de zestiende eeuw uniek was, zij was in ieder geval bijzonder. Al in de middeleeuwen waren de inwoners erin geslaagd hun bisschop alle wereldlijke macht te ontnemen en de adel op zijn minst een toontje lager te laten zingen. De stad werd bestuurd door vertegenwoordigers van de gilden, de burgers dus.

Matthias Zell, een parochiepriester die preekte in de kathedraal van Straatsburg, was in 1521 overgegaan tot de Reformatie. Hij is wat mij betreft vooral belangrijk vanwege zijn vrouw Katharina. Zij is waarschijnlijk de enige bij wie

Miguel Servet veilig zou zijn geweest, maar niets wijst erop dat hij haar heeft ontmoet. Zij maakte de heren reformatoren erop attent dat in het onzevader God niet 'heer' wordt genoemd of 'rechter', maar vader. Tolerantie, het begrip waarover Calvijn later zo verachtelijk zou schrijven, was voor haar de kern van het evangelie. Misschien is het niet te gewaagd om te zeggen dat alleen een stad als Straatsburg een dergelijke vrouw kon voortbrengen.

De belangrijkste hervormer van Straatsburg was Martin Bucer. Hij was een dominicaan, maar vluchtte, openlijk getrouwd met een non, in 1523 naar Straatsburg. De bisschop van Straatsburg wilde hem de stad uit laten gooien, maar hij werd desondanks aangesteld in een van de kerken. Ik neem aan dat een dergelijke aanstelling in het Nederland van 2007 ondenkbaar is en dat je dus kunt spreken van een bijzondere situatie. Omdat meerdere kerken priesters wilden aanstellen die een evangelische toon aansloegen en dit voortdurend tot conflicten leidde, besloot het stadsbestuur de benoeming van priesters te onttrekken aan de macht van de kerkelijke hiërarchie. Ik stond perplex toen ik dit las. Let wel: het gaat hier over de kerk van Rome, er was nog geen sprake van een afgescheiden, gereformeerde kerk. Amsterdam was op dat moment nog een achterlijke stad, waar men ketters verbrandde en verdronk. In Straatsburg werden in 1526 de kloosters door het stadsbestuur overgenomen en de parochiepriesters werden door de overheid betaald. In 1528, het jaar waarin David Joris de monstrans bespotte en daarvoor lelijk werd bestraft, werd in Straatsburg de mis afgeschaft.

Ik sta hier wat langer bij stil. De woede van de hervormers richtte zich tegen het beeld, dat immers het woord gevangen hield. Hun afkeer van de mis was minstens zo heftig. Het beeld en de mis zijn verwant. Het opdragen van de mis was voor de gelovigen vooral een opvoering, een opeenvolging van mysterieuze handelingen en het opzeggen van formules in een onbegrijpelijke taal. De cultus gaf een theatraal *beeld* van de verlossing middels de kruisdood van Jezus, geschikt voor een samenleving van analfabeten, maar onbevredigend voor mensen die snakken naar het woord. Het consumeren van de hostie gaf een beeld van de deelname aan het goddelijke, terwijl het woord het beeld hoogstens ondertitelde.

De kerk van Rome bleef hardnekkig vasthouden aan het beeld en richtte haar woede op het gebruik van de landstaal, omdat het woord het beeld dreigde te breken.

Als je in deze kwestie van een gelijk kunt spreken, denk ik dat beide partijen gelijk hadden.

Het woord ontrafelt, splijt, leidt tot scheuring; de cultus verenigt. Zij die willen verenigen kiezen voor het beeld, zij die kiezen voor het woord zullen vroeg of laat worden geconfronteerd met een versplintering van opvattingen die vroeger gemeenschappelijk werden gedragen. Alle hervormers werden geconfronteerd met de splijtende werking van het woord. Jezus zei: '...ik kom een wig drijven tussen een man en zijn vader, tussen een dochter en haar moeder...' Hij heeft gelijk gekregen. Hij bracht het woord en het woord dreef een wig tussen de mensen. De hervormers werden er soms radeloos van, zelfs de vriendelijke Martin Bucer. Het zou nog lang duren voor men het afwijkende woord kon aanhoren zonder de spreker de hersens in te slaan. Maar toen had je ook wat. De westerse cultuur ziet er zo beweeglijk uit omdat zij wordt geproduceerd door mensen die het onderling oneens zijn.

*

Katharina Zell was haar tijd vooruit. Ze liet zich niet ringeloren door de angst die anderen overviel als het woord als een bevrijde kooivogel alle kanten uit fladderde. Ze zou bij Servet vooral hebben geluisterd naar de bedoeling achter zijn woorden en niet in de eerste plaats naar hun dogmatische correctheid.

Toen Servet in 1531 de stad binnenkwam, liep de tolerantie van de hervormers tegenover de andersdenkenden, waaronder de dopers, op haar laatste benen. Dat was deels te wijten aan de dopers zelf, die de waarheid in pacht meenden te hebben en daarvan luidkeels blijk gaven. In 1533 stelde Bucer een geloofsbelijdenis op die door alle gelovigen moest worden geaccepteerd en wie dat niet deed, diende de stad te verlaten. Tot eer van Bucer moet worden gezegd dat hij, als een van de weinigen, tegen de doodstraf voor ketters was en dus volstond met verbanning. Dat neemt niet weg dat de dopers onder de uitsluiting, vervolging en verbanning zwaar te lijden hadden. Katharina vond dat 'het onze plicht is liefde, dienstbaarheid en genade te betonen aan iedereen'. Zij bezocht de gevangenen, ook Melchior Hoffmann, bijvoorbeeld om hem zijn medicijnen te brengen. Over de houding tegenover de dopers zei ze: 'Sommigen ontsteken in woede tegen de anabaptisten en stoken de magistraten tegen hen op zoals een jager zijn hond ophitst tegen konijnen of wilde zwijnen. Toch nemen deze arme mensen Jezus aan, net als wij, en zijn zij het met ons eens op alle essentiële punten die ons scheiden van het papisme. [...] Moeten zij, en Christus in hen, worden vervolgd omdat zij op andere punten van ons verschillen, hoewel zij dapper hun geloof belijden en velen van hen ontbering, opsluiting, vuur en water te verduren krijgen?'

Het is ontroerend een heldere vrouwenstem te horen te midden van al die bebaarde mannenstrengheid. Ik roep haar stem op als er wordt beweerd dat we de godsdienstig bevlogen wreedheden bedreven door dienaren van de kerk moeten begrijpen uit 'de geest van die tijd'. Een weinig chic argument als je bedenkt dat gelovigen er telkens als de kippen bij zijn om te fulmineren tegen de geest van onze tijd: de eenentwintigste eeuw. Hoe komt het dat zij toen onderworpen waren aan de geest van de tijd en nu niet? Omdat wij nu vrij zijn. De gelovigen hebben altijd, door de tijden heen, gekozen voor uitsluiting, vervolging en verbanning van andersdenkenden. Het was niet nodig geweest. Er waren stemmen als die van Katharina, maar men luisterde niet. Men koos voor de mannelijke flinkheid van een mannelijke God.

Servet, die Christus erkende als zijn verlosser en 'zoon' van God, kan in Katharina's ogen geen ketter zijn geweest, maar zij was, misschien samen met haar man Matthias, de enige.

Des te schrijnender is het dat deze warme en intelligente vrouw de dood van haar twee kinderen, peuters nog, opvatte als een straf van God. Zij die in haar uitleg van het onzevader de vaderlijkheid van God benadrukte! Het christendom heeft veel mooie gedachten voortgebracht, maar deze is weerzinwekkend. Martin Bucer verloor tijdens de pestepidemie van '41, behalve zijn vrouw Elisabeth, al zijn kinderen op Nathaniel na. Had God weer eens 'vaderlijk' toegeslagen? Ik hoop dat Bucer het boek Job beter heeft begrepen dan Katharina, maar ik vrees het ergste. Door van God een almachtige en allesbepalende god te maken, maak je van Hem een engerd.

*

In 1531 leverde Miguel Servet een manuscript in bij Johannes Setzer (Secerius), een drukker uit Hagenau, dicht bij Straatsburg. Setzer was een gerenommeerde uitgever, die werken van Erasmus, Luther en Melanchton had gepubliceerd en zelf lutheraan was. Setzer kan het onmogelijk eens zijn geweest met Servets *De Trinitatis Erroribus*, waarin hij de triniteitsleer aanviel, maar hij publiceerde het werkje niettemin. Hij bracht er zijn leven mee in gevaar, want de leer van de drie-eenheid Gods was een zeer heilig huis, zowel voor de katholieken als voor de hervormers. Ook Oecolampadius verbaasde zich over de houding van Setzer. Hij schreef in een brief aan Bucer: 'Setzer is reuze trots en beklaagt zich over het feit dat het ons, predikanten, niet bevalt, alsof Luther ermee zou hebben ingestemd...'

Is het mogelijk dat Setzer zich in de inhoud van de *Trinitatis* heeft vergist? Ik denk van niet. Hij was een man die plezier had in polemiek en dus een voorstander was van het vrije woord, ook, en daar gaat het om, als hij het niet eens was met de schrijver die hij uitgaf. Een groot man dus.

De hervormers wilden het geloof uitsluitend baseren op de Heilige Schrift, maar deden dat niet. Ze handhaafden letterlijk te vuur en te zwaard een aantal dogma's waarvoor in de Bijbel geen grond is te vinden, waaronder de kinderdoop en de drie-eenheid. Je kon er dus op rekenen dat het vasthouden aan die dogma's een hoop gelazer zou opleveren en zo geschiedde.

Wat vreesde Oecolampadius het meest? Niet de leer zelf, die volgens hem gemakkelijk kon worden weerlegd. Nee, hij vreesde het meest de mening van de buren. Servets boek is gepubliceerd in protestants gebied en dat werd door menigeen in de katholieke wereld gezien als een broedplaats van de meest huiveringwekkende ketterijen.

'Als hij [Servet] niet wordt veroordeeld door de geleerden van onze Kerk, zal men slecht over haar spreken,' schreef hij aan Bucer. En: 'Ik smeek je [...] onze kerken te verontschuldigen tegenover de Keizer...'

Karel de Vijfde! De man die in alle gebieden waar hij macht had onze Huislamp en consorten onmiddellijk zou hebben verbrand! Men had in 1531 nog hoop op een verzoening zult u zeggen. Maar Calvijn zou precies dezelfde kruiperige houding aannemen tegenover Frans I van Frankrijk, de man die ketters massaal op de brandstapel liet zetten, waaronder persoonlijke vrienden van Calvijn.

Ik denk dan ook dat de wens een fatsoenlijke, gezagsgetrouwe kerk te zijn zonder al te bevlogen ideeën op sociaal terrein sterker was dan de hang naar een zuiver christendom, wat men daaronder ook wil verstaan. Men wilde acceptabel zijn in de ogen van de wereldlijke macht en zelfs in die van de kerkelijke macht: de paus. Men was domweg bang voor een militaire ingreep van de keizer of anders gezegd: men was bang voor zijn hachje.

Om redenen die ik niet goed begrijp, bracht men de afwijzing van de kinderdoop en de triniteitsleer in verband met opstandigheid en anarchisme. Let wel: deze opvatting had postgevat lang voor het drama van Münster. Het is waar dat iemand als David Joris geen behoefte had aan welk dogma dan ook, maar dat leidde bij hem niet tot gewelddadigheid of minachting van de staat. Het is dan ook de vraag of de dopers ooit tot anarchie en gewelddadigheid waren gekomen als zij niet zo deerlijk waren vervolgd. Het is blijkbaar bij niemand opgekomen dat terreur leidt tot contraterreur en dat extreme onderdrukking van ideeën leidt tot extreme ideeën. Tussen 1527 en 1535 zijn honderden dopers verbrand en verdronken, of ze nu pacifistisch of revolutionair waren, allemaal vóór Münster dus.

De hervormers waren van mening dat de afwijzing van de kinderdoop het ontkennen van de erfzonde betekende, zoals de afwijzing van de drie-eenheid werd gezien als een ontkenning van de goddelijkheid van Jezus. In het eerste hadden ze geen gelijk, de hoofdstroom van de dopers geloofde in de erfzonde, maar meende op Bijbelse gronden dat aan de doop een geloofsbelijdenis vooraf behoorde te gaan. Het evangelische gehalte van die opvatting is naar mijn mening aanzienlijk groter dan die van Oecolampadius.

Wat de ontgoddelijking van Jezus betreft: ja, dat is waar, de ontkenning van de drie-eenheid leidt daar meestal toe, maar bij Servet nu juist niet. De woede van de hervormers was dus uitsluitend gericht op een formule. Noch bij de kwestie van de kinderdoop, noch bij die van de antitriniteit van Servet is de verbetenheid van de hervormers goed te begrijpen, tenzij je aanneemt dat andere dan godvruchtige motieven een rol speelden.

Ik geef toe dat ik voor de duidelijkheid het volgende zo plomp mogelijk heb geformuleerd:

door de bevrijding van het woord werd het eenieder mogelijk gemaakt zijn eigen godsdienst te verzinnen en, in het kielzog daarvan, zijn eigen staatsvorm.

Het woord was een gevaar voor iedere vorm van autoriteit. Het woord 'ketter' kan dus rustig vervangen worden door het woord 'rebel'. De paus en de hervormers joegen op ketters, de keizer op rebellen, maar het betrof dezelfde mensen. Alva kon dus met recht beweren dat hij niet deed aan ketterjacht, maar dat hij in oorlog was met rebellen.

Luther was niet geïnteresseerd in het idee 'kerk' omdat volgens hem het eind der tijden aanstaande was. Toen Jezus almaar niet wilde terugkomen, kregen zijn opvolgers te maken met het probleem van de kerkelijke tucht. Wilde er sprake zijn van een kerk, dan moest iedereen zo ongeveer hetzelfde geloven. 'Maar,' las ik ergens, 'haast iedereen was beladen met sektarische aanvechtingen.' Volgens mij kan het woordje 'haast' worden weggelaten. Het individu is een sekte in zichzelf en wanneer individuen zich groeperen, doen zij dat op basis van het compromis.

*

Wat de hervormers het meest stoorde aan Servet was diens compromisloze *toon*, die ze arrogant vonden. Later zou Calvijn evenmin blijk geven van een grote soepelheid van geest, maar aan hem zijn we nog niet toe. Wanneer ik Servet lees, krijg ik het gevoel dat hij denkt dat de wereld vergaat als de mensen nog langer in de drie-eenheid Gods geloven. Voltaire noemde hem 'een gek, maar een eerlijke gek'. Dit in tegenstelling tot Calvijn, die volgens Voltaire ook een gek was, maar geen eerlijke.

Servet was oprecht, maar veroorzaakt bij de moderne lezer een sterk tut-tut-tut-gevoel. Ik kan zijn heftigheid alleen verklaren wanneer ik bij hem een grote ongerustheid veronderstel over een concreet probleem. Als Spanjaard had hij in dat probleem meer inzicht dan andere Europeanen: hij voorzag de ondergang van de joden en de moslims in Europa, die immers noch de doop noch de triniteitsleer konden aanvaarden. Hij kwam uit een cultuur waar de jodenhaat zo diep ingevreten zat dat iedere converso dagelijks moest vrezen voor zijn eer en vaak voor zijn leven. Wanneer je Menéndez y Pelayo over de moslimopstanden leest en de gevolgen daarvan, dan rijzen de haren je te berge omdat in dat negentiende-eeuwse proza de moslimhaat uit de zestiende eeuw je nog steeds tegemoet stinkt.

Servets heftigheid klinkt als opstandigheid, maar is het niet. De hervormers hebben niet nauwkeurig naar hem geluisterd en vreesden het oordeel van 'de wereld', de keizer en de paus.

De pauselijke nuntius in Duitsland, Hieronymus Aleander, schreef in 1532 aan de secretaris van de paus: 'Het zou de plicht zijn van die ketters in Duitsland, lutheranen of zwinglianen [...] dat ze tot het besluit komen hem [Servet] te straffen als ze zulke goede christenen en evangelischen zijn en werkelijke verdedigers van het geloof...'

Het is deze Aleander met wie Erasmus in 1508 in Venetië 'kamer en bed deelde', wat ik me daarbij ook moet voorstellen, en die hij later als zijn gevaarlijkste vijand is gaan zien. Erasmus had gelijk, want Aleander was een engerd. Op de rijksdag in Worms betoogde hij dat er genoeg in de dwalingen van Luther zat 'om honderdduizend ketters mee te verbranden'. Ook in die tijd werd vroomheid gemeten aan stoere taal.

Erasmus was er tot aan zijn dood van overtuigd dat Aleander de aanstichter was van alle haat tegen zijn persoon, maar Erasmus vatte Aleanders haat te persoonlijk op. Aleander haatte namelijk iedereen. Hij haatte Luther al voor de rijksdag in Worms en drong er bij de keizer op aan de rijksban over hem uit te spreken nog vóór de man was gehoord. Hij liet in Leuven Luthers boeken plechtig verbranden en zou de man zelf zonder enig gewetensbezwaar aan zijn boeken hebben toegevoegd. Sommige mensen slagen erin van de haat hun carrière te maken.

Miguel Servet had dus in hem een formidabele vijand gevonden en we zien aankomen dat hij tussen de katholieke en de protestantse werelden zal worden fijngewreven, maar hijzelf zag het niet. Hij ondernam een actie die alle verstand te boven gaat: hij stuurde zijn *De Trinitatis Erroribus* naar de bisschop van Zaragoza.

Miguels actie doet me denken aan de naïviteit waarmee Francisco Enzinas zijn Nieuwe Testament aan de keizer aanbood. Wat kan Servet hebben bewogen tot deze onderneming, waarmee hij niet alleen zichzelf, maar ook zijn familie in gevaar bracht? Wat zijn motief ook geweest moge zijn, het duidt zeker niet op opstandigheid.

Liever lijk dan ketter

Op 10 juli 1509 werd in Noyon in Noord-Frankrijk Jean Cauvin geboren, een man die zichzelf de volgende karaktereigenschappen toedichtte: bescheidenheid, zachtmoedigheid en mildheid. De man zou bekend worden als Johannes Calvijn.

Je moet oppassen met mensen die zichzelf bescheiden vinden. En het is de vraag of iemand van zijn tijdgenoten hem heeft gezien als zachtmoedig en mild. Toen hij in 1553 zijn bescheidenheid, zachtmoedigheid en mildheid kon bewijzen gaf hij niet thuis. Na zijn dood noemde Calvijns opvolger en bewonderaar Theodore Beza hem opvliegend, halsstarrig, somber en moeilijk. Het ontwikkelen van zelfkennis was misschien niet Calvijns grootste talent.

In 1523 studeerde Calvijn aan het Collège de la Marche in Parijs, waar in datzelfde jaar een augustijner monnik, Jean de Vallière, nadat hem de tong was uitgerukt, werd verbrand op beschuldiging van lutheranisme. Hij was voor zover ik kan nagaan het eerste brandoffer in Frankrijk na Jeanne d'Arc.

De beschuldiging was waarschijnlijk vals, omdat Vallière een leerling was van Jacques Lefèvre d'Étaples, die een voorloper van Luther kan worden genoemd, maar een minder heftige figuur was. Lefèvre had al in 1512 de meest kenmerkende reformatorische ideeën geformuleerd en om hem heen vormde zich een groepje bescheiden mensen, waaronder Marguerite d'Angoulême, de dekselse koningin van 'Navarra' (Béarn), die een kalme en beschaafde hervorming van de kerk voorstond. Bij dit groepje hoorde ook Guillaume Farel, die later een vlijtig aanhanger van Calvijn zou worden en om zijn fanatieke aard dan ook al vroeg uit dit zachtaardige groepje werd verwijderd.

Ik sta even stil bij Farel omdat hij de laatste bittere uren van Miguel Servet met zijn nooit aflatende fanatisme heeft vergald.

De man vervoegde zich bij Oecolampadius in Bazel en werd ook daar om zijn fanatisme de stad uit gegooid. Erasmus woonde op dat moment in Bazel en vond Farel een akelige scherpslijper. Melanchton was het met hem eens: hij prefereerde Erasmus boven Farel, wat verbazend is en aan het karakter van Farel moet worden toegeschreven. Toen de man elders begon te preken stuurde Oecolampadius hem een waarschuwende brief, waarin hij opvoedkundig opmerkte: 'Ik weet dat u een geneesheer zult zijn, niet een beul.' Huislamp had de beul herkend in de man die van Erasmus had gezegd dat deze een 'verpestende tegenstander van het evangelie' was. Ik denk dat Oecolampadius, die bevriend was met Erasmus, niet van dat soort leugens was gediend. U ziet de man voor u denk ik.

Wat kan de jonge Calvijn hebben gedacht bij de␣gruweldood van Jean de Vallière? Niet veel vermoed ik. Tot 1531 was Calvijn een brave katholiek. Hij schreef over zijn opvattingen in die tijd: 'Ik was ontstemd door de nieuwigheid (de hervormingsbeweging) en luisterde ernaar met een onwillig oor en ik moet bekennen, in het begin bestreed ik haar ijverig en hartstochtelijk.' In zijn latere leven heeft hij zich laten kennen als een gezagsgetrouw man met een uitgesproken hekel aan opstandigheid. De straf zal hem niet als wreed zijn opgevallen, omdat wreedheid het pedagogische middel bij uitstek was om sluimerende opstandigheid bij geestverwanten van het slachtoffer in de kiem te smoren. Calvijn zal Vallière een ketter hebben gevonden *die zichzelf had veroordeeld.* Onthoud dit zinnetje maar vast.

Erasmus had een afschuw van wreedheid en het is misschien daarom dat Huizinga hem een 'overgevoelig gemoed' toeschrijft 'dat nu eenmaal in echt mannelijke eigenschappen wat tekortschoot'. Dat kun je Calvijn niet verwijten. Hij was een echt mannelijke man, die geen last had van een overgevoelig gemoed. Van zijn roep gaat nog steeds onbuigzame stoerheid uit, terwijl Erasmus eerder staat voor vriendelijke geleerdheid.

Toch hebben beide mannen zich aangetrokken gevoeld tot Jacques Lefèvre, maar Calvijn zal hem uiteindelijk te 'lauw' vinden (te weinig 'mannelijk'?). Een verwijt dat Erasmus eveneens werd en wordt gemaakt.

Ik denk niet dat hier 'mannelijk' en 'onmannelijk' tegenover elkaar hebben gestaan, maar grimmigheid en vriendelijkheid, eigenschappen die volgens mij niet geslachtsgebonden zijn. Ik vraag me af of het werkelijk onmogelijk was geweest Rome te verzoenen met Wittenberg als de twee stromingen zich hadden laten vertegenwoordigen door hun vriendelijkste mensen.

De kracht van vriendelijkheid werd onderschat en wordt dat nog steeds. Ik heb ergens gelezen dat Erasmus van mening was, ik geloof in navolging van Origenes, dat uiteindelijk iedereen in de hemel komt, zelfs de Duivel. Hij legde de nadruk op 'het zachte juk' dat Jezus de mensen oplegt. Je kunt dit lauw noemen, ik noem het vriendelijk.

Calvijn heeft bij de bevrijding van het woord een rol gespeeld, maar het vrije woord is uitgevonden en verdedigd door mannen die vriendelijker waren dan hij.

Toen Miguel Servet in Hagenau zijn *De Trinitatis Erroribus* publiceerde, was Calvijn bezig met zijn commentaar op Seneca's *De clementia*. Over de clementie! De barmhartigheid! Het is bitter wanneer je de afloop van het drama kent.

*

Servet stuurde *De Trinitatis Erroribus* naar Zaragoza, de hoofdstad van zijn vaderland Aragón, wat erop wijst dat hij weliswaar de instemming van de hervormers zocht, maar dat zijn publicatie toch in de eerste plaats was bedoeld om zijn landgenoten te beïnvloeden. Daar, in Spanje, speelde zich immers het grote Europese drama af, daar werden het jodendom en de islam vernietigd. Je kunt je net als bij De Enzinas over zijn naïviteit verbazen, maar ik denk dat beide mannen hun inspanning tevergeefs hadden gevonden als ze hun werk niet op het juiste adres hadden afgeleverd. Of de bisschop het boek heeft gelezen weet ik niet. Het was de eerdergenoemde nuntius in Duitsland, Aleander, die de Spaanse Inquisitie over Servets ketterij inlichtte.

De Inquisitie probeerde allereerst Servets geboorteplaats en daarmee zijn familie te lokaliseren. Komt hij uit Cariñena? Mis! Uit Alcolea dan? Mis! Ze hebben ten slotte Servets familie gelokaliseerd in Villanueva de Sijena. Dat kan niet anders, omdat uit de papieren blijkt dat ze Miguels jongere broer Juan hebben opgespoord.

Nu komen er een paar aardige voorbeelden van de smoezeligheid van de Inquisitie. Zij verordonneerde dat er 'edicten' moesten worden opgehangen aan de kerkdeuren van de kathedraal in Zaragoza en aan die van de plaatselijke kerk van Villanueva waarin werd meegedeeld dat Miguel werd gezocht. Maar in een toevoeging aan dit bevel werd uitvoerig uitgelegd dat men dit maar liever onopvallend moest doen om vrienden en familie niet de gelegenheid te geven Miguel te waarschuwen. De afkondiging moest daarom zo worden opgehangen dat niemand hem las. Het was namelijk veel beter dat iemand naar Duitsland werd gestuurd om Servet naar Spanje te lokken door hem 'partidos' te beloven. Ik denk dat je 'partidos' het beste met 'voordeeltjes' kunt vertalen. De Inquisitie droeg Juan Serveto op naar Duitsland te gaan en ervoor te zorgen dat zijn broer terugkwam naar Spanje.

Iemand gebruiken om zijn eigen broer in het ongeluk te storten, is natuurlijk beneden alle peil, vooral als je beseft dat deze Juan priester wilde worden en daarvoor in opleiding was. Hij was nog geen twintig. De arme jongen kon de opdracht dus niet weigeren en is naar Duitsland gegaan.

Hoe gevaarlijk deze actie is geweest voor Miguel, is moeilijk te beoordelen, maar er is een geval bekend van iemand die zijn broer in opdracht van de Inquisitie verraadde en zelfs liet vermoorden. Francisco de Enzinas (ja, alweer hij) heeft een boek over dat geval geschreven:
De geschiedenis van de dood van Juan Díaz.

Juan Díaz was een volgeling van Martin Bucer en had geregeld meegegeten aan de gastvrije tafel van Katharina Zell. Zijn broer Alonso liet hem door een knecht met een bijl in stukken hakken omdat hij bang was dat Juans ketterij schande over zijn familie zou brengen. 'Ik zie hem liever als lijk dan als ketter.' Alonso had gelijk, niet in de moord, maar in de veronderstelling dat zijn broer zijn familie in gevaar bracht. Toen Francisco de Enzinas in Brussel gevangenzat, dreigde even dat hij zou worden uitgeleverd aan de Spaanse Inquisitie. Familieleden van Francisco uit Antwerpen hebben er alles aan gedaan om dat te verhinderen, 'want' schreef Enzinas, 'behalve dat het onmiddellijk levensgevaar met zich meebracht, zou zo'n proces in hun ogen *een afschuwelijke schandvlek op heel onze familie werpen.*'

Het kan best zijn dat Servets broer door eenzelfde angst werd gedreven.

Zelfs al zou Juan hem alleen maar hebben gelokaliseerd, dan zou dat niet ongevaarlijk zijn geweest. Het is bekend dat er tijdens het bewind van Filips de Tweede ontvoeringen van Spaanse ketters in het buitenland hebben plaatsgevonden; wie weet waren er onder Karel de Vijfde ook al geheime agenten actief.

Zowel Karel als Filips was buitengewoon gevoelig voor het bezoedelen van de nationale eer. In het buitenland had Spanje een slechte naam. Het werd door velen gezien als een land van joden en moren, en dat vooroordeel heeft bijgedragen aan het fanatisme waarmee in Spanje ketters werden vervolgd.

Erasmus schreef: 'In Spanje wonen nauwelijks christenen.'

Een olijke Italiaan noemde gebrek aan geloof 'il peccadiglio di Spagna' (de Spaanse pekelzonde).

De Spaanse keuken berust zo zwaar op de consumptie van varkensvlees omdat men zich genoodzaakt voelde om te demonstreren dat men geen jood of moslim was. Bij het braden was het toepassen van varkensvet, zoals we hebben gezien, veel christelijker dan olijfolie. Ik durf dit niet aan mijn Spaanse vrienden te vertellen omdat zij denken dat ze de olijfolie hebben uitgevonden.

Men kon zich ook verdacht maken door een wekelijks bad en het wekelijks aantrekken van schone kleren, want dat was een eigenaardigheid van de islamitische cultuur en niet bepaald christelijk. Juan de la Cruz was nogal schoon op zichzelf en dat bracht de Inquisitie tegen hem in stelling.

Juan Serveto werd dus uitgestuurd om de eer van zijn familie en die van het vaderland te redden. Hij is inderdaad op reis gegaan, maar niemand weet of hij zijn broer heeft ontmoet. Juan heeft verscheidene steden bezocht waar Miguel had verbleven, maar beweerde dat hij zijn broer niet kon vinden. Misschien was het een leugentje om bestwil, maar waarschijnlijker is dat Miguel na het verschijnen van zijn boek is ondergedoken. Hij had het bij iedereen verbruid. Na de publicatie van *De Trinitatis Erroribus* en de *Dialogi de Trinitate*, dat in de herfst van 1532 verscheen, zei de milde Martin Bucer dat 'Miguel de dood verdiende en dat zijn lichaam werd gevierendeeld'. Of Bucer de daad bij het woord zou hebben gevoegd betwijfel ik, maar dergelijke dreigende taal zal de twintigjarige Servet niet als applaus in de oren hebben geklonken. Hij verdween precies op tijd uit het zicht van de hervormers en de Spaanse Inquisitie, die toen al, in 1532 dus, jacht maakten op hetzelfde konijn, terwijl beide partijen onderling eveneens elkaars doodsvijanden waren.

Je kunt rustig stellen dat Miguel Servet na het publiceren van zijn eerste boek geen rustig moment meer heeft gekend. Zijn positie valt zelfs niet te vergelijken met die van Salman Rushdie in onze tijd, want de laatste kan rekenen op de bescherming van westerse overheden. Servet kon op niemands bescherming rekenen. Hij deelde dat lot met de dopers; onder hen werd een massaslachting aangericht.

*

Hoe was het intussen David Joris vergaan? Nadat hij uit Delft was verbannen is hij naar Oostfriesland gegaan en heeft daar ondanks zijn doorboorde tong gesprekken met de dopers gevoerd. In 1531, toen de termijn van zijn vonnis was afgelopen, keerde hij waarschijnlijk terug naar Holland. Hij is niet onmiddellijk tot het doperdom bekeerd en daar kan ik in komen. Sinds de rijksdag van Spiers in 1529 werd de wederdoop beschouwd als een *crimen publicum*, dat wil zeggen dat het een misdaad was tegen zowel de kerk als de staat. De eer van God zowel als het heil van de mens stond op het spel en de staat had de plicht de eer van God en het heil van de mens te beschermen. Op de wederdoop kwam de doodstraf te staan.

Antwerpen was een betrekkelijk veilige stad voor mensen met afwijkende opvattingen, maar het *Antwerps Archievenblad* noemt achtenveertig martelaars tussen 1524 en 1552, waarvan achtendertig dopers zijn en één lutheraan. Je kunt aannemen dat de overigen ook dopers zijn geweest. Adriaan van Haemstede liet in zijn martelaarsboek de dopers buiten beschouwing, misschien omdat hij ze niet als martelaren zag, maar als criminelen.

In 1533, toen Melchior Hoffmann in Straatsburg gevangen werd gezet, werden negen Amsterdamse dopers in Den Haag onthoofd. Hun hoofden werden in Amsterdam op staken tentoongesteld.

Het toetreden tot de doperse beweging was hetzelfde als het tekenen van een vogelvrijverklaring. Het is dus te begrijpen dat David Joris daar even over moest nadenken, vooral omdat hij had ontdekt dat hij allerminst geschikt was voor het martelaarschap. Hij was in 1528 betrekkelijk mild gestraft. Ik denk dat hij zijn leven toen heeft gered door te herroepen, want dat past bij zijn karakter. En bij het mijne. Mochten de calvinisten, katholieken of moslims ooit aan de macht komen, dan herroep ik alles: Calvijn was geen moordenaar, de paus is geen wijwaterkwast en Mohammed was wel degelijk de grootste profeet aller tijden.

Ergens rond 1533 moet Joris tot de beweging van de dopers zijn toegetreden, want in 1534 werd hij tot bisschop of oudste gewijd. Net als bij Servet vraag ik me af wat de man kan hebben bezield. Hij begaf zich willens en wetens in levensgevaar en ik weet bijna zeker dat hij wist dat hij de rest van zijn leven een vluchteling zou zijn.

De sociale druk kan blijkbaar voor persoonlijkheden als die van Servet, Joris en De Enzinas dermate ondraaglijk worden dat zij als het ware exploderen. Maar Joris was minder naïef dan Servet of Enzinas. Hij had absoluut geen zin in de martelaarsdood en introduceerde daarom een opzienbarende levenshouding: die van het 'veinzen'. Het was een geniale inval die de meerderheid van de dopers afwees, maar die velen van de marteldood had kunnen redden. Toen begon het drama van Münster.

*

Melchior Hoffmann wachtte in de gevangenis van Straatsburg het einde der tijden af, maar het jaar 1533 verstreek en de tijd draaide door alsof er niks aan de hand was. Dat verdrietige feit was niet aan de aandacht ontsnapt van een wakkere bakker uit Haarlem, een zekere Jan Matthijs, een belangrijke figuur binnen de doperse gemeenschap in Amsterdam. Men had hem, net als David Joris, in 1528 gegeseld en de tong doorboord vanwege zijn rebelse opvattingen, maar dat had hem blijkbaar niet van het slechte of rechte pad afgebracht. Hij schijnt, anders dan Joris, een soort Jerommeke te zijn geweest: een bonk van een vent, die voor niemand bang was. Hij verstootte zijn vrouw omdat zij twijfelde aan zijn profetische roeping en nam een andere. Twijfel was hetzelfde als goddeloosheid en het was verboden omgang te hebben met goddelozen. Zijn nieuwe vrouw Diewertje twijfelde niet.

Het was pijnlijk, maar Matthijs kon er niet omheen: Melchior was misschien toch niet Elia, want hij had zich vergist in de datum van Jezus' terugkeer op aarde. Straatsburg (waar Jezus zou verschijnen) was niet het Nieuwe Jeruzalem, maar er was geen reden om daarover lang te treuren, want er had zich een ander Nieuw Jeruzalem aangediend: Münster.

Ik merk dat mijn toon enigszins badinerend wordt en dat moet niet. We hebben hier te maken met de opstand van de kleine luiden. Anders dan Erasmus, Capito, Luther en al die anderen die probeerden een 'zuiver' geloof te organiseren, werd de beweging van de dopers niet geleid door geleerden, maar door glazeniers (Joris), bakkers (Matthijs), leerlooiers, boekbinders, kuipers, handwerkslieden kortom, die probeerden het evangelie letterlijk te lezen en die enthousiast waren geraakt door het woord 'vrijheid' waar Luther de pen vol van had. Zij interpreteerden Luthers idee van de christelijke vrijheid als de vrijheid om de sociale orde op zijn kop te zetten. Zij raakten bitter teleurgesteld toen Luther bleek in te stemmen met de wrede onderdrukking van de boerenopstand, die door het opkomende anabaptisme was geïnspireerd. Luther adviseerde de vorsten de 'roofmoordenaars als dolle honden neer te slaan'. De boeren eisten 'gelijkheid van allen zonder standsverschil overeenkomstig de Heilige Schrift'. De wereld zoals die al eeuwen voor hun geboorte was georganiseerd, was voor hen blijkbaar ondraaglijk geworden. Hun strijd is vergeefs geweest: het neerslaan van de boerenopstand heeft de lijfeigenschap van de landarbeiders met verscheidene eeuwen verlengd.

Hun mengsel van geloofsijver en maatschappelijke opstandigheid werd van het begin af aan door allen, conservatieven en hervormers gelijk, als uiterst gevaarlijk gezien. Dit is de kern van het doperprobleem: door het agressieve optreden van de dopers leek hun hervorming verdacht veel op een revolutie en dat gaf de keizer een uitstekende aanleiding om zonder onderscheid tegen alle hervormers met geweld op te treden. Volgens mij wordt te vaak over het hoofd gezien dat de theologie die de 'magistrale' hervormers ontwikkelden deels werd ingegeven door politieke motieven. Men was zich er blijkbaar van bewust dat de prille hervorming wel degelijk met behulp van wapengeweld kon worden onderdrukt en in grote delen van Europa is dat dan ook gelukt.

De dopers zochten wanhopig naar een plek om te leven. In Straatsburg hadden Martin Bucer en de zijnen ontdekt dat tolerantie *een aanzuigende werking* heeft. Een probleem dat Europa tot op de dag van vandaag niet heeft opgelost: hoe kun je een samenleving die je zelf aantrekkelijk vindt, onaantrekkelijk maken voor mensen die dreigen haar orde te verstoren? De enige oplossing die Straatsburg wist te bedenken was: met veel vertoon van strengheid het probleem niet oplossen. Uit angst te worden aangezien voor een stad waarin anarchie heerste, werden de dopers steeds strenger vervolgd. Katharina Zell begreep misschien niet dat angst voor de keizer in hoge mate de afkeer van de dopers bepaalde.

*

Straatsburg kon dus niet het Nieuwe Jeruzalem worden. Münster was net als Straatsburg een stad die de hervorming een warm hart toedroeg, maar was sinds '31 sterk van de lutheraanse weg afgeweken. De leidende predikant daar, Bernd Rothmann, verwierp de kinderdoop en sloeg ook anderszins een radicalere toon aan dan de doorsneehervormer gezond vond. Door de wet van de aanzuigende werking gingen honderden dopers, vooral afkomstig uit de Nederlanden, op weg naar het beloofde land. Jan Matthijs was een van hen. De stad liep in de jaren '33 en '34 vol dopers, waardoor zij in februari 1534 de macht konden grijpen. Diezelfde maand nog begon men, onder leiding van Matthijs, 'de goddelozen' de stad uit te jagen. Dat wil zeggen, de rooms-katholieken en de lutheranen.

Ik overdrijf niet als ik zeg dat het een vaste gewoonte van gelovige mensen is elkaar voor goddeloos uit te maken als ze het onderling oneens zijn. U zult het straks terugzien bij Farel en Calvijn, u kunt het vandaag de dag horen uit de mond van radicale moslims wanneer zij het hebben over christenen. De andersdenkende is een woordvoerder van de duivel, een monster, een varken, hij dient te worden geëlimineerd. Vandaar mijn welgemeend advies: wanneer de gelovigen ergens, in welk land u zich ook bevindt, de macht krijgen, neem dan onmiddellijk de benen.

Het hielp niet dat de dopers de wreedheid van de vervolging aan den lijve hadden ondervonden; zodra zij de kans kregen begonnen zij zelf te vervolgen. Dit gedrag vind je zeker niet alleen bij de dopers. De hervormers gingen overal volgens hetzelfde patroon te werk. De eerste stap werd gezet door pioniers: ze vormden cellen van hervormingsgezinden. Deze pioniers leden vaak onder heftige vervolging. Als er genoeg cellen waren om een vuist te maken, eiste men tolerantie op voor zijn groep. Men vroeg om het toewijzen van een kerkgebouw of in ieder geval toestemming voor het houden van samenkomsten. Zodra het aantal hervormingsgezinden een meerderheid vormde werd de mis verboden. Dat wil zeggen dat de rooms-katholieken in feite het leven onmogelijk werd gemaakt. Kloosters werden geconfisqueerd, kerken afgepakt, de clerus weggepest. Het was niet de bedoeling de tolerantie die men voor zichzelf had opgeeist als principe te handhaven. De dopers van Münster aapten na wat er in een stad als Bazel was gebeurd, zij het dat zij naar het schijnt nog gewelddadiger te werk gingen dan de volgelingen van Huislamp. In Münster werden lutheranen en katholieken uit hun huizen gesleurd en de barre winter in gestuurd.

Matthijs sneuvelde bij schermutselingen met de bisschoppelijke belegeraars en Jan van Leiden (kleermaker) werd koning van Münster. Privébezit werd afgeschaft, evenals de geldeconomie, veelwijverij werd ingevoerd.

Het zou te ver voeren om de ondergang van het doperse Münster met alle wreedheid die daarbij te pas kwam hier te beschrijven. Voor dit verhaal is van belang dat ten slotte, nadat de bisschop van Münster er niet in geslaagd was het verzet van de dopers te breken, de keizer ingreep. Hieruit bleek dat, wanneer er een goede aanleiding voor was, de keizer met geweld kon optreden, ook op Duits grondgebied. Het was niet alleen de ketterij van de dopers die de reguliere hervormers de stuipen op het lijf joeg, het ingrijpen van keizerlijke troepen toonde aan dat zij zich in hun steden geen anarchie konden veroorloven. Hun afkeer van het anabaptisme nam hysterische vormen aan en zij volhardden daarin ook lang nadat de dopers in de vreedzame wateren van Menno Simons en David Joris terecht waren gekomen. Hun hervorming mocht in geen enkel opzicht lijken op opstandigheid tegenover de staat. Het begrip tolerantie werd een staatsgevaarlijk concept. De vervolging van de dopers had weinig te maken met de blijde boodschap van het evangelie, maar alles met politiek. Uit angst voor dopers te worden aangezien hebben de reguliere hervormers een theologie ontwikkeld die naar mijn idee geen theologie was, maar deels opvoedkunde en deels staatkunde.

Een wijnbouwer met een schoffel over zijn schouder

Waar was Miguel Servet gebleven na zijn vlucht uit Straatsburg? Zijn broer Juan kon hem nergens vinden en daar is een eenvoudige verklaring voor. Miguel Servet bestond niet meer. Van nu af aan heette hij Miguel de Villanueva of Michel Villeneuve. Een doorzichtige schuilnaam zou je denken, maar hij heeft Servet tot 1553 beschermd.

In 1532 dook Michel Villeneuve op in Parijs, waar hij van alles en nog wat studeerde, behalve medicijnen en theologie. Hij zal zich niettemin (in besloten kring, want Parijs was een uiterst gevaarlijke plaats) in disputen op theologisch gebied flink hebben geweerd, want het kan bijna niet anders of hij kwam daardoor in contact met Calvijn. Het was de Calvijn van het commentaar op *De clementia* van Seneca, dat in 1532 verscheen, en nog niet de ijzeren hervormer van latere jaren. Met deze Calvijn viel waarschijnlijk nog te praten. Het is duidelijk dat Calvijn en Servet het oneens waren en wel zozeer dat Calvijn in 1534 een vergeefse poging deed om Servets ziel te redden, wat een loffelijk streven was.

Rond deze tijd had Calvijn zich tot de Reformatie bekeerd en zich daardoor gevoegd bij de ruime schare van vervolgden. Het is daarom des te opmerkelijker dat hij toen al, voor het drama van Münster, oog had voor ketterse opvattingen binnen het eigen reformatorische kamp. Je zou zeggen dat hij, die zelf opgejaagd wild was, wel wat anders aan zijn hoofd had dan theologische haarkloverijen.

In 1533 had Calvijn halsoverkop Parijs moeten ontvluchten nadat zijn vriend Nicolas Cop een uiterst provocerende toespraak had gehouden. Calvijn werd geacht daaraan mee geschreven te hebben. Cop hield zijn toespraak in de kerk van de franciscanen en eindigde met de vraag of het juist was de mens meer te willen behagen dan God, dat wil zeggen: de paus of het geweten. U begrijpt wat het rechtzinnige antwoord behoorde te zijn, maar ik verzeker u dat de wens God meer te willen behagen dan de mens altijd op bloedvergieten uitloopt en dit verhaal is daar een voorbeeld van.

De franciscanen waren woedend en dienden een aanklacht in. Cop vluchtte naar Bazel. Calvijn ontsnapte net op tijd aan arrestatie door zich met behulp van aaneen geknoopte beddenlakens uit een raam te laten zakken en vermomd als wijnbouwer met een schoffel op zijn schouder de stadspoort te passeren. (Ik weet niet zeker of dit laatste enige historische grond heeft of onderdeel is van een in later eeuwen ingezette calvinistische heiligenverering.) Hij vluchtte in eerste instantie naar zijn geboorteplaats Noyon en nam daarna een schuilnaam aan: Charles d'Espeville. Toen Calvijn later meedeelde dat hij voor Servet zijn leven had gewaagd door speciaal voor hem in '34 naar Parijs terug te keren, overdreef hij niet. De vraag is nu of 'Charles d'Espeville' toen al op de hoogte was van de ware identiteit van 'Michel Villeneuve'. Had Miguel hem *De Trinitatis Erroribus* laten lezen? Had Servet de man in wie hij wellicht een geestverwant zag in vertrouwen genomen en hem zijn ware identiteit onthuld? Het lijkt me niet onwaarschijnlijk, omdat ik de ijdelheid van schrijvers ken. Ik ben er immers zelf een.

Hoe het ook zij: Charles d'Espeville verscheen wel op de afgesproken plek in de rue Saint-Antoine, Servet niet. Deze rue Saint-Antoine was de straat van de slagers, een straat die dus meer paste bij Calvijn dan bij Servet. Maar ik denk dat Servet een betere reden moet hebben gehad om Calvijn dit blauwtje te laten lopen, want hij was er de man niet naar om het dispuut te ontwijken. Het is mogelijk dat hij wist dat hij door zijn komst Calvijn in gevaar zou hebben gebracht. Het was het jaar van de 'placards'. De een of andere gek had tot op de slaapkamerdeur van de koning plakkaten laten ophangen waarin de mis werd aangevallen. De koning was woedend en er volgde een twintigtal executies. Misschien heeft iemand Servet als lokaas willen gebruiken. Op dat moment was het niet hij, maar Calvijn voor wie de overheid belangstelling had. Het is in ieder geval een feit dat Calvijn hem deze gemiste afspraak nooit heeft verweten en hij heeft er, ook niet toen hij de macht had Servet daartoe te dwingen, geen uitleg over gevraagd. Het lijkt erop dat Calvijn zijn leven heeft gewaagd voor Servet en dat Servet vervolgens Calvijns leven heeft gered. Ik geef toe dat dit pure speculatie is.

Hoe zou het gesprek zijn verlopen als ze elkaar in 1534 wel hadden ontmoet?

De brede rue Saint-Antoine was de favoriete plek voor het organiseren van toernooien. Op 30 juni 1559 werd Hendrik de Tweede tijdens zo'n toernooi met een lans in het oog getroffen en ondanks de zorgvuldige behandeling met mummiepoeder overleefde de man het ongeluk niet.

Het gesprek tussen Calvijn en Servet was ongetwijfeld een toernooi geworden, met Bijbelteksten als lansen, elkaar verwondend, omdat geen van beiden van plan was van de ander te leren. Zij wilden zelfs niet argumenteren, ze wilden bekeren. Ze zouden geen van beiden hebben beseft dat een geloof dat uitgaat van een heilige tekst nooit op de gehele tekst kan berusten, maar altijd op een persoonlijke selectie daaruit. Als Teresa van Ávila erbij had kunnen zijn (maar zij komt pas in de tweede helft van de eeuw aan het woord) had zij God laten zeggen: 'Denkt u misschien dat u Mij de handen kunt binden [aan een tekst]?' Teresa heeft God veelvuldig gesmeekt bevrijd te mogen blijven van 'domme vroomheid', dat wil zeggen, getheologiseer zonder liefde.

Net als Katharina Zell begreep zij dat het wederzijdse gemep met teksten te maken had met mannelijke eer. Bekeringsdrang lijkt in veel opzichten op veroveringszucht en vrouwen hebben verstand van mannelijke veroveringszucht.

De beide mannen zouden elkaar in 1553 pas ontmoeten, ditmaal zonder voorafgaande afspraak. Het zou geen genoeglijke bijeenkomst worden.

*

In 1535, het verschrikkelijke jaar van Münster, ging Calvijn naar Bazel, bracht David Joris een kort en vergeefs bezoek aan Straatsburg en zat Servet in Lyon.

Calvijn begon aan zijn *Onderwijzing in de christelijke godsdienst*, waarvan de eerste versie in '36 door Thomas Platter werd gedrukt. Platter was inmiddels opgeklommen tot leraar in de drie klassieke talen (Latijn, Grieks, Hebreeuws).

In navolging van Luther, maar met afkeer van de vrijheid waar deze over had gerept, zette Calvijn in Bazel een leer op papier die gebaseerd was op de verwerpelijkheid van de mens. Hij deed dat met Erasmus als buur, want die was uit Freiburg teruggekeerd naar Bazel om daar, in 1536, te sterven. Niets wijst erop dat Calvijn de grote humanist heeft bezocht, laat staan geraadpleegd. Misschien heeft hij daar verstandig aan gedaan, want Erasmus had de verachting voor de mens en de stelligheid van Calvijns verkondiging ongetwijfeld vermoeiend gevonden. Maar nu we de twee grote mannen dicht bij elkaar hebben, straat naast straat zwoegend aan hun schrijftafels, dringt de vraag zich op waarom er zo enthousiast op Calvijns angstaanjagende boodschap is gereageerd, terwijl men toch ook voor de welwillende vroomheid van Erasmus had kunnen kiezen.

Ik denk hierom: Erasmus is geschikt voor mensen die vroom zijn, Calvijn voor mensen die vroom zouden willen zijn, maar het niet zijn. Voor Erasmus was het geloof even vanzelfsprekend als eten en drinken, Calvijn moest zijn geloof ontrukken aan de afgrond van zijn angst, een angst die hij voedde in woedende preken, preken die in feite niet tegen zijn gehoor, maar tegen zichzelf waren gericht, omdat hij zonder de voedingsbodem van zijn angst zichzelf niet vertrouwde.

De zestiende-eeuwse mens was een angstige mens, omdat alles in de war leek te zijn. Pest en syfilis waarden rond, waardoor het erop leek dat God erg boos was. Het vanzelfsprekende geloof van Erasmus zonder overdreven zondebesef paste niet bij de panische sfeer rond brandstapels, oorlogen, vervolgingen en pestepidemieën. De mens had behoefte aan sterkere prikkels, aan zelfkastijding, aan straf en boetedoening, aan een ostentatieve vroomheid. Calvijn bood hem die prikkels. Hij bood hun de totale hulpeloosheid tegenover God en de verachting van het aardse leven met de daarbij behorende vijandigheid tegenover de vrouw, een vijandigheid die Erasmus ten enenmale miste. Dat zijn prikkels waarmee twijfelaars zich vroom kunnen voelen zonder het te zijn. 'Omdat ik mij tegenover God een stuk stront voel moet ik wel een vroom mens zijn.'

Erasmus geloofde in de waardigheid van de mens omdat zijn God domweg niet in staat was iets onwaardigs te scheppen. Hij doet me vaak aan Prediker denken, die zei dat God met welgevallen op ons neerziet. Het boek Prediker was dan ook het enige Bijbelboek waar Calvijn een hekel aan had. Naar zijn idee was het geloof direct verbonden met schaamte of misschien moet ik het sterker zeggen: wie zich niet schaamde voor God was in Calvijns ogen schaamteloos. Calvijn respecteerde Erasmus, maar ik denk dat hij geen cent gaf voor diens geloof en dat was psychologisch bepaald. Calvijn zou zonder angst, schaamte en schuldgevoel tot ongeloof zijn vervallen en dat moet hij bewust of onbewust hebben geweten. Hoewel hij vond dat angst slechts een eerste stap tot geloof behoorde te zijn en dat God recht had op vertrouwen, is hij nooit vertrouwelijk geworden omdat hij zichzelf niet vertrouwde. Hij maakt daarom op mij de indruk van een man die wanhopig zocht naar een vanzelfsprekende verhouding met God, maar die niet vond.

Juist deze wanhoop, die zich zo vaak als woede uitte, maakt hem voor velen die zich bij wijze van spreken met hun nagels aan het geloof vastklemmen tot zo'n herkenbare figuur.

Ik las ergens dat Calvijn 'vreesachtig en zwaar op de hand' was in tegenstelling tot 'de opgewekte Erasmus'. Welnu, Erasmus heeft zijn opgewektheid niet cadeau gekregen: hij heeft zich ondanks alle tegenslag en vijandigheid gedwongen tot een goed humeur. Ook dat is discipline. Ook dat is godsdienst.

Calvijn vond weliswaar theoretisch dat de hoop de vrucht van de vrees behoorde te zijn, maar wat hij uitstraalde was wanhoop.

Toen Calvijn zijn afkeer van hypocrisie beschreef, klonk dat als volgt: 'Laat hen (de hypocrieten) maar met een bedroefd gezicht een schouwspel van vroomheid aan het publiek verkopen.' Calvijn laakt hier niet het droevige gezicht. Integendeel, hij beschouwt het blijkbaar als een uiting van gereformeerde vroomheid, maar de droefenis moet natuurlijk wel echt zijn. Ik zou het woord 'bedroefd' liever vervangen door 'ernstig'. Het gereformeerde geloof heeft moeite met de lach en dus ook met Erasmus. Twee eeuwen later zou Voltaire constateren dat gelovigen niets zo irriteert als 'een air van gelukzaligheid'. Maar neem van mij aan dat de glimlach waarmee Voltaire door het leven ging hem grote inspanning heeft gekost. Dit soort inspanning durf ik met een gerust hart godsdienst te noemen.

Calvijn hing aan een demonstratieve vroomheid omdat hij niet durfde te vertrouwen op geloof alleen. Wantrouwen is een gemakkelijke, want aangeboren emotie. Vertrouwen moet worden verworven en vraagt dus een voortdurende inspanning. Wantrouwen tegenover de vreemdeling, de vrouw, de man, de andersdenkende, het zit gratis voor niks in ons. Zelfs het wantrouwen tegen het leven is ingebakken: we gaan immers bij het minste of geringste hartstikke dood?

Wantrouwen ligt voor de hand en is dus voor iedereen 'haalbaar'. Vandaar dat Calvijns leer zo'n groot succes kon worden.

Zowel Luther als Calvijn ging ervan uit dat vernedering tot vroomheid leidt. Luther stelde zich dat als volgt voor: God heeft de mens geboden opgelegd 'die door ons onmogelijk te houden zijn'. Door dat onvermogen 'werkelijk nederig geworden en tot niets teruggebracht in eigen ogen' zoekt de hulpeloze mens zijn toevlucht bij God.

Binnen dit denksysteem dat volgens mij zonder overdrijving krankzinnig kan worden genoemd, is dit logisch, maar de belangrijkste Bijbelse opdracht, namelijk God lief te hebben, wordt er onuitvoerbaar mee gemaakt. Luther en Calvijn zagen ten onrechte onderdanigheid aan voor een uiting van eerbiedigheid. Eerbied, of het wat zwakkere 'respect', sluit liefde niet uit, maar de veronderstelling dat eerbied door vernedering kan worden afgedwongen is een misverstand. Ik heb de indruk dat vooral mannen aan dit misverstand lijden.

Wanneer een mens wordt bedreigd (met vreselijke straffen bijvoorbeeld) ontstaat er geen eerbied voor de bedreiger, maar radeloosheid en paniek. Het nederige gedrag dat wordt vertoond is vervuld van haat die zich vaak manifesteert als zelfhaat, als mensenhaat in het algemeen en ten slotte als haat tegen de bedreiger. Naar analogie van dit psychische fenomeen kun je stellen dat de godheid die dreigt en vernedert niet kan rekenen op de liefde van zijn slachtoffer, wel op een radeloze paniek die zich *voordoet* als eerbied.

Calvijn maakt op mij de indruk van een panische mens, en kwam in zijn paniek dan ook tot gedrochtelijke uitspraken, ook op terreinen die slechts in de verte met theologie te maken hadden. Zo had hij bijvoorbeeld een hekel aan vrouwen die zich 'mannelijk' gedroegen. Het doet hier niet ter zake wat Calvijn precies met mannelijk gedrag bedoelde, maar wel wat we volgens hem met zulke vrouwen moesten doen.

Deze vrouwen waren, preekte hij, 'zulke vreselijke monsters, dat men niet alleen zou moeten spugen wanneer men er een ontmoette, maar hun een stuk straatvuil achterna moest werpen...' Een verbazend platvloerse en voor vrouwen gevaarlijke uitlating. Hoeveel vrome lieden zullen de daad bij het woord hebben gevoegd?

Ik kan dit soort agressieve uitspraken, waarvan ik er honderd zou kunnen citeren, alleen maar verklaren wanneer ik aanneem dat Calvijn doorgaans in paniek was. Ook in die panische grondhouding zullen velen zich hebben herkend.

Paniek is een psychische toestand die niet ongevaarlijk is.

*

Was David Joris een zachtaardige deugniet of een bevlogen wereldverbeteraar? Allebei denk ik. Hij vertoonde trekjes van de slimme sekteleider, maar aan de andere kant was hij zorgzaam voor zijn volgelingen en dapper wanneer het erop aankwam.

In 1534 al, voor het drama van Münster, toonde hij zich een pacifist. De Münsterse predikant Bernd Rothmann had een boekje gepubliceerd dat ijverig onder de Nederlandse dopers werd verspreid: *Van der wrake*. 'Slaat dood monniken en papen.' Rothmann riep de dopers op om 'het harnas van David aan te gorden'. Tijdens een vergadering in Waterland, waar gesproken werd over de benarde situatie van het belegerde Münster, verzette Joris zich tegen het grijpen naar de wapens, wat hem de hoon van velen opleverde. Hij heeft het principe van de geweldloosheid nooit opgegeven. Mensenlevens waren hem te kostbaar.

In 1535 nam de vervolging van de dopers nog grimmiger vormen aan dan daarvoor. Daarom reisde Joris naar Straatsburg, maar ook daar was het afgelopen met de betrekkelijke tolerantie. Dat Miguel Servet volgens Bucer moest worden gevierendeeld, betekent dat zelfs in het hoofd van de tolerantste hervormer enige steekjes waren losgeraakt. David Joris had zich weliswaar tegen de gewelddadige dopers gekeerd, maar voor dergelijke subtiele verschillen tussen dopers onderling had men geen oog. Hij schijnt na wat omzwervingen toch maar weer naar het voor hem gevaarlijke Delft te zijn teruggekeerd, waar hij onderdook.

Ergens in 1536 werd Joris getrakteerd op een aantal 'hemelse visioenen', waarin hem werd opgedragen een leidende rol te spelen in de beweging van de dopers. Hij wekt de indruk dat hij zichzelf, na koning David en Jezus, zag als 'de derde David', de nieuwe verlosser dus. Dat had tot gevolg dat hij de theologie als gemierenneuk terzijde kon schuiven. Zelfs het evangelie beschouwde hij hoogstens als een uitgangspunt, omdat hij rechtstreeks door de Heilige Geest werd geïnformeerd. Luther spotte met dit soort enthousiastelingen die de Heilige Geest opvraten 'met veren en al'.*

Joris moet al vroeg volgelingen hebben gehad. In ieder geval was Anneke Jans uit Den Briel zozeer van hem onder de indruk dat zij hem vanuit Engeland schreef dat hij 'de beminde des Heeren' was, een term waarmee in de Bijbel koning David wordt geprezen. Er zijn meer aanwijzingen dat Joris een niet altijd gezonde verering ten deel viel en dat hijzelf evenmin erg bescheiden dacht over het belang van zijn persoon.

Met Anneke liep het slecht af. Zij was vanwege de vervolgingen naar Engeland gevlucht. In 1539 keerde zij terug en wilde naar Delft om Joris te ontmoeten. Toen ze in Rotterdam bij de Delftse Poort op de Delftse schuit wilde stappen, werd ze gearresteerd. Esaias, een baby nog, mocht ze bij zich houden. Ze werd berecht en tot de verdrinkingsdood veroordeeld. Op weg naar de Schie was er blijkbaar geen oplossing bedacht voor de kleine Esaias, want de arme moeder gaf de zuigeling weg aan een bakker die stond toe te kijken.

* De Heilige Geest wordt gewoonlijk als een duif voorgesteld.

Jan Luiken heeft dit schrijnende tafereel meer dan een eeuw later indringend in beeld gebracht, wat bewijst dat het verhaal diepe indruk maakte en voortleefde in de harten van de mensen. Hij maakte ook een prent van Anneke staande op een steiger aan de Schie. Ze staat rechtop, haar benen worden over haar rokken heen met touw samengebonden. We zien een zware kei op de steiger liggen, gebonden aan het touw rond haar kuiten. De onvermijdelijke monnik naast haar buigt zich naar haar toe om haar tot een herroeping te bewegen. Niet om haar leven te redden, want verdrinken zullen ze haar in elk geval, maar om haar ziel te redden en de kerk aan een overwinning te helpen. Het onvoorstelbare tafereel is door Luiken voorstelbaar gemaakt, juist doordat hij het raadsel niet heeft opgelost: de omstanders staan er onaandoenlijk bij. Hoe hebben die mannen deze wreedheid kunnen verdragen?

Als ruim een eeuw later dit verhaal nog zo'n indruk maakte op Jan Luiken, wat zal het dan met David Joris hebben gedaan? Het zal hem met afschuw hebben vervuld, maar niet alleen met afschuw van de beulen, ook van de onnozelheid waarmee Anneke haar dood tegemoet liep. Ze moet in Rotterdam door demonstratief gedrag zichzelf hebben verraden. Joris had een hekel aan roekeloos gedrag omdat hij het oliedom vond. Hij heeft zijn best gedaan om zijn volgelingen in te prenten dat het niet de moeite waard was te sterven voor een demonstratie van vroomheid. Voor hem was het geloof geen kwestie van een in het openbaar aangehangen doctrine, maar van een innerlijke overtuiging die aan het innerlijk genoeg had. Als het voor de veiligheid noodzakelijk was mee te doen aan uiterlijkheden, dan moest je dat maar doen. Wat men innerlijk dacht en geloofde hoefde niet te worden uitgedragen, maar gedeeld met vertrouwelingen en vrienden. Hij werd een meester in het onderduiken, niet alleen lichamelijk maar ook geestelijk. Dat moest ook wel, want in Delft verschenen er plakkaten met zijn naam erop:

'soo wie Davidt Joris ende Meynart van Embden, herdopers, logeren, sonder die aen te brengen, levendich in haer deur gehangen sullen worden ende diese aenbrengen van elck genieten sullen 100 gulden.'

Waar moest hij zich bergen?

Met de kleine Esaias de Lint liep het goed af. De bakker heeft blijkbaar uitstekend voor hem gezorgd. Hij werd later burgemeester van Rotterdam en was bevriend met Johan van Oldenbarnevelt.

Van Oldenbarnevelt heeft dus geweten van Anneke Jans, Anneke Jans van David Joris, David Joris van Miguel Servet, zoals later zal blijken.

Het is opmerkelijk dat Voltaire in verscheidene brieven Miguel Servet en Johan van Oldenbarnevelt in één adem noemt. Bijvoorbeeld in deze van 26 maart 1757:

'De moord op Servet lijkt ons nu weerzinwekkend, de Hollanders schamen zich voor die op Van Oldenbarnevelt.'

The plot thickens.

De potten en pannen van Teresa

Johannes Calvijn kon geen stap zetten in paaps gebied. Ze zouden hem tot in Barneveld en Staphorst levend hebben verbrand. Miguel Servet en David Joris konden nergens heen. Het aantal vluchtelingen in Europa moet enorm zijn geweest. Rond 1535 waren er naar schatting 16 000 Nederlandse dopers op drift geraakt, maar ook het aantal Franse en Spaanse ballingen was aanzienlijk. Het is opvallend hoeveel Spaanse familieleden en vrienden van Francisco Enzinas Vlaanderen prefereerden boven Spanje. Velen die in eigen land bleven moesten hun dorp of stad verlaten en doken onder, vaak onder schuilnaam. Miguel Servet was Michel Villeneuve geworden. Een onvoorzichtige schuilnaam voor iemand die zowel door de Spaanse als de Franse Inquisitie werd gezocht. Het is verbazend dat zowel de schuilnaam van Servet als die van Joris zo lang gehouden heeft. Die van Joris zelfs tot drie jaar na zijn dood!

Servet is na zijn mislukte afspraak met Calvijn niet lang in Parijs gebleven, want nog hetzelfde jaar (1534) dook hij op in Lyon, waar hij werkte als redacteur en corrector voor Melchior en Gaspard Trechsel. De uitgeverij van de Trechsels was een beroemd huis, dat bijvoorbeeld de houtsneden bij het Oude Testament van Hans Holbein uitgaf, de maker van de portretten van Erasmus.

Naast het redactiewerk was Servet bezig met een kritische uitgave van de atlas van Ptolemaeus, de Griekse astronoom en geograaf uit de tweede eeuw na Christus. Diens astronomische stelsel werd door Copernicus weerlegd, maar Calvijn hield het bij Ptolemaeus, omdat je immers *met eigen ogen* kon zien dat de zon bewoog en de aarde stilstond.

Servet bracht in de beschrijvingen van Ptolemaeus een aantal correcties en toevoegingen aan. Met een daarvan kreeg hij moeilijkheden. Toen hij voor zijn rechters stond moest hij uitleggen waarom hij het Heilige Land 'dor, onvruchtbaar en onaantrekkelijk' had genoemd, terwijl het volgens Mozes 'een land overvloeiende van melk en honing' was.* Het antwoord was al in de tekst opgenomen: de beschrijving van Palestina berustte op de ervaring van 'reizigers en kooplieden', maar dat antwoord bevredigde natuurlijk niet. Het ging niet om de correctheid van de weergegeven feiten, maar om de theologische aanvaardbaarheid daarvan. Was het verantwoord de profeet Mozes tot een leugenaar te maken op grond van zoiets banaals als de feiten? Een werkelijk vroom gemoed ziet de feiten zoals ze zijn voorgeschreven. Dit keer gold de waarneming van *de eigen ogen* niet, wat erop wijst dat het bereiken van de ware vroomheid een ingewikkelde zaak is, die voor weinigen is weggelegd. Soms moet je de ogen wijd openzetten, dan weer stijf dichtknijpen, zodat je zoiets wordt als de lang vergeten knipperbol.

Noch Servet, noch Mozes heeft gelogen. De Israëlieten kwamen uit de woestijn. Palestina moet hun een waar paradijs hebben geleken, maar Servet zag terecht Los Monegros voor zich en vergeleek het met het lieflijke Franse landschap.

Ik heb *met eigen ogen* gezien dat grote delen van Palestina sprekend lijken op het landschap uit Servets jeugd: dor, onvruchtbaar en onaantrekkelijk, maar mijn oordeel wordt in hoge mate bepaald door het feit dat ik uit het groene en vruchtbare Holland kom.

---

*Dat deze tekst ten onrechte aan Servet werd toegeschreven, doet voor dit verhaal niet ter zake. Servet heeft de tekst gehandhaafd en nam er dus verantwoordelijkheid voor.

*

Door het *met eigen ogen* zien kwam Servet tot een ontdekking op een heel ander terrein.

In 1537 keerde hij terug naar Parijs om er medicijnen te studeren. Hij kreeg les van professor Johannes Gunther de Andernach (Guinterius) en werd na Vesalius diens assistent aan de snijtafel. De later wereldberoemd geworden Vesalius had geen hoge pet op van zijn leermeester. 'Ik zie hem niet als een anatoom,' schreef hij. Hij zou Andernachs snijkunst niet graag terug willen zien 'behalve aan de dis'.

Andernachs anatomielessen waren er voornamelijk op gericht de inzichten van Galenus te bevestigen, een medicus die 1500 jaar eerder had geleefd. Het is daarom opmerkelijk dat Servet, dankzij dit assistentschap, een opvatting van Galenus weerlegde, omdat hij met eigen ogen had gezien dat die onjuist was. Ook hier verviel hij tot ketterij omdat hij uit zijn doppen keek.

Galenus dacht dat het bloed uit darmsappen werd gevormd en door de lever in de aders werd gebracht. Het bloed kwam via de rechter hartkamer in de longen terecht, waar het werd gezuiverd. Via gaatjes in de tussenwand ging het bloed van de rechterkamer naar de linkerkamer.

Miguel Servet weerlegde deze opvatting door simpelweg te constateren dat de wand tussen de hartkamers niet poreus is en dat het bloed via de longen van de ene kamer naar de andere wordt gepompt. Het formaat van de longslagader wees er volgens hem op dat hij niet alleen diende om de longen te voeden. Hij was bedoeld om het bloed door de longen te voeren, waar het 'lucht' opnam, en vervolgens in de linkerkamer van het hart stroomde om door het lichaam gepompt te worden. Servet had dus, als eerste Europeaan, de kleine bloedsomloop ontdekt. Een geleerde Arabier was hem in de dertiende eeuw voor geweest: Ibn an-Nafis, geboren in Damascus, gestorven in Cairo. Hij stelde de ondoordringbaarheid van de tussenwand vast, maar over de functie van de longslagader sprak hij zich niet uit. In de Servetliteratuur wordt aannemelijk gemaakt dat Servet het werk van Ibn an-Nafis niet heeft gekend (andere historici, die Ibn an-Nafis meer zijn toegedaan dan Servet, tonen natuurlijk net zo gemakkelijk Servets afhankelijkheid van de Syriër aan.*)

De passage over de kleine bloedsomloop in de *Restitutio* klinkt laconiek, bijna achteloos, alsof hij niet in de gaten had dat hij ketterij bedreef, in dit geval wetenschappelijke ketterij. Hoe kon iets ketterij zijn wanneer je het met eigen ogen had gezien?

Ik denk dat hij met dezelfde naïeve instelling de christelijke religie te lijf ging: het *zien* is in dit geval *nauwkeurig lezen*. Het gevolg van nauwkeurig lezen kon onmogelijk ketterij zijn, hoogstens een vergissing.

De ontdekking van de kleine bloedsomloop was geen gevaarlijke ketterij, omdat Servet daarmee niet, zoals Copernicus, het christelijk wereldbeeld op zijn kop zette. (De uitgever van Copernicus zag de bui al hangen en schreef een voorwoord waarin hij meldde dat het heliocentrische systeem van Copernicus een wiskundig model was en geen beschrijving van de werkelijkheid.)

Het gaat mij om de laconieke toon waarmee Servet zijn ontdekking beschreef binnen het kader van een *theologisch* betoog. Het is alsof hij wil zeggen: ik kijk, constateer en noteer. Dat is alles. Als ik het mis heb, weerleg dan mijn argumenten.

In de eerste brief die we van Servet kennen, die aan Oecolampadius, wees hij op de rationaliteit van zijn opvattingen die 'je niet zomaar kunt verwerpen'. Tot zijn verbazing werden ze wel 'zomaar' verworpen.

Servet had niet door hoezeer zijn ideeën ontstaan waren uit persoonlijke ervaringen en als hij het wel had geweten,

* Bijvoorbeeld Juan Vernet, *Lo que Europa debe al Islam de España*.

had hij ontdekt hoe moeilijk het is persoonlijke ervaringen met anderen te delen. Zijn type geloof was van een geheel andere aard als dat van zijn tegenstanders. Hij dacht dat hij alleen maar zag en constateerde, maar, zoals Calvijn geleid werd door levensangst, werd Servet geleid door euforie. De angstige mens begrijpt de euforische mens niet en omgekeerd.

Servet 'constateerde' dat God Zijn geest met behulp van de longen bij de mensen in het bloed blies, dat de mens bij elke ademteug door Hem tot in 'het centrum van de ziel' (het bloed) werd geïnspireerd.

Servet was van mening dat God Zijn geest bij iedere mens in de ziel blies (het bloed) en daarmee de mens de kans gaf deel te nemen aan het goddelijke. Het was een idee dat ook al bij de moslim Ibn an-Nafis was opgekomen.

Voor mij is dit abacadabra. Ik voel me meer thuis bij een uitspraak van Gómez Pereira, leermeester van Juan de la Cruz, die meende dat de *gedachte* de essentie van de ziel was. Waar het mij om gaat is het mensbeeld dat achter de abacadabra schuil gaat. Servet was nog geheel vervuld van de geestdrift die heerste in de eerste helft van de zestiende eeuw, waarin men net zo enthousiast naar het goddelijke speurde als naar nieuwe werelden. De mogelijkheden van de mens leken onuitputtelijk, het neerzien op de mens voelde aan als vloeken in de kerk.

*

David Joris had ongelijk. De controverse betreffende de drie-eenheid was geen loos gekibbel. Voor Servet was het essentieel dat Jezus een mens was die door goddelijke inblazing goddelijk was geworden en niet van geboorte af aan God was. Christus was voor Servet de weg, de waarheid en het leven, niet omdat hij God was, maar omdat hij de weg (of methode, want methode betekent weg in het Grieks) was naar een ontmoeting tussen het goddelijke en het menselijke. Omdat Jezus een mens was, was zijn voorbeeld navolgbaar. Jezus was in staat gebleken zichzelf te verheffen en de zonde te vermijden, ondanks het feit dat hij een mens was. Hij was in staat geweest niet aan de zonde te beginnen, maar daarvoor was het noodzakelijk aan te nemen dat kinderen niet kunnen zondigen. Al dit vermoeiende theologische gewauwel was noodzakelijk om tot een mensbeeld te komen dat paste bij Servets ervaring.

Je kunt de mensheid grofweg indelen in types die de mens niks vinden en types die de mens niet niks vinden. Wanneer je naar de wreedheid van de mens kijkt ligt het voor de hand om hem niks te vinden. Deze conclusie wordt in de wereldliteratuur tot op de dag van vandaag erg kunstzinnig gevonden. In de ene roman na de andere wordt ons uitgelegd dat wij niks zijn en ook nooit iets zullen worden. Ik weet niet of iedereen beseft hoe lutheraans/calvinistisch vroom dit standpunt is.

Wanneer je naar de prestaties van de mens kijkt, naar zijn muziek, zijn wetenschap, zijn creativiteit in het algemeen of naar zijn liefheid, kom je tot de conclusie dat de mens, ondanks alles, niet niks is. Dat standpunt wordt aanzienlijk minder kunstzinnig gevonden omdat vaak wordt gedacht dat de kunst er is om de mens met zijn verschrikking te confronteren.

Ik ga terug naar Luthers uitgangspunt (overgenomen door Calvijn), dat ik krankzinnig heb genoemd. Hij dacht dat God ons door middel van vernedering tot eerbied probeert te dwingen. Ik herhaal hier niet dat de mens op vernedering niet met eerbied, maar met afkeer reageert, want dat heb ik u al verteld.

Het is opvallend hoe vaak en intens mystici als Juan de los Angeles, Juan de la Cruz en Teresa van Ávila de nadruk legden op de liefde en de mogelijkheid van de ziel om zich te verenigen met het goddelijke.

Toen Servet zijn cerberusbrief aan Abel Pouppin schreef, had hij misschien *Het Christelijk Alfabeth* (verschenen in 1536) van Juan de Valdés gelezen. Valdés schreef daarin onder meer: 'Ook houden de mensen God wel voor hardvochtig en leven daardoor in voortdurende vrees.' '...omdat zij in God een tiran zien, regelen ze hun verhouding tot Hem als tot een tiran.'

Ziehier de tegenstelling tussen dogmatici en mystici: dogmatici menen dat God vernedert, mystici menen dat God verheft.

Het zijn opvattingen die elkaar uitsluiten, want beide typen ervaren elkaars opvatting als godslasterlijk.

De mystici hebben het meest onder deze onverzoenlijkheid te lijden, want dogmatici kunnen macht verwerven, mystici niet.

*

Ik noemde de belangrijke brief aan Abel Pouppin, een collega van Calvijn in Genève. Servet schreef: 'In plaats van een God hebben jullie een driekoppige cerberus', en even verderop: 'in plaats van het ware geloof, een fatalistische fantasie'.

Toen ik dit de eerste keer las, vatte ik de typering 'cerberus' voor de God van de reguliere hervormers op als een scheldwoord zonder meer, bedoeld om de triniteitsleer belachelijk te maken. Maar het scheldwoord is niet willekeurig gekozen, zoals de 'ezels' of 'monsters' die de gereformeerden te pas en te onpas van stal haalden. Cerberus, de hond die de toegang tot het dodenrijk bewaakte, werd meestal met drie koppen afgebeeld en kan dus als karikatuur van de drie-eenheid worden gebruikt. Maar de gevoelswaarde van het woord cerberus is belangrijker. Met een cerberus wordt in veel talen een norse portier bedoeld.

Servet beweerde dus dat de hervormers van God een norse portier (van het dodenrijk / de hemel) hadden gemaakt, die je onmogelijk kon liefhebben, terwijl Jezus God nu juist voor ons toegankelijk had gemaakt. Misschien heeft de cerberus van Servet een nog heftiger betekenis: julie hebben geen geloof (misschien bedoelt hij: vertrouwen) omdat jullie van God een tiran (die van Valdés) hebben gemaakt.

In de beroemde brief aan Oecolampadius schrijft Servet dat 'Melanchton beweert dat hij geen enkele liefde voor God koestert'. Waar Servet deze wijsheid vandaan haalde weet ik niet, maar zeker is dat de liefde, voor mystici zo belangrijk, er bij de hervormers magertjes vanaf komt, zeker bij Calvijn en de zijnen, bij wie de vrees voorop staat. Voor een angstige man is de vrees dichter bij huis dan de liefde, die immers moed vereist.

De 'fatalistische fantasie' sloeg op de predestinatieleer, die de mens afhankelijk maakte van Gods genade. De mens kon zelfs met een volledige onderwerping zijn redding niet bevorderen. Het calvinisme komt in dit opzicht overeen met de islam: vrees, gehoorzaamheid, onderwerping en dan nog kan het zijn dat je voor je geboorte al verworpen bent. Het idee dat de mens zich uit zijn ellende zou kunnen verheffen werd door Calvijn gezien als hoogmoed. Zelfs een voor de wereld onberispelijk mens was een modderpoel vol duistere zondigheid, die niet in staat was iets bij te dragen aan zijn redding. Calvijn begreep het boek Job niet omdat zijn vrome praatjes sprekend leken op die van de vrienden van Job. Ze worden door de Bijbelschrijver als prietpraat aan de kaak gesteld.

Voor mystici is dit een ondraaglijk godsbeeld. Ze hebben de neiging met liefde naar God en dus ook naar de mensen te kijken.

'Zonder liefde is alles niets,' schreef Teresa van Ávila. En tegen haar kloosterzusters: 'Weet wel, als jullie in de keuken werken, dat God rondwaart tussen de potten en pannen.'

'Het goddelijke is afgedaald naar het menselijke opdat

de mens zou kunnen opstijgen naar het goddelijke,' schreef Servet in zijn *Restitutio*.

En dit is dan weer een ondraaglijk beeld voor de dogmatici, wier God immers voortdurend in razernij verkeert omdat wij zijn wetten overtreden en die door ons gejubel gekalmeerd moet worden. Tussen de potten en de pannen! Waar blijft Gods eer tussen eenvoudig keukengerei? Nergens toch?

Servet kwam met hetzelfde idee in moeilijkheden toen hij voor zijn rechters stond.

Ondervrager: 'Dus als ik op een straatsteen trap, trap ik op God?'

Servet: 'Geloof jij dan dat God ergens *niet* is?' Waarmee hij natuurlijk niet wilde zeggen dat je de straatsteen als een god moet vereren.

Calvijn schreef in een brief aan Farel: 'Zijn gekte is zo groot dat hij niet aarzelt te beweren dat er zelfs goddelijkheid in de demonen zit.'

Het was flauw om die demonen erbij te halen, omdat Servet slechts had beweerd dat God *overal* is: een algemeen geaccepteerd idee, dat je natuurlijk gemakkelijk belachelijk kunt maken. Zit God dan ook in een hondendrol? Ja. En ook in de potten en pannen van Teresa.

Het ging hierom: is de aarde en alles wat daarop is, de dingen, de dieren en de mensen, van waarde of is het slechts verachtelijke stoffelijkheid? Kan het leven een bron van verrukking zijn of is het een kruisdraging? Heeft God ons lief of veracht Hij ons?

Voor de duidelijkheid overdrijf ik de tegenstelling een beetje.

*

Ik ben vergeten u te vertellen over de aanslag op Amsterdam. Daarvoor moeten we terug naar het jaar 1534. Jan Matthijs was met zijn nieuwe vrouw Diewertje (ik lees overal Diewer, maar ik vind Diewertje leuker) naar Amsterdam getrokken en preekte daar hel en verdoemenis onder de dopers, waaruit je kunt opmaken dat Jan een echte profeet was. In hetzelfde jaar trok hij naar Münster, waar hij een belangrijk aandeel had in de omwenteling in die stad. Hij sneuvelde tijdens een schermutseling met de bisschoppelijke troepen. Diewertje bleef niet lang zonder man, want Jan van Leiden trouwde met de jonge weduwe en toen hij koning werd, werd zij dus koningin. Ik vind het verbazend dat ook de dopers met hun revolutionaire vuur niets beters wisten te bedenken dan een maffe monarchie met alle waanzin die daarbij hoort. Jan had behalve Diewertje nog vijftien vrouwen geloof ik. Zowel hij als Diewertje organiseerde een eigen hofhouding met raadsheren, kamerheren, bodes en wat niet al. Jan van Geelen, de belangrijkste aanvoerder bij de aanslag op Amsterdam, was in Münster poortwachter geweest van koningin Diewer. Als dit een roman was had ik dat gegeven als te onwaarschijnlijk van de hand gewezen.

Door de gebeurtenissen in Münster was er onder de dopers in de Nederlanden grote opwinding ontstaan die zich uitte in twee tegengestelde bewegingen. Koning Jan van Leiden stuurde voortdurend 'apostelen' uit, die de dopers opriepen naar Münster te komen om de stad te ontzetten. Er werden pogingen ondernomen, maar veel toegestroomde enthousiastelingen werden onderweg gearresteerd, een aantal werd ter dood gebracht. Nu het onmogelijk bleek massaal op te trekken naar de stad van God in Westfalen, kwam Amsterdam in beeld. Er ontstond het idee dat de gelovigen deze stad zouden kunnen veroveren 'sonder bloetstortinghe', maar mét bloetstortinghe mocht ook. Het is een raadsel waardoor er een stemming ontstond die je met een gerust hart godsdienstwaanzinnig kunt noemen.

Wat te denken van het groepje mannen dat met getrokken zwaarden door de stad trok onder het slaken van griezelige kreten en apocalyptische bedreigingen? Of onschuldiger: mannen en vrouwen die naakt over straat gingen omdat zij al het aardse hadden afgelegd?

De zwaardlopers werden in Haarlem onthoofd, de naaktlopers werden op de Dam terechtgesteld. 'Wreekt het bloed van de uwen,' riepen ze, waaruit blijkt dat de eerste dopers nog niet de pacifisten waren zoals wij ze nu kennen. Integendeel. In die eerste jaren had de sekte veel van een rancunebeweging. De kleine luiden verheugden zich op de verdeling van de goederen en waren van plan de beste huizen voor zichzelf op te eisen.

Het is de vraag waar die rancune vandaan kwam. Misschien is dit iets: handwerkslieden en onderwijzers waren vaak boerenzonen die om een of andere reden hun brood niet meer konden verdienen in het boerenbedrijf en naar de stad waren getrokken. Dit is een van die redenen: het boerenland werd door rijke stadsbewoners opgekocht. Zij konden naar eigen goeddunken pachtsommen opleggen, die voor veel boeren niet te betalen waren. Bovendien nam het kerkelijk grondbezit toe. De abdij van Egmond bijvoorbeeld bezat in Kennemerland 36% van de grond. De kloosters werden bevolkt door vrijgezellen, de boeren moesten gezinnen onderhouden. Een trek naar de stad van teleurgestelde boerenzonen was dus onvermijdelijk. Degenen onder hen die een vak leerden waren nog het beste af, velen vervielen tot landloperij of erger. Toen Luther begon op te treden slaakten veel van deze vernederde mensen een zucht van verlichting: in het Godsrijk dat nu vast en zeker nabij was, zou recht worden gedaan. De wederkomst van Christus kon worden bevorderd door alvast wat monniken en magistraten dood te slaan.

Op de tiende mei, maandagavond om acht uur, verzamelde zich een aantal dopers in twee huizen aan de Pijlsteeg. Uiteindelijk trokken er een man of veertig op naar de Dam, waaronder de voormalige poortwachter van koningin Diewertje Jan van Geelen. Het was een teleurstellend klein aantal. Men verwachtte versterking, onder meer uit het zeer doopsgezinde Monnickendam, maar die kwam niet opdagen. Het kleine groepje uit de Pijlsteeg overmeesterde de bewakers van het stadhuis en sloeg de wachtmeester dood. Daarmee was de toon gezet. Zonder bloetstortinghe zou het niet gaan.

Burgemeester Colijn ging de groep met een aantal burgers te lijf, maar zij delfden het onderspit en de burgemeester sneuvelde. Vervolgens werd de Dam onder leiding van een andere burgemeester omsingeld en verschansten de dopers zich in het stadhuis, waar zij de nacht psalmzingend doorbrachten. De volgende dag werd het stadhuis door de burgers bestormd, Jan van Geelen werd vanuit de klokkentoren naast het stadhuis naar beneden geschoten.

Op elf mei werden de gesneuvelde dopers ondersteboven opgehangen. Op veertien mei werden de overlevenden terechtgesteld: hun hart werd uit hun lijf gesneden, het lichaam opgehangen. Hun hoofden werden op staken tentoongesteld. De rest van het lichaam werd gevierendeeld.

U leest het goed. De harten werden uit levende mensen gesneden. Als u zich verbaast over de wreedheid van onze voorouders, moet u maar denken dat hun vertoon van wreedaardigheid pedagogisch bedoeld was. Dat troost mij altijd enorm.

Later in de eeuw zou Montaigne een prachtig essay wijden aan de wreedheid. 'Ik persoonlijk vind,' schrijft hij, 'dat [...] alles wat verder gaat dan een eenvoudige executie louter wreedheid is.'

Maar Montaigne was zich bewust van de pedagogische bedoeling van de wreedheid en hij wist hoe hardnekkig het geloof is in de deugdzaamheid van de pedagoog. Hoor hoe hij in zijn wanhoop de pedagogen tegemoet probeert te komen: 'Ik zou willen adviseren om deze wreedheden, *waarmee men het volk in het gareel wil houden*, toe te passen op de lijken van de misdadigers; want als het volk ziet dat ze geen begrafenis krijgen, maar worden gekookt en gevierendeeld, wordt het [...] daar bijna even erg door aangegrepen als door straffen die men levenden laat ondergaan.'

Het heeft niet mogen baten.

In het Alkmaars Museum hangt een zeventiende-eeuws schilderij waarop te zien is hoe een man in het openbaar levend wordt gevild. Je verstand staat erbij stil, maar zowel de marteling zelf als de afbeelding daarvan op het schilderij waren stichtelijk bedoeld. Montaigne noemde wreedheid de grootste ondeugd omdat hij niet van het woord zonde hield. Hij was niet erg gelovig. Misschien was hij zelfs ongelovig. Zijn ongeloof heeft van hem een groot christen gemaakt. Maar ik dwaal af.

Het is begrijpelijk dat Amsterdam na de aanslag zijn bekomst had van de hervormers en daardoor een van de traagste steden werd toen het erom ging het Spaanse juk af te schudden.

Een bedremmelde blote mevrouw

Het lijkt alsof iedereen in de zestiende eeuw zich geweldig opwond over het geloof en die indruk is wellicht niet verkeerd. Maar ongeloof, of op zijn minst onverschilligheid op dat gebied, kwam in de beste families voor. De moeder van Karel de Vijfde wordt Johanna de Waanzinnige genoemd. Haar waanzinnigheid bestond waarschijnlijk hierin dat zij te veel gaf om haar schone echtgenoot en geen sikkepit om God. Ze hebben haar met haar ongeloof en al opgesloten tussen de dikke muren van Tordesillas, waar zij elke geestelijke leiding weigerde en nooit een mis bijwoonde. Johanna was het andere Spanje, het anarchistische, heidense Spanje, dat altijd heeft bestaan en nog bestaat. Het Spanje van de hartstocht, de flamenco, de lichamelijke liefde en de opstand.

Johanna had maar één god: haar man, Filips de Schone. Het is de vraag of ze van hem hield. Het lijkt er meer op dat ze gedreven werd door een overweldigende bezitsdrang, verblind door een razende, zeer lichamelijke verliefdheid. Haar opgewonden ziel had geen behoefte aan vrome praatjes, het hiernamaals kon haar geen donder schelen. 'Hoe houd ik deze man gevangen?' was haar centrale vraag. 'Hoe ontfutsel ik hem zijn liefde?'

Ze was verslaafd aan zijn mooie lichaam, aan het *zien* dus, maar gedroeg zich allerminst slaafs. Bij zijn aanspraken op de troon van Castilië werkte ze hem zoveel mogelijk tegen en koos ze partij voor haar vader. Hun verhouding had veel weg van een stierengevecht. Johanna bevocht de stier omdat zij hem zijn vrijheid niet gunde, maar toen Filips op achtentwintigjarige leeftijd stierf, was ze ontroostbaar. Ze zocht vervolgens geen troost in het geloof, ze zocht nergens troost behalve in haar herinnering aan de man die haar was ontsnapt.

Er hebben altijd mensen bestaan die vanaf het moment dat ze hun ogen opsloegen zozeer werden overmand door wat ze zagen dat er voor hen niets belangrijker was dan het zien en dat ze in het zien hun verrukking vonden. En hun verdriet. Anderen werden vervuld door wat ze hoorden of lazen. Onder hen zullen velen zijn geweest voor wie religie niet belangrijk was omdat zij door een heftige belangstelling in beslag werden genomen. Deze inbeslagname door de zintuigen wordt door gelovigen vaak verward met materialisme, epicurisme of hedonisme. Johanna's ontembare seksualiteit was zo 'waanzinnig' omdat ze haar ogen niet zedig neersloeg maar keek, in verrukking raakte en het object van haar verrukking in een doosje wilde doen. Maar dat is toch precies wat de gelovige met God doet? Hij wil de schoonheid (of noem het voor mijn part waarheid) toch ook bezitten? Wat is het verschil? Is dat niet even 'waanzinnig'? 'Hoe ontfutsel ik God zijn genade?' Was dat niet de grote vraag van de zestiende eeuw? De vervoering van Teresa van Ávila ging met pijn gepaard, met lichamelijke pijn zelfs. Calvijn was, hoewel hij zijn God opgesloten hield in de stalen kist van zijn dogmatisme, allerminst een gelukkig mens.

Ik doe mijn uiterste best gelovige mensen niet te beschrijven als gekken, maar dan moeten ze op hun beurt van mijn Johanna afblijven. God kon haar gestolen worden, zeker nadat Hij haar de schone Filips had ontstolen. Duizenden mannen en vrouwen leefden dodelijk verliefd op de Here Jezus binnen de dikke muren van hun kloosters. Waren zij minder 'waanzinnig' dan Johanna?

In 1555 werd in Genève een aantal mannen onthoofd en hun hoofden werden tentoongesteld. Bij het hoofd van een zekere Claude was de volgende tekst te lezen:

Omdat hij tot het ongeluk verviel
de mens boven God lief te hebben
werd het hoofd van Claude van Genève
op deze plek vastgespijkerd.

De onthoofdingen vonden plaats op aandringen van Calvijn en de tekst ademt zijn geest. Wie was het gekst? Johanna of Johannes? Ik beloof dat ik uw keuze zal respecteren.

*

Ik kan dit niet zomaar laten passeren. 'Omdat hij tot het ongeluk verviel de mens boven God lief te hebben.' Deze tekst botst naar mijn idee frontaal met het opperste gebod van Jezus van Nazaret: 'Heb de Heer, uw God, lief met heel uw hart en met heel uw ziel en met heel uw verstand. Dat is het grootste en eerste gebod. *Het tweede is daaraan gelijk*: heb uw naaste lief als uzelf.'

Er moet dus een isgelijkteken worden gelezen tussen het eerste en tweede gebod: God liefhebben = de naaste liefhebben. Het tweede gebod ondergeschikt maken aan het eerste lijkt mij lijnrecht in te gaan tegen het door mij gecursiveerde zinsdeel. Calvijn verschilde ernstig van mening met Jezus. De laatste zag de mens kennelijk niet als een verwerpelijk wezen, maar integendeel, als een wezen dat de moeite waard was om lief te hebben en dus niet een wezen wiens hoofd je tegen een stadsmuur moest spijkeren.

Jezus moet hebben geweten dat de opdracht om God lief te hebben gevaarlijk zou kunnen uitpakken als daar niet een gelijkwaardige tweede opdracht aan werd toegevoegd: de opdracht om de mens lief te hebben. Calvijn negeerde die opdracht omdat het hem een wapen tegen de mens uit handen sloeg, terwijl Jezus hem met zijn tweede, gelijkwaardige opdracht nu juist had willen ontwapenen.

*

David Joris was naar mijn mening een man die balanceerde op het randje van het geloof en ik weet niet zeker of hij daar uiteindelijk niet vanaf is gevallen, de vrijheid in. Hij was net als Johanna 'waanzinnig' omdat hij geen geestelijke autoriteit erkende, zelfs niet die van het evangelie, dat hij volgens mij maar een krakkemikkig werkje vond. Dat hij zichzelf ging zien als 'de derde David', dat wil zeggen, als de opvolger van koning David en Christus, kan op twee manieren worden opgevat: of als hoogmoedswaanzin, of als uiting van een nuchtere Hollander die koning David en Jezus met hun benen op de aarde had gezet waardoor hij zich met hen kon vergelijken.

Ik denk dat hij zowel prettig gestoord als nuchter was.

Ik denk dat Joris op het randje van het geloof balanceerde omdat hij eigenlijk alleen geloofde in de Heilige Geest. De Heilige Geest is van de drie personen Gods de vaagste omdat er van Hem geen karaktertrekken zijn geopenbaard. Hij heeft daardoor een nogal gevarieerde uitwerking op mensen. De roomse Heilige Geest fluisterde de mensen iets heel anders in de oren dan de gereformeerde. Hij ging zelfs zover dat Hij verschillende boodschappen influisterde bij roomsen en gereformeerden onderling alsof Hij er pret in had verdeeldheid te zaaien. Het ziet ernaar uit dat de Heilige Geest waait waarheen Hij wil, waardoor het lijkt of ieder mens zijn eigen Heilige Geest heeft, die niets anders doet dan het vestigen van een nieuwe Godsnaam: HEG.

Het Eigen Gelijk.

Calvijn heeft geprobeerd de vrij rondvliegende Heilige Geest te controleren aan de hand van het evangelie: wat de Heilige Geest ook beweerde, wanneer het niet klopte met Calvijns interpretatie van de Schrift moest men de oren voor Hem sluiten. Het heeft niet geholpen. Tot op de dag van vandaag raken mensen door de influisteringen van de Geest danig op drift, want Hij laat zich, prijs de Heer! niet opsluiten. Je kunt rustig stellen dat niemand meer heeft bijgedragen aan de individualisering van het geloof dan de Heilige Geest. Om redenen die ik niet helemaal begrijp kan het geloof slecht tegen individualisering. Het schijnt uiteindelijk tot secularisering te leiden. Mijn conclusie is dan ook dat de Heilige Geest niet genoeg kan worden geprezen.

Joris' centrale idee was dat een mens, bij wijze van navolging van Christus, 'zichzelf moest kruisigen', waarmee hij bedoelde dat je jezelf door versterving (kruisiging) moest zuiveren. Pas als je je begeerten had gedood was je in staat God in jezelf te vinden.

Hij had dit idee niet van een vreemde. In een van de beroemde vijfennegentig stellingen die Maarten Luther aan de deur van de kerk een Wittenberg spijkerde werd aanbevolen het 'zelf' te kruisigen. Een idee waarmee in heel wat therapieboerderijen tot op de huidige dag een stevig centje wordt verdiend. Het ego vormt blijkbaar voor velen een ernstige bedreiging, terwijl ik persoonlijk er nogal dik mee ben. Ik vrees dat ik zonder ego niemand zou zijn, maar als u er per se vanaf wilt, is dat natuurlijk uw goed recht.

Berucht is de zogenaamde 'proba' (proef) die David Joris gedurende enkele jaren zijn mannelijke volgelingen aanbeval: het aanschouwen van een naakte vrouw zonder daarbij in opwinding te raken. Het zal u duidelijk zijn dat daar buiten zijn kring schande van werd gesproken en dat de Joristen seksuele losbandigheid werd verweten. Ach gut...

Het zullen ongemakkelijke huiskamersessies zijn geweest, waar ernstige mannen zichzelf zaten te kruisigen in het gezelschap van een bedremmelde blote mevrouw die haar vrome plicht deed. Hoe mevrouw zich diende te kruisigen is mij niet bekend. Het zullen eerder mallotige dan opwindende vertoningen zijn geweest, die dan ook al gauw in onbruik raakten. De mare van liederlijkheid zijn de Joristen nooit helemaal kwijtgeraakt, maar David heeft zijn tien of elf kinderen ongetwijfeld gekruisigd verwekt en toen hij er op zijn oude dag een tweede vrouw bij nam, is dat vast een gekruisigde verhouding geweest.

Belangrijker voor de bevrijding van het woord was Joris' bestrijding van de letterlijkheid. Hij vond dat het woord zonder de inblazing van de Heilige Geest een dode letter was. Een bevlogen mens, vertaal ik op mijn janboerenfluitjes, lepelt niet domweg op wat hem wordt voorgeschreven, hij vult het woord met zijn geest, wat een ingewikkelde formulering is voor een activiteit die we interpreteren noemen. Lezen is iets anders dan slikken. Een echte lezer wekt met zijn eigen geest het leven in het woord van de schrijver. Het maakt mij niet uit of je die geest 'heilig' noemt, maar hij heeft zeker met 'vuur' te maken, de vurige tongen van Pinksteren. Schrijven zonder vuur is niks, lezen zonder vuur is dat evenmin. '...de letter doodt, maar de Geest maakt levend,' schrijft Paulus. Dat wil zeggen dat deze Bijbelschrijver interpretatie niet alleen aanbeveelt, maar voorschrijft. Als de letter doodt is interpretatie geboden.

Joris' afkeer van cultushandelingen ligt in dezelfde lijn: de kinderdoop betekende niets omdat een zuigeling niet in staat is de doop met betekenis te vullen. Het avondmaal was een zinloos ritueel omdat het de communicant niet bracht tot communicatie, maar slechts tot de bijgelovige hoop op afkoop van zonden. Joris was met deze opvatting zeker niet uniek, maar hierin wel: omdat in zijn ogen de sacramenten zonder waarde waren, konden ze ook geen kwaad. Andere hervormers, zeker als het dopers waren, wezen de sacramenten zo fanatiek af dat ik soms de indruk krijg dat ze er een bijgelovige angst voor koesterden: de kinderdoop was 'duivels', de hostie eveneens. David Joris was het bijgeloof voorbij. De sacramenten raakten hem niet, het bespotten van de monstrans was geen innerlijke noodzaak meer. Eenmaal tot dat inzicht gekomen, kon hij zijn volgelingen beschermen met zijn gepreekte en voorgeleefde 'veinzen'. Wanneer het voor de veiligheid beter was je kinderen te dopen of ter communie te gaan, kon je dat gerust doen. De sacramenten waren noch van de duivel, noch van God, zij waren niks. Zijn vrouw redde haar leven door hardnekkig te ontkennen dat zij een doperse was. De houding die Calvijn verwierp als 'nicodemisme'* was voor Joris een vanzelfsprekend, want levens reddend gereedschap waarvan vervolgden zich vrijelijk konden bedienen. 'Esaus kleren aantrekken,' noemde hij dat. Ik heb meer respect voor Joris' zorg om de veiligheid van zijn volgelingen dan voor de riskante principes die Calvijn vanuit het veilige Genève de zijne oplegde.

Joris was een tegenstander van geloofsvervolgingen. Men moest andersdenkenden tolereren, dat betekent: gedogen. Men moest hen hoogstens met woorden proberen te overtuigen. Al met al pleitte hij voor een ondogmatisch, praktisch en tolerant christendom waarin de kruismystiek centraal stond. Het lijden van Christus verlost ons niet als bij toverslag, de gelovige moet zichzelf innerlijk kruisigen en aldus, gezuiverd van zijn zonden, herboren uit de strijd komen. Door de wedergeboorte verkreeg de gelovige inzicht in het goddelijke en werd hij zelf goddelijk. Joris geloofde met de humanisten dat de mens zichzelf kon verbeteren door middel van een duchtige geestelijke gymnastiek. Tegenwoordig verwachten veel therapeutisch aangelegde lieden heil van het 'doden van het ego'. De herkomst van dat idee plaatst men veelal in het verre Oosten, maar ze is al vroeg in het christendom ontwikkeld en dook in allerlei vormen overal op.

Het belangrijkste is dat het idee van de noodzakelijkheid van godsdienstige tolerantie rond 1540 al in Nederland is verkondigd. Dat idee lijkt eerder te zijn geformuleerd door de evangelische Duitse vorsten als reactie op de rijks-

---

*Nicodemus was een farizeeër, die Jezus alleen 's nachts durfde te bezoeken. In het geheim dus.

dag van Spiers in 1529: 'In zaken die het geweten betreffen kan geen besluit van de meerderheid geldig zijn. Hier moet eenieder voor zichzelf en voor God staan en aan God rekenschap afleggen, zodat hij niet mag worden gedwongen naar de meerderheid of de minderheid te vragen.' Het lijkt of er hier wordt gepleit voor tolerantie, maar schijn bedriegt. De evangelische vorsten protesteerden tegen het feit dat zij in hun landen het katholicisme moesten beschermen, terwijl aan de katholieke landen die verplichting niet werd opgelegd ten aanzien van de lutheranen. Naar dit protest werden de aanhangers van de hervorming voor het eerst 'protestanten' genoemd. Helaas pasten de protestanten net zomin als de katholieken dit principe in hun landen en steden toe. Overal waar zij in de meerderheid waren, werd de mis verboden en werden de dopers fanatiek vervolgd, omdat zij, anders dan Joris, overal duivelswerk in zagen. Zij wilden in principe tolerant zijn, maar werden overmand door hun bijgeloof.

Het pleidooi van Joris richtte zich niet alleen tegen de doodstraf, maar ook tegen elke andere vorm van geweld tegen ketters. Op godsdienstig gebied behoorde de meerderheid niet te heersen over het geweten van de minderheid. Hij keerde zich hiermee impliciet tegen het intolerante gedrag van de dopers in Münster, maar natuurlijk ook tegen het uiterst onvriendelijke gedrag tegenover de dopers. 'Laet vrundelijckheyt unde trouwde malkanderen ontmoeten, gherechticheyt unde vrede den anderen kussen,' schreef hij in zijn *Wonderboeck*.

Net als Miguel Servet werd David Joris door iedereen als een ketter beschouwd, zelfs door mededopers als Menno Simons. Hij leidde een zwervend bestaan, vaak gescheiden van vrouw en kinderen, altijd op de vlucht. Hij schijnt tussen 1539 en 1543 een betrekkelijk rustige periode beleefd te hebben in Antwerpen, waar hij de bescherming genoot van de familie Van Berchem, die goed in de slappe was zat. Toch moeten de jaren 1539 en '40 spannend zijn geweest. De keizer bedreigde met een fikse legermacht de vrijheid van de steden na zijn gruwelijk optreden in Gent.

*

Karel de Vijfde was, net als ieder mens, een vat vol tegenstrijdigheden. Louis Paul Boon had een grondige hekel aan hem, ik denk vooral om de wijze waarop hij de stad Gent heeft vernederd. De beschrijving van die gebeurtenis in Boons *Geuzenboek* is niet mals. Karel de Vijfde krijgt bij hem de gestalte van een Caligula, een man die plezier heeft in de doodsangst van anderen, in het kleineren en vernederen. Albert Camus verklaarde die sadistische neiging vanuit de woede over het onbereikbare: Caligula wilde de maan bezitten. Hij kon zich niet neerleggen bij het onmogelijke en anderen moesten daarvoor boeten.

Er zat zeker een glimp Caligula in Karel de Vijfde, maar misschien valt die glimp te ontdekken in alle despoten. Er zat ook een Don Quichot in hem, maar dan een gevaarlijke. Als dolende ridders over meer dan een oude knol en een knullige wapenrusting beschikken, als zij werkelijke macht krijgen, vergaat je het lachen. De maan van Karel was een eensgezinde wereld: één land, één geloof, één koning. Met ijzeren vuist sloeg hij de weg in naar het absolutisme.

De keizer maakte soms een milde indruk, bijvoorbeeld toen hij, tegen de wens van Aleander in, Luther niet bij voorbaat in de ban wilde doen, maar hem eerst wilde aanhoren. Je kunt zeggen dat hij, waar het Duitsland betrof, op erasmiaanse wijze een tussenpositie innam tussen de roomse en protestantse haviken. Deze houding had niets met tolerantie te maken, maar alles met politiek. Duitsland was geen persoonlijk bezit van de keizer, zoals de Nederlanden dat middels erfrecht wel waren. Karels keizerschap was in Duitsland afhankelijk van de erkenning van de keurvorsten. Zijn gedrag in de Nederlanden, waar hij met zijn plakkaten en zijn Inquisitie een waar schrikbewind voerde, laat zien waartoe hij in staat was als hij zijn handen vrij had. Des te verwonderlijker is het dat veel tijdgenoten, niet alleen Enzinas, maar ook Luther en Melanchton, hem prezen om zijn vroomheid en mildheid. Luther sprak van 'de wonderlijke, zeldzame zachtmoedigheid van de keizer'. En: 'De goede, vrome keizer Karel zit als een onschuldig lammetje tussen een heleboel varkens en honden, ja tussen duivels.' Melanchton was van mening dat men 'geen zweem van hoogmoed of hardheid' in de keizer kon waarnemen. Het sprookje van de goede koning die wordt omringd door slechte raadgevers wordt blijkbaar door de mensen zo graag geloofd dat ze hun ogen stijf dichtknijpen voor de werkelijkheid. Het kan ook zijn dat de keizer de rol die Machiavelli de vorst aanbeval perfect heeft gespeeld: 'Wanneer men hem ziet en hoort, moet hij een en al barmhartigheid, betrouwbaarheid, oprechtheid en godsdienstigheid schijnen.' Het is bekend dat de keizer een liefhebber van Machiavelli was. Diens *Il principe* verscheen in 1532. 'Iedereen ziet wat je schijnt, weinigen voelen wat je bent.'

Onder het bewind van Karel de Vijfde raakten er in de Nederlanden vele duizenden op drift. Ze vluchtten naar Londen, Emden, Wezel, Straatsburg, sommigen kwamen zelfs helemaal terecht in Zwitserse steden zoals Bazel, Bern en Zürich. Genève was toen nog niet Zwitsers, maar ook die stad kreeg zijn deel aan vluchtelingen te verwerken. Zij vroegen asiel en kregen het. Het is misschien goed te bedenken dat duizenden van onze voorouders asielzoekers waren en dat we onze bevrijding voor een groot deel te danken hebben aan juist die mensen. Zij vormden bij uitstek het revolutionaire potentieel dat ons uiteindelijk onze zelfstandigheid heeft opgeleverd.

De heer van slot Binningen

De woede van de keizer richtte zich niet alleen tegen de ketters, maar ook tegen het geringste sprankje opstandigheid van de steden. In Spanje had hij met succes de omvangrijke opstand van de *comuneros* onderdrukt, een beweging die meer zeggenschap wilde van de burgers in het stadsbestuur. Vooral in Toledo heerste het verlangen van de Castiliaanse steden vrije steden te maken naar het voorbeeld van Genua. De keizer heeft met behulp van onze Adriaan uit Utrecht deze stedelijke verlangens verpletterd en zo in Spanje de geleidelijke weg naar de democratie verhinderd, tot deze ten slotte uitbarstte na de dood van de laatste dictator in 1975.

Tussen 1537 en 1540 werd het onrustig in Gent. Door de economische achteruitgang en de hoge keizerlijke belastingen kwam het proletariaat in opstand. In 1540 was er een kortdurende vrede met Frankrijk ontstaan, waardoor Karel een paar feestelijke dagen in Parijs kon doorbrengen. Hij sliep in het Louvre en weigerde beleefdheidshalve niet het jonge meisje dat attente Frans hem aanbood 'om zijn bed te warmen'.

Misschien om de keizer te sarren, misschien om zijn goede wil te tonen, maakte koning Frans de keizer, alweer buitengewoon attent, opmerkzaam op de opstandigheid van Gent. De Gentenaren zouden hem Vlaanderen hebben aangeboden, maar hij had dat aanbod fier geweigerd. De wegen van vorsten zijn soms ondoorgrondelijk, maar in dit geval niet: de afkeer van de zich emanciperende burgerij hadden alle vorstenhuizen gemeen. Tot hun ontzetting zagen zij dat de steden steeds rijker werden en de staat steeds armer. Zowel Karel de Vijfde als Filips de Tweede leefde voortdurend op het randje van het faillissement, terwijl steden als Antwerpen en later Amsterdam bloeiden als nooit tevoren. Zij begrepen dit economische verschijnsel niet en daaraan hebben wij Nederlanders te danken dat we als inhalig werden gezien. Die roep zouden we nooit meer kwijtraken, maar dat lot delen we met de Catalanen, een ander succesvol volkje dat met zijn centjes weet om te gaan.

Karel had de attentie van koning Frans overigens niet nodig, want zijn jongere zusje, Maria, regentes van de Nederlanden, vond dat Karel duidelijk moest laten zien wie er de baas was. Haar juridisch adviseur meende dat het met de grond gelijkmaken van Gent verreweg het duidelijkst was.

Zover zou het gelukkig niet komen. Vanuit Valenciennes trok de keizer op tegen Gent, met in zijn gezelschap Maria, de hertog van Alva, vierduizend paarden, vierduizend piekeniers, duizend boogschutters, vijfduizend hellebaardiers en musketiers, kardinalen, bisschoppen en ridders van het gulden vlies.

Wat zal die operatie hebben gekost? Een lieve duit meneertje. De staat stond bloot aan een onafgebroken reeks aderlatingen. De maan werd duur betaald.

'Iemand die macht heeft,' schreef Machiavelli, 'moet zich er [...] niets van aantrekken dat hij zich het odium van wreedheid op de hals haalt, als hij op die manier de eenheid en de trouw van zijn onderdanen kan behouden,' in een betoog dat neerkomt op de gedachte dat zachte heelmeesters stinkende wonden maken.

In die geest pakte de keizer de bestraffing van Gent aan.

Eerst liet hij negentien lieden op de veemarkt onthoofden. Deze executies waren bedoeld om de stemming erin te brengen: iedereen wist nu dat het de keizer menens was en niemand wist of het bij deze executies zou blijven. Wat volgde, leek sprekend op een auto de fe.

Het belangrijkste van zo'n ketterproces was het theatrale karakter ervan. De ketters, in dit geval alle hoogwaardigheidsbekleders van Gent, moesten in een vernederend boetekleed, als in een processie, door de stad worden gevoerd, aldus reclame makend voor het spektakel dat zou volgen. Het was van belang dat de veroordeelden de aanklacht niet kenden, noch op de hoogte waren van het verloop van hun proces. Die verschrikkelijke onzekerheid gaf het theaterstuk een hoog reality-tv-gehalte en zorgde voor de noodzakelijke pedagogische huiver bij het publiek. In Gent waren de hoogwaardigheidsbekleders gekleed in een zwart gewaad en droegen zij een strop om de hals.

Het contrast tussen de boetelingen en hun rechters diende zo groot mogelijk te zijn. De keizer, regentes Maria, de prinsen, prelaten en bisschoppen verschenen in hun allerzondagste kleding en waren letterlijk hoog gezeten, de boetelingen in hun zwarte hansoppen knielden in de laagte voor hen neer. Net als in een auto da fe was er geen sprake van een rechtszaak. Er werd slechts een vonnis geveld, dat onmiddellijk na de uitspraak moest worden voltrokken.

Nadat de boetelingen hadden gesmeekt om hun leven speelde de keizer dat hij diep moest nadenken. Eigenlijk verdienden de boetelingen geen genade, dat sprak vanzelf, maar de keizer had niet gerekend op zijn eigen gevoelige hart. Snapt u? Daarom aarzelde hij. Hij aarzelde lang. Eindeloos lang. Het volk hield zijn adem in. Iedere opstandige gedachte werd in de kiem gesmoord door deze wurgende stilte. Het Gentse volk had tot dit moment de keizer diep gehaat, maar als hij nu, na deze ondraaglijke stilte, genade voor recht zou laten gelden zouden ze hem *toejuichen*. Daar was die theatrale stilte voor nodig.

De truc werkt nog steeds: als in een muziekstuk een te lange stilte valt, of tijdens een lezing, of in het theater, te lang, veel te lang, het zweet staat u in de handen, dan weet u dat u op dat moment wordt gemanipuleerd. U wordt op een verschrikkelijke manier alleengelaten en zult dankbaar zijn wanneer eindelijk de stilte wordt doorbroken.

Het was niet de keizer die de stilte doorbrak, maar de regentes! Ze heette niet voor niets Maria, naar de moeder Gods. Jezus wat een kitsch! Maria smeekte haar broer 'in alle nederigheid' om vergiffenis voor wat er in de stad was gebeurd, ter ere van het feit dat hij, de 'goddelijke' keizer (in haar brieven gebruikte ze die term herhaaldelijk) in Gent was geboren.

Terwijl de boetelingen op de grond duizend doden lagen te sterven voerden broer en zus hun lieflijke toneelstukje op. Nu ik dit opschrijf, weet ik dat deze mensen op dat moment miserabele schoftjes waren, zonder geweten, zonder God.

En jawel, de keizer liet zich vermurwen, uit broederlijke liefde voor háár en vanwege het feit dat hij een vriendelijke en deugdzame heerser was en een voorkeur had voor genade boven recht.

De keizer ontnam Gent al zijn privileges en bracht het terug tot een onbelangrijke provinciestad. Het was een waarschuwing aan alle steden binnen het Heilige Roomse Rijk. Zij begrepen dat zij de emancipatiedrift van de burgerij moesten steken in het jasje van de onderdanigheid. Sommige steden slaagden daarin, andere niet. In de Nederlanden bogen de steden zo diep dat er ten slotte iets knakte en de onderdanigheid omsloeg in wilde razernij. Karel de Vijfde had Machiavelli's belangrijkste advies in de wind geslagen. Toen deze schreef over het nut van dwangburchten in steden, schreef hij: 'De beste versterking die er [...] bestaat, is niet door het volk gehaat te worden.'

Een volk kan met het mes op de keel tot buigen worden gedwongen, maar vroeg of laat zal het de angst voor de dood verliezen en zelf de messen slijpen.

*

Alle Servetkenners zijn het erover eens dat Miguel een gelukkiger leven leidde als dokter Villeneuve dan als theoloog

Servet. Dokter Villeneuve moet zich het meest op zijn gemak hebben gevoeld in de jaren '38 tot '41, die hij doorbracht als dorpsdokter in Charlieu aan de Loire. Daar is iedereen het over eens, maar niemand legt uit waarom.

Miguel hoefde in Charlieu niet zichzelf te zijn. Lang niet iedereen is gebaat bij zichzelf, zeker niet een opstandige en polemische figuur als Servet. Hij kon uitrusten in een ander, in een man die zich met zijn handwerk nuttig kon maken voor de mensen en daarom werd gewaardeerd. Misschien heeft hij een paar jaar de illusie gekoesterd dat hij Servet van zich af kon schudden en geheel en al dokter Villeneuve kon worden, een man die niets te verbergen had, een man uit één stuk en niet uit twee. Er zijn aanwijzingen dat hij in Charlieu trouwplannen heeft gehad, maar die droom vervloog. Niemand weet precies waarom. Toen hem daarover door zijn rechters impertinente vragen werden gesteld beweerde Servet dat het huwelijk niet doorging omdat hij impotent was. Hij legde uit op welke medische gronden hij die mening baseerde. Medici zijn van mening dat Servets mankement niet tot impotentie leidt of hoeft te leiden. Sommige biografen denken dat Servet zijn zogenaamde impotentie aanvoerde om zijn voorkeur voor een celibatair leven niet te hoeven gronden op een religieuze overtuiging, een ander bedacht dat hij misschien syfilis had. Weer een ander meende dat Servets onvermogen werd veroorzaakt door de grote psychologische druk waaronder hij leefde: Villeneuve leed onder de zware slagschaduw van Servet. Hoe kon hij die schaduw verborgen houden in een intieme verhouding met een vrouw? Lang niet iedereen is zo gewiekst als een David Joris, die in staat was onder een schuilnaam te leven met een vrouw en een schare kinderen, vrienden en volgelingen, zonder dat iemand buiten die kring van vertrouwelingen zijn schuilnaam wist te kraken. Villeneuve had geen vertrouwelingen en hij heeft zijn beoogde bruid niet in vertrouwen durven nemen. Ziehier de tragiek van zijn leven:

Servet werd vervolgd door de hele wereld, Villeneuve werd op zijn hielen gezeten door Servet.

Waarom Miguel zijn dokterspraktijk in Charlieu opgaf weet niemand. Ik denk dat Servet zelf dokter Villeneuve verjoeg uit diens betrekkelijk rustige doktersbestaan. Het platteland, de zieken die uitzagen naar hun arts, de ontmoetingen met eenvoudige mensen op het dorpsplein, heel die idyllische wereld waarin Villeneuve zich wellicht opgenomen en geborgen voelde, was Servet niet genoeg. Zijn enthousiasme en intelligentie joegen hem op. Hij was niet in de eerste plaats arts of theoloog. Hij was, denk ik, in de eerste plaats schrijver. Villeneuve was misschien bereid zijn leven lang in stilte goed te doen, Servet wilde worden gehoord, ik bedoel: gelezen. Het schrijverschap is een eigenaardige ziekte die timide mensen uit hun schuilplaats jaagt. Misschien heeft Servet gehoopt dat hij kon schrijven *zonder* publiceren, maar in dat geval heeft de dokter zijn eigen ziekte onderschat. Een schrijver die alleen voor zichzelf schrijft is te vergelijken met een arts zonder patiënten. Schrijven is een vorm van zelfbevestiging, maar het is ook een sociale daad. 'Ik bevestig dat ik leef en dat ik niet alleen leef.' De drang van de schrijver om anderen te laten delen in wat hij heeft gezien, ontdekt en geconcludeerd, is zo overweldigend dat hij soms, zoals het geval was bij Servet, zijn veiligheid uit het oog verliest.

*

Miguel Servet ging vanaf 1541 opnieuw werken voor Gaspard Trechsel, die wonderbaarlijke drukker uit Lyon. Hij werkte voor Trechsel aan een kritische uitgave van de Pagninibijbel. Servet probeerde met zijn annotaties bij deze Bijbelvertaling de teksten van het Oude Testament te zuiveren van christelijke interpretaties, zoals Luis de León deed met het Hooglied. De drie dagen waarin Jonas in de wallevis naar Nineve was meegelift, waren dus géén 'voorafbeelding' van de drie dagen die Jezus in het graf doorbracht, enzovoort. Op dezelfde manier verwierp hij een aantal andere mallotige interpretaties, die tot op de dag van vandaag door menige christen als zoete koek wordt gekauwd en herkauwd. Vanaf de evangelisten waren de christenen van mening geweest dat de Hebreeuwse Bijbel één langgerekte aankondiging was van de geboorte van Jezus van Nazaret, waardoor eenieder die dat niet inzag een verkeerd geloof aanhing. Deze mening deelde Servet niet. Ook hier streefde hij volgens mij naar een verzoening met het jodendom, ook al noemde hij de joden 'blind' voor het verlossende werk van Jezus. Christen zijn betekende voor Servet niet de usurpatie van andermans godsdienst en het verdraaien van de betekenis van andermans heilige teksten, het betekende wél een onvoorwaardelijk geloof in de universele betekenis van Jezus' voorbeeldige weg naar het goddelijke. Hij vond overigens behalve de joden bijna iedereen blind en zeker is dat hij Johannes Calvijn nog veel blinder vond dan de joden, namelijk stekeblind. Maar Calvijn was net zomin blind als de joden dat waren: hij had een totaal ander mensbeeld en daardoor een andere God dan Servet.

Omdat de drukkerij van de gebroeders Trechsel verhuisde naar Vienne en Servet een mooie baan kon krijgen als lijfarts van aartsbisschop Pierre Palmier, die zetelde in Vienne, verhuisde Servet mee. Dit stadje, een kilometer of twintig ten zuiden van Lyon, is beroemd om zijn vele Romeinse monumenten, waaronder, in het centrum van de stad, het forum, waarvan de tempel voor Augustus en zijn vrouw Livia nog overeind staat. Ik weet niet of Servet wist dat deze Livia haar leven lang ernaar had uitgezien, net als haar man, goddelijk te worden. Het klinkt naïef uit de mond van een heidense keizerin. Dat komt doordat ze haar verlangen niet omzwachtelde met christelijke nederigheid. Als ze had gezegd dat ze haar ambitie wilde waarmaken met behulp van een doodgemartelde joodse rabbi, had Miguel haar kansen wellicht hoger ingeschat.

Ik neem aan dat de nogal zotte ambitie om goddelijk te worden kan worden omschreven als een verlangen naar perfectie, wat een evangelische opdracht is: 'Wees dus volmaakt, zoals jullie hemelse Vader volmaakt is,' laat Matteus Jezus zeggen. Deze opdracht werd door Calvijn weggehoond omdat het niet paste bij zijn opvatting over de totale verwerpelijkheid van de mens. Servet nam Jezus op dit punt serieus. Calvijn verwierp het idee.

Het zou niet de eerste of de laatste keer zijn dat Calvijn Jezus keihard tegensprak. Ik vind dat hij daar het volste recht toe had, maar omdat Servet er niemand kwaad mee deed, had hij het volste recht Jezus op dit punt te volgen.

Het wonderlijke feit deed zich nu voor dat de internationaal gezochte superketter Servet werd ondergebracht in het bisschoppelijk paleis in Vienne. Hij oefende er zijn artsenpraktijk uit, maar tegelijkertijd schreef hij er zijn *Christianismi Restitutio*, het boek dat hem zijn leven zou kosten. Velen menen dat, samen met zijn periode in Charlieu, de jaren in Vienne de gelukkigste van zijn leven zijn geweest. Ik denk van niet. Hij raakte bevriend met Palmier zelf, maar ook met de prior van het benedictijner klooster: Jean Blanc, de dominicaan Molard, de karmeliet Hochard, de franciscaan Ferret en weet ik welke vrome lieden nog meer. Twaalf jaar lang leefde hij tussen mensen die hij moest bedriegen met zijn schuilnaam, voor wie hij zijn onstuimige gedachten moest verbergen, bij wie hij zich geen dag, geen uur, geen minuut geheel veilig kon voelen, voor wie hij de mis moest bijwonen en voor wie hij te biecht moest gaan, voor wie hij op straat moest knielen als er een processie voorbijkwam, bij wie hij zijn afkeer moest verhullen als er hier of daar een ketter werd verbrand. Ik kan me niet voorstellen dat hij in Vienne ook maar één dag gelukkig is geweest, maar wel dat zijn onderduik hem de bittere kracht gaf zijn opus magnum te schrijven: het boek dat de mensen de ogen zou openen, het boek dat hem van een gevaarlijke ketter tot een erkend hersteller van het christendom moest maken.

*

Europa was een onverdraagzaam oord, vol vluchtelingen die van hot naar her trokken. Katholieken ontvluchtten de protestantse landen of werden 'uitgezet', protestanten sloegen op de vlucht uit katholieke landen. Francisco de Enzinas heeft in zijn wanhoop overwogen een evangelische gemeente te stichten in Turkije, omdat de islam verdraagzamer zou zijn dan het in kampen verdeelde en geradicaliseerde christendom. 'Liever de tulband van de Turk dan de tiara van de paus,' zei de orthodoxe patriarch van Constantinopel. Uit andere bronnen verneem ik dat de verdraagzaamheid van de islam een mythe is en dat minderheden in islamitische landen net zo wreed werden onderdrukt als in Europa.

Hoe het ook zij, Enzinas deed het niet. Na een korte periode in Engeland vestigde hij zich in Straatsburg, maar hij mocht ook graag in Bazel komen, waar hij bevriend raakte met Sebastian Castellio, de man met wie ik dit boek opende, en met Thomas Platter, de drukker. Castellio had een paar jaar in Genève gewerkt, maar was met Calvijn in conflict geraakt en de stad uit gezet. Wat had Calvijns woede gewekt? Castellio had het gewaagd Calvijns vrolijke predestinatieleer in twijfel te trekken. Bovendien vond hij het Hooglied een vunzig werkje. O ja, dan was er ook nog dit: volgens Castellio was Jezus na zijn kruisdood niet 'nedergedaald ter helle' en volgens Calvijn wél.

Het lijkt me meer dan voldoende meningsverschil om een man met zijn gezin en al de stad uit te zetten en te ruïneren. In Bazel leefde Castellio enige tijd in bittere armoede en trok bedelend van deur tot deur. Sommigen denken dat hij moeilijk een baan kon krijgen omdat niemand, zelfs niet in het verre Bazel, de godsman uit Genève voor het hoofd durfde te stoten.

Het zal Castellio niet ongelegen zijn gekomen dat in 1545 een groep rijke Nederlandse vluchtelingen zich in Bazel vestigde. Een zekere Johan von Brugg en diens schoonzoon Joachim van Berchem begonnen meteen chique woningen te kopen, waaronder het Weiherschloss Binningen even buiten Bazel. Het is nog steeds een imposant gebouw, een villa met één torentje, maar als je bedenkt dat er in de achttiende eeuw een verdieping is afgehaald en twee torens zijn verwijderd, begrijp je dat er sprake is geweest van een formidabel 'Schloss'. In en rond de stad werden nog verscheidene andere grootschalige woningen gekocht, waarin leden van de familie hun intrek namen.

Sinds Bazel was overgegaan tot het protestantisme, was er een onafgebroken stroom vluchtelingen de stad binnengekomen die, dat zal u misschien verrassen, een grote economische bloei teweeg hadden gebracht. Dit was niet alleen in Bazel het geval, maar in alle steden die bereid waren vluchtelingen op te nemen. Daardoor zagen de mensen de vluchtelingen meestal graag komen en de Bazelaars vormden op die regel geen uitzondering. Bovendien begon de familie Von Brugg op grote schaal goed te doen en bezocht zij trouw de kerk, die de heer Huislamp zo zorgvuldig van paapse smetten had bevrijd. Junker Johan von Brugg stond dan ook algauw in hoog aanzien, want hij was rijk, charismatisch, kinderrijk en vroom. Je vraagt je af wat een mens nog meer wil.

Hoe Castellio met Von Brugg in aanraking kwam, weet ik niet, maar hun beider interesse in theologische vraagstukken kan aanleiding zijn geweest voor een ontmoeting. Von Bruggs intuïtieve, ondogmatische persoonlijkheid zal Castellio's geleerdheid op prijs hebben gesteld, en andersom zal Castellio zich hebben gewarmd aan de spiritualiteit van Von Brugg. Zij zullen bovendien algauw hebben ontdekt dat zij hun afkeer van de geloofsvervolgingen deelden. Ze waren er immers beiden het slachtoffer van. Hoewel Francisco de Enzinas bevriend was met Castellio, weet ik niet of hij ooit op slot Binningen is geweest, maar verbazen zou het me niet. Hij moet zo nu en dan langdurig in Bazel hebben verbleven, want ik ken een brief van Calvijn (!) aan hem die moest worden bezorgd in Bazel. Von Brugg, Castellio, Enzinas, ze waren allemaal om hun geloof op drift geraakt en vreemdelingen in een vreemde stad. Een gemeenschappelijk lot, een gemeenschappelijk enthousiasme voor de revolutie in het denken die de Reformatie teweeg had gebracht, heeft mensen van allerlei nationaliteit bijeengeveegd: de Italiaan Castellio, de Spanjaard Enzinas, de Nederlander Von Brugg, de Zwitser Platter en vele anderen. Overal waar vluchtelingen waren vormden zich internationale groepen van mensen die elkaar beïnvloedden en verrijkten met nieuwe ideeën. Het idee van de godsdienstige tolerantie was daar een van.

*

Ik geloof dat het Ayaan Hirsi Ali was die uit de doeken deed dat de islam niet alleen een godsdienst is, maar tevens een politiek programma. Ze wekte daarbij de indruk dat het christendom uitsluitend een godsdienst is en géén politiek program.

Naar mijn idee is niet alleen de islam, maar ook het christendom *vooral* een politiek programma. Het is een simpel programma, dat eigenlijk maar één programmapunt kent: wereldoverheersing.

Vele christenen in de zestiende eeuw droomden van de militaire vernietiging van de islam. Anderen droomden dat door het voorbeeldige leven van de christenen de moslims zich juichend zouden bekeren, dat wil zeggen: onderwerpen. De christelijke wereld was ontzet door het overdonderende succes van de islam en ongerust en bang. De droom van een christelijke mensheid onder leiding van een christelijke, Europese keizer, werd verstoord door de steeds verder naar het Westen oprukkende Turken.

Men leefde in de overtuiging dat de mensheid één zou moeten zijn, één in het geloof dat Jezus onze verlosser is en Karel (of Pietje Puk) onze keizer. De moslims waren van mening dat de mensheid één zou moeten zijn in de overtuiging dat Allah de enige God, Mohammed zijn profeet en de kalief van Bagdad (of Ali Baba) onze keizer is. Twee godsdiensten waren met elkaar in oorlog met als inzet: wereldhegemonie, en ze zijn dat nog steeds. Beide godsdiensten verwijten zichzelf dat ze de ander niet kunnen verslaan door gebrek aan eenheid in eigen kring. Karel de Vijfde was onder meer daarom zo gebeten op de hervormers: zij waren bezig het christendom in stukken te scheuren terwijl er een oorlog gaande was tegen de islam. De moslimopstanden in Spanje werden gruwelijk in bloed gesmoord omdat de moslims werden gezien als een gevaarlijke vijfde colonne die samenwerkte met de islamitische vijand, wat soms nog waar was ook.

Aan het idee van de eenheid van geloof werd een waarde toegekend die ons nu obsessief voorkomt, maar die te verklaren is uit het grote gevaar waarin Europa zich bevond. Hoewel de hervormers te lijden hadden onder dit idee, waren zij het evenzeer toegedaan als hun vervolgers. Zij die de kerk hadden gespleten, streefden uit alle macht naar eenheid, met dien verstande dat zij de gereformeerde kerken op één lijn probeerden te krijgen en hoopten op de ineenstorting van het papisme, waardoor ten slotte alle christenen gereformeerd zouden zijn en eendrachtig met hun leer op pad konden om de wereld te veroveren. Deze veldtocht wordt in de gereformeerde wereld 'de zending' genoemd. De katholieken droomden in omgekeerde zin zo ongeveer hetzelfde en noemden hun veldtocht 'de missie'. Beide stromingen wilden de wereld 'bekeren', dat wil zeggen: onderwerpen aan hun inzichten.

De houding van Calvijn tegenover Castellio leek veroorzaakt door meningsverschillen op theologisch terrein, maar had meer met politiek dan met geloof te maken. Het ging Calvijn niet zozeer om de vraag *waarover* Castellio en hij van mening verschilden, maar *dat* zij van mening verschilden, want dat was politiek onaanvaardbaar. Calvijn vond het meningsverschil over het Hooglied theologisch gezien onbelangrijk, maar het was niettemin ontoelaatbaar, want, schreef hij: 'Op deze wijze zouden wij aan kwade en boosaardige lieden die elke gelegenheid deze kerk te verscheuren gretig aangrijpen, vrij spel geven.' Castellio's integriteit werd door Calvijn niet in twijfel getrokken, hij werd geslachtofferd om politieke redenen.

Het ging dus om politiek, kerkelijke politiek weliswaar, maar kerkpolitiek en staatspolitiek waren in die tijd niet te scheiden.

In katholieke landen had de overheid het recht om te oordelen over de orthodoxie en de morele levenswandel van zijn onderdanen overgedragen aan de kerk. De Inquisitie oordeelde en de overheid voerde het oordeel uit. In Genève nam Calvijn dat systeem in feite over. Calvijn oordeelde over de orthodoxie van Castellio, besloot tot verbanning en de magistraten voerden dat oordeel uit. Dit bedoelde Katharina Zell met 'zij [de hervormers] stoken de magistraten tegen hen op'. In Genève ging het verder dan opstoken. Zoals de katholieke overheden nimmer weigerden een vonnis van de Inquisitie te executeren, zo was een veroordeling van de Geneefse kerk geen opstoken van, maar simpelweg een opdracht aan de magistraten. De scheiding van kerk en staat, waar Calvijn hier en daar om wordt geroemd, betekende dat de staat zich niet mocht bemoeien met kerkelijke politiek, de kerk daarentegen bepaalde de staatspolitiek in zaken die het geloof en de goede zeden betroffen.

Formeel gezien werd Castellio verbannen door de Geneefse overheid, maar omdat de classis bevoegd was te oordelen over zijn rechtzinnigheid en de overheid zich had verplicht de kerk te beschermen tegen gevaren die haar van binnenuit of van buitenaf bedreigden, werd de verbanning de facto gedicteerd door de kerk. 'Calvijns ouderlingen namen in feite een belangrijke verantwoordelijkheid op zich die vroeger aan de gemeenteraad had toebehoord,' schrijft W.J. Bouwsma.

Calvijn heeft op dezelfde wijze zijn eigen toekomstige vrouw de stad uit gegooid. Dat zat zo: op 29 maart 1537 vond er een openbaar twistgesprek plaats tussen twee dopers uit Luik en Calvijn. Een van de dopers heette Jean Stordeur, een vrome, maar ongeletterde man, die zich tegenover de zeergeleerde Calvijn niet wist te verdedigen. Hij en zijn vrouw Idelette van Buren werden verbannen. We weten nu dat we over zo'n verbanning niet licht moeten denken. Jean en Idelette hadden kinderen. We hebben aan Castellio gezien dat een verbanning de economische ondergang van een familie kon betekenen. Maar goed, het kon erger. Opsluiting en/of marteling was ook een mogelijkheid geweest.

Toen Calvijn zelf voor een korte periode de stad werd uit gegooid, kwam hij het echtpaar in 1539 in Straatsburg weer tegen. Calvijn bekeerde Jean Stordeur tot het enig ware geloof en ik neem aan dat Idelette toen eveneens het licht heeft gezien. In het voorjaar van 1540 bezweek Jean aan de pest en nu mag u raden wie er met Idelette trouwde. Calvijn! Als dit niet romantisch is dan weet ik het niet meer. Bovendien lijken de omstandigheden die tot dit huwelijk hebben geleid verdacht veel op een sluitend godsbewijs, wat u?

Toen Idelette in 1549 overleed schreef Calvijn aan Pierre Viret: 'Ik heb nooit de minste hinder van haar ondervonden,' een zinsnede die wijst op een buitengewoon gevoelige natuur. Ik hoop dat mijn vrouw mij na mijn dood met even gloedvolle woorden gedenkt.

Waarom 'jezelf zijn' slecht is voor de gezondheid

Veel calvinisten zullen van mening zijn dat Calvijn de Bijbel letterlijk nam. Welnu, letterlijk lezen bestaat niet, lezen is interpreteren. Calvijn interpreteerde dus ook en dat neem ik hem allerminst kwalijk, want alleen een computer interpreteert niet.

Ik geef een voorbeeld.

Een jongeman vroeg aan Jezus wat hij voor goeds moest doen om het eeuwige leven te verwerven. Dat was volgens Jezus eenvoudiger dan menigeen denkt. Jezus vertelde hem dat hij zich aan de geboden moest houden: geen moord plegen (opmerkelijk dat Jezus dit als eerste noemt), geen overspel, steel niet, leg geen valse getuigenis af, toon eerbied voor uw vader en moeder, en ook: heb uw naaste lief als uzelf.

Dit waren de enige voorwaarden die Jezus noemde. Het woord God viel niet, noch geloof, noch kerkbezoek. Met het opvolgen van deze geboden kon de mens verzekerd zijn van het eeuwige leven.

Maar de jongeman was niet tevreden met dit antwoord. 'Daar houd ik me aan,' zei hij, 'wat kan ik nog meer doen?'

Jezus antwoordde hem: 'Als je *volmaakt* wilt zijn, ga dan naar huis, verkoop alles wat je bezit en geef de opbrengst aan de armen.' Hierna haakte de jongeman teleurgesteld af, hij had namelijk veel bezittingen.

Dit advies van Jezus, betoogde Calvijn, moest je niet letterlijk nemen.

Ik ben ervan overtuigd dat Calvijn met heel zijn gelovig hart oprecht meende dat Jezus de jongeman slechts op zijn zwakheid heeft willen wijzen, maar dat neemt niet weg dat die mening Calvijn politiek goed uitkwam.

In de eerste plaats wilde Calvijn aantonen dat bezit geen hindernis hoeft te zijn op de weg naar de hemel, in de tweede plaats was hij van mening dat volmaaktheid niet voor de mens is weggelegd. Ik ben dat laatste met Calvijn eens, maar het lijkt me onmiskenbaar dat Jezus zegt dat het gehoorzamen van de geboden en het weggeven van bezit aan de armen *samen* leidt tot perfectie. Over Calvijns rechtzinnigheid valt dus te twisten.

Ik ben ervan overtuigd dat hij liever geen omslachtige interpretatie had hoeven verzinnen en hij moet dus een gegronde reden hebben gehad om Jezus zo stoutmoedig tegen te spreken.

Die gegronde reden was gelegen in de politieke omstandigheden van zijn tijd. Calvijn zal zelf niet de indruk hebben gehad dat hij Jezus tegensprak, naar zijn idee sprak hij het anabaptisme tegen. U herinnert zich dat de dopers in Münster het privébezit afschaffen, een spookbeeld voor machthebbers.

Het tweede belangrijke geschilpunt met de dopers betrof hun geloof in het vermogen van de mens een staat van perfectie te bereiken en wel op de manier zoals Jezus die had voorgeschreven.

Calvijn was er alles aan gelegen te bewijzen dat hij geen anabaptist was. Dat deed hij door hen te vervolgen, maar ook door hun leerstellingen driftig te bestrijden. Alweer: dat had ongetwijfeld met zijn geloofsovertuiging te maken, maar het is moeilijk om geloofsovertuiging en politiek belang van elkaar te scheiden.

Genève was onderdeel van het Heilige Roomse Rijk. Het anabaptisme had zich gemanifesteerd als een revolutionaire beweging. Na Münster werd de beweging door niemand meer geduld. Een stad die zich verdacht maakte met een al te grote tolerantie ten opzichte van de dopers, liep dus gevaar door de keizer te worden bestraft.

Calvijn had nog een andere reden om de leer van de perfectie te bestrijden. Hij zag niets in een kerk voor de volmaakten alleen (als die al zouden bestaan), want een dergelijke kerk kon niet een hele gemeenschap, een stad, een land, in haar greep krijgen. Calvijn wilde geen volmaakte kerk, hij wilde de mensheid een vroom bestuur, een morele tucht, een christelijk leven opleggen op basis van (zijn interpretatie van) het evangelie. Zoiets krijg je niet voor elkaar met een kerk die de meerderheid van de mensen uitsluit.

Er was nog een bezwaar tegen Matteus 19:16-22. De weg naar het eeuwige leven zoals Jezus die beschreef, ging buiten de tempel, de synagoge of de kerk om: het onderhouden van de geboden was voldoende, het weggeven van bezit leidde zelfs tot volmaaktheid.

De hervormers hadden zwaar gehamerd op 'het geloof alleen' en wel het geloof in Jezus als de enige weg naar de hemel. Dat bracht met zich mee dat sommigen dachten dat de kerk een minder belangrijk, misschien zelfs een overbodig instituut was. De alumbrados, ook al zeiden de meesten het niet al te luid, vonden meer vroomheid buiten de kerk dan erbinnen. David Joris vertrouwde volledig op zijn eigen Heilige Geest, Teresa vond God tussen haar potten en pannen, Miguel Servet meende God overal en in alles te kunnen ontmoeten. Met dit soort eigenzinnige types viel de godheid in duizend stukjes uiteen en daarmee de gemeenschap.

Calvijn wilde de wereld zijn moraliteit opleggen. Dat was alleen mogelijk met een instituut dat voldoende gezag had om de gewetens te uniformeren en de vrij rondvliegende heilige geesten te kortwieken. U raadt het al: dat instituut was de kerk. In feite keerde hij terug naar de katholieke stelling dat er buiten de kerk geen heil was, maar bij Calvijn moet dit idee nader worden gepreciseerd. Hij meende dat er buiten de *prediking* geen heil was.

*

Als u christelijk bent opgevoed zal het u als kind al zijn opgevallen: je luisterde ademloos naar de Bijbelse verhalen zoals die door de juf of de meester werden verteld, maar tijdens de preek in de kerk verveelde je je zo wanhopig dat je als vanzelf de wratten om je heen begon te tellen. Wratten met haren erop telden dubbel.

Ik heb net duizend bladzijden met in het Nederlands vertaalde preken van Calvijn achter de rug. Ik had gelukkig het pinksterweekend om mijn eigen heilige geest te reïnstalleren.

Er is geen enkele hoop kan ik u vertellen, voor mij niet, dat spreekt vanzelf, maar zelfs niet voor onze vrome vrienden van de Bijbelbelt. Allemaal hypocrieten (de term is van Calvijn), want mij maken ze niet wijs dat ze zichzelf beschouwen als waardeloze wormen, die slechts door zich te laven aan het bloed en het vlees van de Heer menselijke vormen aannemen. Calvijn preekte 'dat wij waarlijk met Zijn vlees en bloed worden gevoed'. De christelijke terminologie is niet altijd even smakelijk.

Maar ter zake.

Ik beweerde dat Calvijn teruggreep naar de katholieke opvatting dat er buiten de kerk geen heil is, maar hij specificeerde dat op een bijzondere manier: 'Letten wij er dan op, dat onze Here Jezus Christus tevergeefs geboren zou zijn en wij er geen vrucht van zouden hebben zonder de prediking van het evangelie.'

Ik zeg op mijn beurt: letten wij er dan op dat hier niet staat het *lezen* maar de *prediking* van het evangelie. Lezen kun je overal en je kunt het zelf, je hebt er niemand bij nodig. Voor een preek moet je naar een plek toe en je hebt er een predikant bij nodig. De plek, het kerkgebouw, vond Calvijn niet belangrijk, het ging hem om de prediking. De prediking zit onherroepelijk vast aan de predikant, waardoor je Calvijns opvatting zonder overdrijving als volgt kunt samenvatten:

'Buiten de predikant om is er geen heil.'

Het is de predikant die er met zijn prediking voor zorgt dat Jezus niet tevergeefs is geboren. De mysticus die denkt dat hij op zijn eigen, individuele manier van Jezus gebruik kan maken om tot God te komen, verkeert in de 'dwaze waan' van de 'fantast'. Het is namelijk 'een duivelse arrogantie de samenkomsten der gemeente te verzuimen'. 'Wie de openbare samenkomsten versmaadt, komt tot ketterijen en verfoeilijke dwaasheden.' Er staat 'de samenkomst der gemeente', maar er wordt daarmee niets anders bedoeld dan het gehoor: de gemeente is het gehoor van de predikant. Men diende zich onder het gehoor van de predikant te begeven, want daarbuiten was er geen heil.

Met de handigheid van een illusionist toverde Calvijn dit onlangs doorgezaagde weesmeisje zonder één schrammetje uit zijn toverkist: de priester. De tussenpersoon tussen God en de mensen die de hervormers zo ijverig hadden weggepest, waarvoor zij zich hadden laten martelen, verdrinken en verbranden, werd door Calvijn kakelvers opgediend alsof hij de vondst van de eeuw was.

Calvijns predikant was niet zomaar iemand. Hij was, net als Calvijn zelf, een door God geroepene, een persoon die door de Heilige Geest was voorzien van een 'gezonde exegese' van het evangelie. Bijbelstudie werd de leek aangeraden, maar hij moest zich in de kerk laten uitleggen wat hij had gelezen. De predikanten waren namelijk 'gezanten Gods'. Ze stonden zelfs 'boven alle aardse hoogheid'.

Pardon? Wat zegt u? De dominee staat boven de burgemeester? Jazeker. 'De magistraten dienen zich onvoorwaardelijk te conformeren aan het woord Gods.'

Het klinkt zo onschuldig omdat gelovige mensen geen bezwaar hebben tegen het woord Gods en vrijwel iedereen in Calvijns tijd gelovig was of deed alsof. Maar er bestaat geen woord Gods, er bestaan alleen interpretaties daarvan. De magistraten dienden zich dus te onderwerpen aan Calvijns interpretatie van Gods woord of beter gezegd, laten we elkaar geen mietje noemen, aan Calvijn zelf. Iedereen die Gods woord anders uitlegde dan Calvijn welgevallig was, heette een 'fantast', en als een redenering moeilijk te weerleggen was, heette die 'spitsvondig'.

Om straks de botsing met Miguel Servet beter te begrijpen, is het interessant Calvijns houding tegenover joodse interpretaties van de Schrift te beschrijven. De joden wezen bijvoorbeeld beleefd op de hoogst onwaarschijnlijke uitleg van de beroemde Immanuel-tekst van Jesaja bij Matteus, die beweerde dat deze Immanuel, die zou worden geboren uit een jonge vrouw of maagd, niemand minder was dan Jezus van Nazaret. Ik ga die tekst hier niet oplepelen, maar ik verzeker u dat het een uitstekend voorbeeld is van christelijke inlegkunde of moderne flutwetenschap in de trant van 'Waren de goden astronauten?'.

Hoe reageerde Calvijn op de joodse kritiek? Daar gaat ie:
'...de joden hebben alle mogelijke uitvluchten gebruikt om te doen geloven dat daar niet van Jezus Christus noch van de Verlosser der wereld gesproken wordt.'

En:
'Zie daar, zeg ik, de spitsvondigheid der joden om ons deze uitspraak afhandig te maken en meteen de evangelisten te beschuldigen, als hadden zij de Schrift misbruikt.'

Ik stop hier even om u te laten bijkomen.

De joden hebben dus geen opvatting, zij bedienen zich van 'uitvluchten'. Zij concluderen niet op basis van grondige studie, zij zijn 'spitsvondig'.

Zij weerspreken niet, zij 'maken afhandig', zij 'beschuldigen'.

Ik ga verder. Calvijn preekt:
'...de boosaardigheid der Joden is in dezen wel helemaal hopeloos.'

En:
'Daarin ziet men hun domheid, en niet alleen hun dom-

heid, maar een vreselijke wrake Gods, Die hen met zo'n verblindheid heeft geslagen, wat een verschrikkelijk oordeel is, wanneer de mensen zo de waarheid vervalsen om er een leugen van te maken.'

En:

'God heeft daarin een zo verschrikkelijke wraak tentoongespreid, dat wij, wanneer wij een jood zien, over hem ons zeker moeten verbazen, als over een monster.'

En:

'Zo zien wij dan weer dat de joden de Heilige Schrift met voeten treden, wanneer zij als varkens daar hun snuit in steken.'

Het spijt me dat ik u met deze narigheid moet lastigvallen, maar het is noodzakelijk voor dit verhaal.

De joden verdedigden dus volgens Calvijn niet hun eeuwenoude geloof, zij waren boosaardig, dom, verblind en leugenachtig, waaruit volgde dat zij monsters en varkens zijn. Hij toonde geen respect voor het volk dat zowel de teksten van het Oude als die van het Nieuwe Testament heeft voortgebracht en dat dus een zekere deskundigheid niet kan worden ontzegd.

Hoe heeft Calvijn zo diep kunnen zinken? Het antwoord daarop is wederom:

de oorzaak was gelegen in Calvijns politieke ambities.

*

Calvijn en Farel werden in 1538 door het gemeentebestuur van Genève de stad uit geknikkerd. Het jaar daarvoor had Calvijn de burgers van de stad voor een opzienbarende keuze gesteld: zij dienden óf de eed af te leggen op de door hem vervaardigde geloofsbelijdenis óf de stad te verlaten. Op 12 november 1537 werden er daadwerkelijk twaalf personen verbannen. Zij hadden geweigerd de eed af te leggen, sommigen omdat zij Calvijns geloofsbelijdenis niet konden onderschrijven, anderen omdat zij Calvijns actie voelden als gewetensdwang. Weer anderen waren wellicht dopers, die op Bijbelse gronden geen eed mogen afleggen.

U weet inmiddels dat verbanning catastrofale gevolgen kon hebben. De vraag is dus wat Calvijn verstond onder 'recht', omdat het verbannen van burgers zonder dat er sprake is van een strafbaar feit, buitengewoon onrechtvaardig lijkt. Maar in Calvijns ogen was het recht niet iets waar de mens noodzakelijkerwijs beter van werd. 'Omdat wij zondaars zijn,' preekte hij, 'moet Hij [God] ons wel de oorlog aandoen, en waar wij tegen Hem strijden, moet Hij ons wel neerwerpen, want Wij schenden Zijn gerechtigheid, die meer waard is dan al het leven der wereld.'

Ik neem aan dat u, net als ik, eraan gewend bent het recht te zien als een verzameling wetten die erop gericht is het leven te beschermen. Ik keek er dus van op dat Calvijn het recht zag als systeem dat ten koste kan gaan van het leven. Het recht was er niet ten bate van de mens. Het was een autonoom goddelijk systeem dat bovendien zo was ontworpen dat de mens er niet aan kon voldoen en daardoor was overgeleverd aan Gods genade.

Het tussenzinnetje 'en waar wij tegen Hem strijden' is belangrijk. De mens schiet ten opzichte van de wet tekort. Je zou dit tekortschieten passieve zondigheid kunnen noemen. Maar er is ook actieve zondigheid: *waar wij tegen Hem strijden*.

De twaalf ballingen van 12 november bestreden God omdat zij het niet eens waren met Calvijns geloofsbelijdenis. De leken moesten namelijk 'eerbiedig alles ontvangen wat goede leraren [de predikanten] in Gods naam verkondigen als zij hun ambt uitoefenen. Want zij moeten niet als mensen beoordeeld worden'.

Ziehier. Het hoge woord is eruit. De predikant, maar vooral Calvijn zelf natuurlijk, moest, zodra hij op de preekstoel stond, niet als een mens beoordeeld worden. Door een bijzondere genade bezat hij de enige ware interpretatie van de Schrift. Wie met hem van mening verschilde was dus een vijand van God en daardoor een gevaar voor de stad.

Dat de Fransman Calvijn de magistraten zover kreeg dat op grond van zijn geloofsexamen Geneefse burgers werden 'uitgezet' mag een formidabele politieke prestatie worden genoemd, maar het ging hem niet ver genoeg. De burgers die de eed aflegden deden dat natuurlijk lang niet allemaal uit overtuiging en een belangrijk aantal wilde zich absoluut niet onderwerpen aan Calvijns gezag. Ook hen wilde Calvijn onderwerpen aan zijn opvatting over het ware christelijke leven. Hij had dus een sanctie nodig waarmee hij overtreders van zijn voorschriften kon straffen. Ook nu greep hij terug naar een belangrijk machtsmiddel van de katholieke kerk.

U herinnert zich de malle demonstratie van David Joris in Delft tegen de monstrans. Die was minder mal dan die in onze ogen lijkt. Het moet voor veel mensen een opluchting zijn geweest dat zij durfden spotten met de Heilige Hostie, die immers de priester van goddelijke macht voorzag: het lichaam van Christus was een levenselixer dat hij zijn parochianen kon verstrekken of weigeren, al naar het hem beliefde. Als het gedrag van een parochiaan hem niet beviel kon hij hem laten excommuniceren. Dat lijkt nu een sanctie van niks, maar toen betekende het behalve de onthouding van het levenselixer bij uitstek, een schande die sociale gevolgen had. Je kocht je brood niet bij een bakker die geëxcommuniceerd was. De demonstratie van Joris betekende dat hij niet meer geloofde in de magische werking van de hostie en dat sociale uitsluiting hem niet deerde. In het tweede heeft hij zich waarschijnlijk vergist. Het is niet voor niets dat hij na zijn veroordeling aansluiting heeft gezocht bij de dopers.

Waar Joris het idee van de waardeloosheid van de geconsacreerde hostie vandaan haalde is niet duidelijk. Luther bestreed weliswaar de leer van de transsubstantiatie, het brood veranderde niet letterlijk in het lichaam van Christus, maar helemaal niks was het ook weer niet. Hij had het over consubstantiatie geloof ik, maar ik heb geen idee wat dat betekent. Christus zat waarschijnlijk toch wel enigszins in de hostie. Zoiets.

Zwingli daarentegen zag het Heilig Avondmaal uitsluitend als een ritueel waarmee het lijden en sterven van Jezus werd herdacht en hij ontdeed dus het gezegende brood van zijn magische kracht. Daarmee ontnam hij de kerk een belangrijk machtsmiddel.

Ik denk dat Calvijn inzag dat hij enerzijds af moest van de tovenarij die brood in mensenvlees veranderde, maar dat het anderzijds onverstandig was een dergelijk centraal ritueel geheel te rationaliseren, zoals Zwingli had gedaan. Hij nam een tussenpositie in: Christus was in de geest aanwezig in brood en wijn. Het Heilig Avondmaal was door Christus' aanwezigheid in ieder geval dermate heilig dat gemeenteleden die onjuist gedrag hadden vertoond niet mochten worden toegelaten. Excommunicatie dus. Over dit machtsmiddel brak een conflict uit met het gemeentebestuur, omdat Calvijn het recht tot excommunicatie exclusief voor de kerk opeiste. Dat lijkt in onze tijd een redelijke eis: het ging immers om een kerkelijk ritueel, waarom zou de wereldlijke overheid zich daarmee bemoeien? Hierom: het gemeentebestuur was zich bewust van de sociale gevolgen van excommunicatie, die werkte als een soort schandpaal, een schandpaal waaraan iedereen van hoog tot laag, ook een lid van het bestuur zelf, tentoongesteld kon worden. Het is voorstelbaar dat een stad die zich nog maar net had ontworsteld aan het bisschoppelijk bestuur met al zijn bemoeienissen op maatschappelijk terrein, geen zin had zich opnieuw te onderwerpen aan de opvattingen van de geestelijkheid.

De leek en dus ook het wereldlijk bestuur, diende naar de predikanten te luisteren (dat is: gehoorzamen) 'als naar God zelf'. En wat was volgens de predikanten de goddelijke plicht van de magistraat? Hij diende 'de dienst van God te beschermen en straf op te leggen aan goddeloze verachters'... Wie maakte uit wie een goddeloze verachter was? De kerk. De magistraat kon het vonnis van de kerk slechts uitvoeren, precies zoals de vonnissen van de Inquisitie zonder pardon door de katholieke overheden werden geëxecuteerd.

De 'raad van tweehonderd', het belangrijkste bestuurslichaam van Genève, ging daar in 1537 (nog) niet mee akkoord. Ze formuleerde haar weigering voorzichtig. Zij vond 'dat het Avondmaal aan niemand geweigerd kon worden', maar dat bovendien de overheid het recht zou dienen te behouden om over wangedrag van burgers te oordelen. Calvijn en Farel gaven niet toe en dus werden zij op 23 april uit de stad verbannen.

Deze verbanning heeft veel van Calvijns volgelingen ernstig verontrust. Ze hadden van hem geleerd dat zij door God verdoemd waren, dat zij slechts gered konden worden door Jezus, dat wil zeggen Calvijns Jezus. Hij scheen de enige te zijn die Gods woord ten volle begreep. Wat moest er van hen worden, nu een koppig wereldlijk bestuur de profeet had verbannen? Zou de stad niet wegzinken in een poel van chaos en zondigheid?

De tegenstanders van Calvijn waren evenmin gerust. Als er anarchie in de stad zou uitbreken, of erger: een burgeroorlog, dan stond de hertog van Savoye klaar om zijn rechten op de stad te hernemen, met naast hem de verjaagde bisschop en achter hem de keizer. De Fransen hielden op dat moment weliswaar een groot deel van Savoye bezet, maar dat kon net zo gemakkelijk van eigenaar verwisselen als een oude hoed. De geografische ligging van Genève was een precaire. Niet ver van de stad liep de zogenaamde 'Camino Español' (de Spaanse Weg). Wanneer Spanje troepen naar het noorden stuurde, moesten die natuurlijk om Frankrijk heen. Er werd meestal ingescheept in Barcelona, verzameld in steden als Napels en Genua. Vervolgens liep de Weg via Milaan, Savoye en dan langs Genève verder naar het noorden. Weliswaar was El Camino tijdens Calvijns leven een belangrijke handelsroute en nog geen militaire, maar iedereen met enig verstand kon begrijpen dat de Weg een potentieel gevaar betekende. Toen Alva in 1567 er met zijn troepen overheen naar de Nederlanden trok, vreesde Genève dan ook met grote vreze.

Het was zaak dat Genève geen aanleiding gaf tot koninklijk (Frankrijk) of keizerlijk (Spanje) ingrijpen. De magistraten stonden na de verbanning van Calvijn voor een zware opgave. Calvijn was als geen ander in staat gebleken de burgers te disciplineren. Nu dreigde de bevolking in elkaar fel bestrijdende facties uiteen te vallen.

*

Calvijn vestigde zich in Straatsburg. Hij begaf zich daarmee onder de vriendelijke en vaderlijke leiding van Martin Bucer. Calvijn heeft altijd vaders gezocht.* Hij vond een goede in Bucer, een slechte in Farel. Bucer had een matigende invloed op hem, Farel bevorderde de meest extreme trekken in zijn karakter. Toen hij een vrouw zocht, raadpleegde hij beiden.

Ik neem aan dat het Bucer was die met Idelette op de proppen kwam. Ze voldeed blijkbaar aan Calvijns eisen: '... zij moet kuis, gehoorzaam, niet veeleisend, zuinig, geduldig en bekommerd om mijn gezondheid zijn.'

U hoort het, Calvijn was een romantische natuur.

'Als ik een vrouw neem,' schreef hij bij een andere gelegenheid, 'zal ik dat doen om, bevrijd van ontelbare zorgen, mij beter aan de Heer te kunnen wijden.' Wat zijn vrouw eventueel aan hem zou kunnen hebben, hield hem niet zo erg bezig geloof ik.

---

* 'Waarschuw me, bestraf me, doe alles wat een vader tegenover zijn zoon mag doen,' schreef Calvijn aan Bucer.

De huwelijksdienst werd geleid door Guillaume Farel. Dat is een hartverwarmende gebeurtenis geweest vol vrolijkheid en kostelijke kwinkslagen, dat begrijpt u.

Was het huwelijk gelukkig? Nou, gelukkig niet, want daar zou Calvijn erg van zijn geschrokken: 'Uit angst dat ons huwelijk te gelukkig zou zijn,' schreef hij, 'heeft de Heer onze vreugde van het begin af aan getemperd.'

De bofkont.

Ik moet denken aan wat Katharina schreef toen haar man was gestorven: 'Dank u Heer, dat hij in mijn armen stierf...' En: 'Ik wist dat hij van me hield en me blijmoedig alles vergaf zelfs voor ik erom vroeg...' Je voelt innigheid in haar woorden, geschreven in dezelfde eeuw, vanuit ongeveer hetzelfde geloof, maar met een hemelsbreed verschil van opvatting over liefde en geluk.

*

Calvijn, Farel en Servet hadden alle drie een notaris als vader. Alle drie de vaders wilden dat hun zoons rechten studeerden omdat die studie goed was voor een carrière in de bureaucratie. Van Calvijn weet men vrij zeker dat hij zijn vader daarom verachtte. Hij wilde, net als Erasmus, een man van de letteren worden, geen carrièremaker. Farel en Servet hebben evenmin veel plezier gevonden in de rechtenstudie: hun hart trok naar het hogere. Ze werden, net als Calvijn, eenlingen, omdat zij zich losmaakten uit hun milieu. In sommige karakters wekt deze ontworteling diepe angsten, in andere een bijna extatisch gevoel van bevrijding. Ik denk dat Farel zich nauwelijks bewust was van de afgrond van angst waarboven hij op een wiebelig plankje door het leven balanceerde, maar Calvijn wel. Hij kende zijn angst, maar zag die als de enig juiste voedingsbodem van de vroomheid. Zijn levensangst werd hem, volgens hem, als een genade aangeboden, want daardoor alleen begreep hij dat hij een drenkeling was en dat Christus hem door God als een reddingsboei werd toegeworpen.

Ik ben als kind grootgebracht met de kinderboeken van W. G. van de Hulst. Aan zijn werk kun je zien hoe lang het idee heeft voortbestaan dat angst tot vroomheid leidt. Zijn verhalen gingen als volgt: een kind verdwaalt in een donker bos. Het wordt ontzettend bang. Het probeert eerst zelf een uitweg te vinden, maar dan, in zijn wanhoop, gaat het op de knietjes en bidt om uitkomst. En warempel, het kind heeft zijn betraande oogjes nog niet opgeslagen of het ziet een lichtje in de verte. Enzovoort. Jezus redt, retteketet.

Of om het met de woorden van Calvijn te zeggen: '...zij [de volwassenen en de kinderen] moeten zich in zo'n verbijstering en angst bevinden dat zij er niet erger aan toe kunnen zijn, opdat zij leren tot Hem hun toevlucht te nemen.'

Calvijn hoopte op vaderlijke raad en als hij zocht naar een verzachting van zijn extreemste gevoelens dan was Martin Bucer daarvoor de juiste man; wanneer hij daarentegen overvallen werd door gedachten waarvan hij misschien zelf schrok, maar die hij niet tegengesproken wilde hebben, zocht hij de instemming van Farel.

Heeft hij Katharina Zell gekend? Jazeker. Ook hij heeft bij haar getafeld, maar het is de vraag of hij Katharina erg heeft gewaardeerd. Zij 'onderwees' namelijk, dat wil zeggen dat zij zo nu en dan een educatief traktaatje uitgaf waarin ze bijvoorbeeld het onzevader uitlegde. Weet u, vrouwen mochten volgens Paulus en Calvijn niet onderwijzen. Dus ik neem aan dat hij Katharina een vrouw vond die zich 'mannelijk' gedroeg. Gelukkig verstond Katharina geen Latijn of Frans en verstond Calvijn geen Duits. Gods Babylonische spraakverwarring kan soms een zegen zijn. Of Katharina veel met Calvijns ideeën ophad weet ik niet. Zij zag het als volgt: 'We zijn niet verplicht iemands ideeën en geloof te delen, maar we zijn verplicht eenieder onze liefde tentoon te spreiden.' Het zou tot 1553 duren voor ze ontdekte hoezeer haar opvattingen over christelijke naastenliefde verschilden met die van Calvijn. Ik ben ervan overtuigd dat ze in zijn gezelschap geen hap meer door haar keel had kunnen krijgen.

*

Misschien was alles anders gelopen wanneer Calvijn niet van mening was geweest dat hij een goddelijke roeping had. Louis du Tillet, waarschijnlijk de beste vriend die Calvijn ooit heeft gehad, heeft hem van die belastende gedachte proberen te bevrijden. Calvijn was geloof ik gelukkig in Straatsburg, voor zover een man als hij in staat was tot geluk. Hij vond er zijn Idelette en zou het liefst met haar in Straatsburg zijn gebleven. Hij werd geplaagd door de gedachte dat God hem zou terugroepen naar Genève.

Du Tillet vond Genève niet goed voor Calvijns geestelijke gezondheid en daarom schreef hij hem in 1538: 'Ik betwijfel dat je daar [in Genève] door God werd geroepen, je werd er slechts door mensen geroepen.'

Louis du Tillet toonde zich een waar vriend, want de 'goddelijke roeping' is een vloek. Dat komt vooral doordat God niet bestaat en het de geroepene dus aan leiding ontbreekt. 'Goddelijke roeping' is een uitdrukking die wordt gebruikt wanneer iemand zijn niet al te bescheiden ambitie probeert te verkopen als nederige dienstbaarheid. Du Tillet maakte zijn vriend duidelijk dat hij vrij was. Dat was een vriendschappelijk gebaar, maar ik denk dat hij nog een ander motief had. Ik denk dat Du Tillet gevaar rook.

De zogenaamde goddelijke roeping maakt van sommige karakters heiligen, van anderen maakt zij fanatici. Er is een groot verschil tussen de man die zegt: 'Ik heb er plezier in een kerk te organiseren,' en daarbij zijn gevoel door God geroepen te zijn voor de buitenwereld verzwijgt en de man die zegt: 'Ik moet van God een kerk organiseren,' en van zijn roeping dus een vrome demonstratie maakt. De laatste bekleedt zich, zo nederig als een geslagen hond, tegenover zijn volgelingen en zijn tegenstanders met goddelijk gezag. De nederig aandoende overtuiging slechts een werktuig te zijn in Gods hand kan de keurigste mensen tot de gruwelijkste misdaden brengen. Daar maakte Du Tillet zich terecht bezorgd over.

Vanaf 1536 was de kerk van Straatsburg onder leiding van Martin Bucer steeds verder van de Zwitserse kerken verwijderd geraakt en meer in de richting van de lutheranen gedreven. De laatsten waren nauwelijks geïnteresseerd in politieke invloed en dat moet Calvijn zijn opgevallen. In zijn Franstalige gemeente stelde hij een strenge kerktucht in, waarbij hij blijkbaar niet op verzet van de magistraten stuitte. De zachtaardigheid en tolerantie van Bucer ergerde hem, maar hij bleef hem waarderen als een vaderlijke vriend. In 1539 maakte Bucer een politieke fout die Calvijn ernstig verontrust moet hebben.

Filips van Hessen 'de Grootmoedige' was de grote beschermer van de protestantse Duitse steden, maar hij had nog een andere hobby: hij ging vreemd. Hij kon niet scheiden van zijn vrouw. Het aanschaffen van een concubine was natuurlijk hartstikke zondig en daarom plaagde zijn geweten hem zozeer dat alleen bigamie zijn geprangd gemoed kon verlichten.

Waar kom je zulke gewetensvolle mensen nog tegen vandaag de dag?

Hij raadpleegde Melanchton en Bucer over de netelige kwestie. Met grote tegenzin stemden zij in met Filips' gewetensvolle bigamie zolang die geheim werd gehouden. Dat was natuurlijk een buitengewoon dom idee: eenmaal gehuwd verkondigde de nieuwe mevrouw van Filips luidkeels dat zij mevrouw Van Hessen de Tweede was en toen had je de poppen aan het dansen. Straatsburg was lid van het Schmalkaldische Verbond van protestantse Duitse steden en het gedrag van Filips kon dus ook gevolgen hebben voor de stad. Filips overtrad met zijn bigamie de keizerlijke wet en gaf daarmee de keizer de gelegenheid een moreel verantwoorde oorlog te beginnen. Het jaar daarop liet de vernedering van Gent zien waartoe de keizer in staat was. Het was deze politieke situatie waarvoor Calvijn altijd bang was geweest: door de toegefelijkheid van de kerk was de morele autoriteit van het wereldlijk bestuur ondermijnd en had het zich kwetsbaar gemaakt voor een keizer die toch al op een kans loerde het protestantisme een doodklap te verkopen. Het duurde nog een aantal jaren voor de klap werkelijk kwam, maar hij kwam, en al was het geen doodklap, hij kwam hard aan. Ik loop wat op de zaken vooruit: onder druk van de keizerlijke troepen werd Martin Bucer uit Straatsburg verbannen. Hij vestigde zich in Engeland, waar hij in 1551 in Cambridge overleed. Net op tijd, want in 1553 besteeg Bloody Mary de troon van Engeland. Zij liet Bucers botten opgraven om hem alsnog te kunnen verbranden.

In het licht van deze even belachelijke als verschrikkelijke feiten, wordt Calvijns morele rigiditeit iets begrijpelijker. De jonge hervormde kerk balanceerde de eerste helft van de zestiende eeuw voortdurend op het randje van de afgrond. Chaos, anarchie of moreel verval kon de lont in het kruitvat betekenen.

Het was precies om die reden dat de stad Genève Calvijn beleefd verzocht terug te keren en de leiding van de kerk weer op zich te nemen. Het wereldlijk bestuur was niet in staat gebleken zijn burgers tegen anarchie en chaos te beschermen. Misschien hebben de magistraten gedacht dat zij gebruik konden maken van Calvijns kerkelijke tucht en hem tegelijk in de hand konden houden, maar in feite gaven ze de stad aan hem over. Calvijn rende niet meteen juichend terug, hij liet de magistraten nog een tijdje sudderen in hun angst en vrees, zodat, toen hij in 1541 terugkeerde, zij geen tegenwicht meer konden bieden aan zijn autoriteit. Zij spraken niet meer tegen, zij spartelden tegen. Na 1553 hield zelfs het spartelen op.

De angstige jongen uit Noyon werd de grootayatollah van het protestantisme.

Toen kwam de opgewonden jongen uit Villanueva op een krankzinnig idee: hij begon een correspondentie met de grootayatollah alsof hij nog steeds te maken had met een studiegenootje uit Parijs. Sommige historische feiten zijn dermate absurd dat je er een romanschrijver achter vermoedt, maar hier is het omgekeerd: dit feit is te onwaarschijnlijk voor een roman, dit kan alleen in de werkelijkheid gebeuren. Waarom koos Servet in godsnaam voor Calvijn? Er bestonden toch waarachtig wel minder gevaarlijke adressen!

Servet moet zich van het gevaar bewust zijn geweest. Hij was immers eerder in zijn leven voor protestantse leiders op de vlucht geslagen. Zocht hij als een Spaanse vechtstier het uitzichtloze gevecht met de matador, vertrouwde hij net als een dol geworden stier ten onrechte op de scherpte van zijn horens?

Het zit eenvoudiger. Na jaren van onderduiken en veinzen keerde Miguel Servet terug naar zichzelf. Jezelf zijn kan dodelijk zijn, net als roken.

De verrader van Arend Appelbol

Utopia van Thomas More is een buitengewoon saai boek, terwijl *De heerser* van Niccolò Machiavelli nog steeds goed leesbaar is. Dat komt doordat de bewoners van Utopia zo slaapverwekkend braaf zijn en de bewoners van Machiavelli's boek zo verfrissend slecht. Maar nu: Machiavelli heeft bij mijn weten nooit één ketter laten verbranden, Thomas More daarentegen een flink aantal. Hoe is dat mogelijk? Ik vind het verleidelijk te denken dat het enerzijds kwam door Mores saaiheid en anderzijds door Machiavelli's levendigheid. Saaiheid is des duivels oorkussen. Onder saaiheid verschuilt zich een benauwd mannetje dat zichzelf en anderen niets toestaat dat lijkt op uit de band springen. Machiavelli sprong uit de band van de christelijke moraal, althans op papier. Als ik hem lees denk ik: wat zal hij een pret hebben gehad. Hij moet hebben geweten hoe provocerend zijn geschrift was, provocerend uitsluitend en alleen door aan te bevelen wat in werkelijkheid allang gebeurde. Dat succesvolle vorsten succesvol waren door de afwezigheid van elke moraal was algemeen bekend, maar dat iemand dat plompverloren opschreef moet menigeen een door schrik ontstoken lachsalvo hebben ontlokt. Men was gewend de misdaden van de vorsten te zien opgedist onder een dikke saus van christelijke normen en waarden, zo ongeveer als onze invasie in Irak ons door onze christelijke regeringen door de strot werd geduwd. Machiavelli's boek werkt op mij als een bananenschil: een keurige heer schrijdt deftig over de stoep en valt onverhoeds op zijn dikke kont. Een dikke kont weet niks van moraal, die weet van gezeteld zijn en vreten, meer niet.

Ik denk dat Machiavelli zich bewust was, niet alleen van de immoraliteit van de vorsten, maar ook van zijn eigen immoraliteit, terwijl More niet alleen overtuigd was van de braafheid van de inwoners van Utopia, maar ook van zijn eigen braafheid. Die combinatie: zijn saaiheid en de overtuiging van eigen braafheid, maakte hem gevaarlijker dan Machiavelli.

Politiek en moraal bijten elkaar. Ze bijten elkaar zo verschrikkelijk dat de politicus More de schrijver More doodbeet. Als schrijver begreep hij uitstekend hoe belangrijk religieuze tolerantie was voor een vreedzame samenleving en ook dat het de enige moreel verantwoorde optie was. Als politicus interesseerde hem slechts de macht, namelijk in de eerste plaats de macht van de paus en in de tweede plaats die van de koning. Zijn angst voor chaos joeg zijn verlangen naar tolerantie op de vlucht. De angst voor de chaos is het heftigst in keurige mensen die houden van orde en tucht, van hiërarchie, van gehoorzaamheid en discipline.

De bewoners van Utopia mochten geloven wat zij wilden omdat More 'het voor onzeker [houdt] of God niet de een iets anders influistert dan de ander'. Er waren slechts twee dogma's waarin mensen onvoorwaardelijk dienden te geloven:

1. De ziel is onsterfelijk en
2. In het hiernamaals wordt de deugd beloond en de zonde bestraft.

Er wordt niets gezegd over de noodzakelijkheid van het geloof in een Verlosser of de gehoorzaamheid aan paus of kerk.

Het valt op dat joden, christenen en moslims elkaar in Utopia in ieder geval niet uitsloten en er dus een veel grotere tolerantie heerste dan in de werkelijke wereld. Alle drie de monotheïstische godsdiensten kunnen zich immers vinden in deze twee dogma's. Maar de vraag is waarom More in een boek dat gaat over de ideale inrichting van de staat, het geloof in deze twee dogma's onontbeerlijk vond.

Pedagogiek en politiek gaan hier, als zo vaak, hand in hand. Over de opvoeding van kinderen schrijft More: 'de diepe angst ten aanzien van degenen die superieur zijn [de volwassenen] [is] de maximale en bijna enige stimulans tot de deugdzaamheid.'

Die angst wordt gewekt door de ervaring van de straf na een overtreding. De hel is onmisbaar voor de disciplinering van het volk. Maar toen de dreiging met de hel niet voldoende bleek, organiseerde More in het werkelijke leven de hel op aarde: hij begon ketters te verbranden. Hij speelde Laatste Oordeeltje op aarde, niet om de eer van God te redden, maar om Het Gezag (dat van de paus en de kerk) met geweld af te dwingen.

Voor Johannes Calvijn was deugdzaamheid lang niet voldoende. Mensen die 'door de wereld' deugdzaam worden genoemd zijn niettemin 'helemaal verdorven'. Zowel de deugdzamen als de 'losbandigen' zijn allen 'afgeweken'. Dat komt doordat 'onze zielen helemaal vol zijn van dodelijke misdaden'. Hij preekte 'dat God [...] met goed recht ons haat en ons allen voor verfoeilijk houdt...'

Anders dan in Utopia is er maar één redding en die is gelegen in de kruisdood van Jezus. Jezus heeft ons 'gewassen met zijn bloed'.

Neem me niet kwalijk, de christelijke terminologie vereist een sterke maag, ik weet het. Leg dit boek gerust even neer en neem een lekkere douche.

Nu is het wonderbaarlijke van Calvijns God, dat Hij alles van tevoren heeft geweten. Toen Hij de mens schiep wist Hij dat Hij een hekel zou krijgen aan Zijn schepsel. Hij wist dat Adam en Eva zouden eten van de boom der kennis. Zij hadden geen keus: God had het Zelf bedacht en beslist. Hij zou daar niettemin zo woedend om worden dat Hij Zichzelf in de vorm van Zijn Zoon aan een kruis zou laten spijkeren om Zijn woede te stillen. Hij wist van tevoren dat een flink aantal mensen Hem daarvoor niet dankbaar zou zijn en hij wist eveneens dat Hij die mensen voor altijd zou verdoemen. Hij wist dat hij sommigen de genade van het geloof zou schenken en anderen zou laten dwalen in duisternis. Alle beslissingen waren al genomen nog vóór de mens was geschapen. Het heil van de mens was volledig afhankelijk van een goddelijke beslissing die voor zijn geboorte was genomen. Calvijn bezwoer de mensen dat het geloof in Jezus Christus hun enige redding was, maar het geloof was een gave Gods en niet iets dat je kon krijgen door het te willen hebben. Je had het of je had het niet en wanneer je het niet had wachtte de hel.

U herinnert zich dat tijdens ons Twaalfjarig Bestand onmiddellijk godsdiensttwisten uitbraken. Twee theologen raakten met elkaar in de clinch over Calvijns predestinatieleer. Een daarvan was Arminius. Hij begon te twijfelen toen hij in aanraking kwam met twee oude mensen die, met de dood voor ogen, zich ernstig ongerust maakten over hun zielenheil. Zij hadden oppassend geleefd en waren hun leven lang trouw ter kerke gegaan, maar de bange vraag was of zij behoorden tot de uitverkoren dan wel tot de verdoemden. Arminius werd geconfronteerd met het verschrikkelijke feit dat Calvijns leer de angst voor de dood bij brave mensen had *vergroot*. Je moet wel een hart van steen hebben wanneer je dan niet aan het twijfelen raakt. Was dit de bedoeling van de Blijde Boodschap?

Martin Bucer had het probleem van de voorbestemming voor zijn volgelingen als volgt opgelost: 'Geloof jij maar en je bent al gekomen' (tot het heil). Bij Calvijn lag dat minder eenvoudig omdat hij de meerderheid van zijn volgelingen (ik geloof negentig procent, maar pin me niet vast op een procentje) voor hypocriet hield, ook wanneer zij brave mensen waren. De meerderheid van de mensheid behoorde dus niet tot de uitverkorenen en was onherroepelijk verdoemd.

Als Calvijn gelijk heeft, was het beter geweest dat de mens

nooit was geschapen. In het Utopia van Calvijn leeft dan ook geen mens, maar een dood gedetermineerde plant. Als ik zou worden verplicht te leven in Calvijns Utopia, zou mij maar één wens overblijven: godverdomme. Want ik wil niet tussen de uitverkorenen leven. Ik vind Calvijns hemel een plek voor engerds. De God van Calvijn komt wel degelijk in de buurt van Servets driekoppige helhond.

Calvijn was van mening dat de heidenen, zelfs diegenen die diep in het oerwoud of op afgelegen eilanden nog nooit van Onze-Lieve-Heer hadden gehoord, collectief ter helle zouden varen. 'Zelfs de onwetenden zullen veroordeeld worden,' preekte hij. 'Hoewel de mensen hun vergiffenis schenken en medelijden met hen hebben.'

Let wel: hier beweert Calvijn dat God *minder* barmhartig is dan de mensen, wat mij binnen de christelijke theologie een uniek standpunt lijkt. Hij ging bovendien opzettelijk voorbij aan Handelingen 17:30, waarin God de heidenen belooft hun 'de tijden der onwetendheid' niet in rekening te brengen. Waarom weersprak Calvijn Gods eigen woord? Omdat Calvijn een intense behoefte had aan genadeloosheid en God diende zich aan die behoefte aan te passen.

Het is een godsbeeld waarvan een normaal mens uit zijn vel springt. Dat is wat er met Miguel Servet gebeurde. Hij sprong uit het vel van dokter Villeneuve.

*

Miguel Servet werkte in het bisschoppelijk paleis van Vienne in het geheim aan zijn *Christianismi Restitutio*, ofwel het *Hersteld Christendom*.

Hij schreef dat God onbegrijpelijk is, onvoorstelbaar en onaanspreekbaar, maar dat Hij zich openbaart in alles omdat Hij de essentie is van alles. Christus is een manifestatie van die essentie. Zijn geest is vergelijkbaar met de onze en bestaat voornamelijk uit God of het goddelijke. Dat is Servets belangrijkste ketterij. Wij zijn niet waardeloos omdat het koninkrijk Gods binnen in ons voor het opscheppen ligt. De goddelijkheid van Jezus is voor ons niet onbereikbaar.

Jezus was voor Servet niet in de eerste plaats het slachtoffer van een woedende godheid, maar een mens die God openbaarde als het Licht van de wereld en daardoor zelf werd verlicht. Zijn goddelijkheid wordt uitgedrukt met de eretitel 'zoon van God'.

Servet geloofde niet in de kerkelijke hiërarchie omdat elke gelovige 'koning en priester' is.

Hij geloofde in hemel en hel, maar zij die geen volledige kennis van God bezaten zouden niet worden veroordeeld. Servet doelde op kinderen, maar waarschijnlijk ook op andere onwetenden. Verder raasde en tierde hij tegen de katholieke kerk, tegen de mis, het wijwater en nog zo wat en voorspelde hij het einde van de wereld in 1585, want getikt waren de gelovigen in de zestiende eeuw allemaal wel een beetje. Gelukkig zijn die tijden lang voorbij.

De vraag blijft waarom hij nu juist Calvijn uitkoos voor zijn duel met De Rest Van De Wereld.

Zoals de meerderheid van de hervormers beschouwde Servet de kerk van Rome als heidens tot in het merg van haar godsdienstige praktijken. Hij vestigde zijn hoop op de hervormers omdat hij instemde met hun terugkeer naar de bron, het evangelie, maar in zijn *Apologie tegen Melanchton* schreef hij: 'Waarom bedreig je ons met de autoriteit van de kerk nadat je hebt gezegd dat de paus de antichrist is en Rome Babylonië?' Het idee kerk, met haar hiërarchie, haar machtsstreven en politieke machinaties stond hem tegen. De hervorming, die naar zijn idee ieder mens tot zijn eigen priester had moeten maken, construeerde in razend tempo een onaantastbaar heiligdom, waarin de gelovigen zich opnieuw moesten buigen voor het gezag van de priester.

Calvijn is voor mij gemakkelijker te begrijpen dan Servet, omdat de boodschap dat wij waardeloos zijn en dat het slecht met ons zal aflopen mij vanaf mijn jeugd in de oren is getoeterd, terwijl de boodschap van de mysticus Servet onbegrijpelijk hoopvol is. Zijn hoop doet anarchistisch aan en anarchie is chaos en chaos is slecht. Dat is precies waar Calvijn zo zenuwachtig van werd: Servet vertegenwoordigde voor hem de chaos en omgekeerd vertegenwoordigde Calvijn voor Servet de onderdrukkende autoriteit die de weg naar de verlossing, of om een seculiere term te gebruiken: de vrijheid, versperde.

Zij waren geknipt voor het duel.

Helaas was Servet behalve een mysticus ook een romanticus. Hij wilde met open vizier in het strijdperk treden en, onder de ogen van getuigen, de overwinning behalen of ten onder gaan. Zijn tegenstander was het tegendeel van een romanticus. De fanaticus is niet geïnteresseerd in een duel. De fanaticus wil dat zijn tegenstander niet bestaat en als hij wel bestaat moet hij dood.

Vanaf 1546 schreef Miguel Servet dertig brieven naar Johannes Calvijn. Calvijn schreef op 13 februari aan Guillaume Farel: 'Servet schreef me onlangs en voegde aan zijn brief een dikke bundel met zijn geraaskal toe. [...] Hij biedt aan hiernaartoe te komen als mij dat aangenaam is [...] als hij komt en mijn autoriteit iets waard is, zal ik niet toestaan dat hij hier [dat is Genève] levend uit komt.'

In 1546 had Calvijn het doodvonnis over Servet al uitgesproken. Hij wist wie dokter Villeneuve was en waar hij woonde. Servet dacht dat Calvijn een tegenstander was, maar hij was de Dood.

*

Miguel ging niet naar Genève omdat Calvijn hem niet 'zijn woord' gaf, dat wil zeggen, hem geen vrijgeleide aanbood. Hij wist blijkbaar dat hij zonder Calvijns beschermende woord gevaar liep in die stad. De 'bundel met zijn geraaskal' was het begin van de *Christianismi Restitutio*. Calvijn wist dus dat er een boek in de maak was, een in zijn ogen duivels boek, dat velen in verwarring kon brengen. Hij had met zijn *Institutio* de christelijke leer gesystematiseerd, de *Restitutio* was in zijn ogen een chaotische warboel. Ook dit is een belangrijke tegenstelling.

Dogmatici zijn van mening dat religie kan worden beschreven als een systeem. De systematicus Calvijn baseerde zijn leer op een weinig systematische en innerlijk tegenstrijdige tekst: de Bijbel. Je kunt een innerlijk tegenstrijdige tekst alleen ombouwen tot een coherente leer wanneer je de tekst geweld aandoet. Dat 'geweld aandoen' is niets anders dan telkens een keuze maken tussen op zijn minst twee betekenissen en, zo nodig, het negeren van teksten die niet in het systeem passen. Hoe wist Calvijn wat de juiste keuze was? Dat is heel eenvoudig. Calvijn wist dat doordat hij werd geleid door de Heilige Geest. Zo simpel is het.

De vrees die Thomas More in zijn *Utopia* uitsprak, namelijk dat God (of de Heilige Geest) de een misschien iets anders influistert dan de ander, deelde Calvijn niet. Wie zijn preken leest weet hoe hij zich aan zijn gehoor presenteerde: als een man Gods wiens woord onfeilbaar was. Hij was daar temeer van overtuigd omdat hij er naar eigen idee in geslaagd was de buitengewoon ingewikkelde christelijke heilsleer in een systeem onder te brengen. Ik zie Calvijn als een man die niet zozeer God liefhad als wel het systeem waarin hij Hem had ondergebracht. Eindelijk, na al die eeuwen van getob, kon de mensen nauwkeurig worden uitgelegd wat zij dienden te geloven.

Het meeste verbazingwekkende aan Calvijn vind ik dat hij zijn systeem logisch vond en dat hij de denkwijze van andersgelovigen vond wijzen op een gebrek aan verstand. Calvijn zag bijvoorbeeld in dat de kruisdood van Jezus 'op het eerste gezicht' afkeer opwekt, gezien de wreedheid waarmee God Zijn zoon laat boeten voor de zonde van de mensen.

Maar Calvijn vond het vervolgens logisch dat God anders denkt dan wij en dat Zijn wreedheid in werkelijkheid het opperste bewijs van Zijn liefde is. Ziehier de goocheltrucs waarmee het christelijke denken vol zit en die in het geheel niet geschikt zijn als bouwstenen voor een enigszins ordelijk denksysteem. Geen van de hervormers zag dat in en Calvijn zeker niet.

Als er bij Servet al sprake is van een systeem, dan is het een systematische wanorde, kenmerkend voor een persoonlijkheid die tot groot enthousiasme en zelfs extase geneigd is. Hij was een 'zot' in erasmiaanse zin, een 'eerlijke gek' zoals Voltaire meende. Calvijn kende de extase eveneens: de extase van de boekhouder die zijn balans op orde heeft. Servet was de man die zijn keurige kasboek met zwarte inktmoppen dreigde te bevlekken.

*

Je hebt verraders in soorten en maten. Neem bijvoorbeeld het type dat tijdens de bezetting onderduikers om geld aangaf bij de Duitsers. De economische verrader. Dit type hoefde niet eens een nazi te zijn, gewone schofterigheid was voldoende. Daarnaast heb je de ideologische verrader, het type dat verraadt uit overtuiging.

Er is een derde type, maar daar heb ik geen woord voor. Ik kan hem alleen met een voorbeeld omschrijven.

Stel u voor, een man wordt tijdens de Duitse bezetting gezocht omdat hij zich in woord en geschrift tegen de nazi-ideologie heeft verzet. Hij vlucht naar Engeland. De man hangt zelf ook een ideologie aan, laten we zeggen dat hij een christendemocraat is, antinazi, maar ook anticommunist. Daar, in het veilige Engeland komt hem ter ore dat zich in Appelscha de fanatieke communistische propagandist Arend Appelbol bevindt. Onze held vindt de heer Appelbol een gevaar voor zijn toekomstige christendemocratie en hij besluit daarom, met behulp van connecties in Nederland, de heer Appelbol bij de Gestapo aan te geven. De heer Appelbol wordt door de Gestapo gearresteerd, berecht en ter dood veroordeeld.

Bestaat er een woord voor dit soort verraad? Hoe moet iemand heten die een ideologische tegenstander aangeeft bij zijn eigen dodelijke vijand? Ik doe een voorstel. Laten we hem, bij gebrek aan beter, een rat noemen. Als u een betere typering weet, mag u het zeggen.

Het is 1945. Onze christendemocratische held keert terug naar het vaderland. Zijn verraad komt aan het licht. Hoe zal de rechter zijn actie beoordelen? Als buitengewoon kwaadaardig, daar ben ik zeker van. Hij zal streng worden gestraft, want het anticommunisme van onze christendemocratische held rechtvaardigt zijn verraad allerminst. Het feit dat hij Nederland heeft willen bevrijden van een persoon die in zijn ogen een gevaar was voor de samenleving, geldt niet als verzachtende omstandigheid. De heer Appelbol bedreef immers slechts propaganda. Hij verkondigde opvattingen die lijnrecht ingingen tegen de opvattingen van de bezetter en hij bevond zich daardoor, anders dan onze held in Engeland, in gevaar. Onze christendemocraat maakte gebruik van dat gevaar om zich van een tegenstander te ontdoen. Ik weet niet of er een juridische term bestaat voor dit soort giftig verraad. Ik denk van niet, omdat het me een buitengewoon zeldzame misdaad lijkt.

Dit is natuurlijk een theoretisch voorbeeld. Ik weet hoe dapper velen van onze christelijke broeders zich tijdens de bezetting hebben gedragen en dat elke vorm van verraad hen met afschuw heeft vervuld. Het soort verraad dat ik hierboven heb beschreven behoorde en behoort natuurlijk ook voor hen tot het laagste van het laagste waarin een mens kan vervallen. Daarin zullen zij heus niet met mij van mening verschillen.

Ik ga terug naar de zestiende eeuw.

De Reformatie had families verscheurd, broers uit elkaar gedreven, ouders en kinderen van elkaar vervreemd. Toch bleven velen schriftelijk contact met elkaar onderhouden over de geloofsgrenzen heen. Zo woonde er in Lyon een zekere Antoine Arneys, die correspondeerde met zijn neef Guillaume Trie in Genève. In die tijd kon je ervan op aan dat een inwoner van Lyon in ieder geval voorgaf katholiek te zijn, zoals een inwoner van Genève verplicht protestant was. In het geval van Antoine en Guillaume was er geen sprake van 'veinzen', de een was een oprecht katholiek, de ander een toegewijd protestant. Tussen de twee neven had men een huizenhoge Berlijnse muur van wederzijds fanatisme opgericht.

Op 26 februari 1553 ontving Antoine een verbazingwekkende brief van Guillaume uit Genève. Ik ga die brief hier niet overschrijven, want hij is te vinden in elke Servetbiografie. Ik stip alleen de belangrijkste punten aan. Guillaume schreef dat

1. Er zich een ketter in de omgeving van Lyon bevond die het verdiende verbrand te worden;

2. Dat deze ketter evenzeer door de papisten zou moeten worden veroordeeld als door 'ons';

3. Dat hij Michael Servetus heette, maar dat hij bekend stond als Michel Villeneuve;

4. Dat deze Villeneuve arts was en in Vienne woonachtig was.

Een dodelijke brief.

Wat kan de koopman Guillaume Trie hebben bewogen een man die geen bedreiging was voor zijn nering en die hij niet kende, op een dergelijke verraderlijke wijze in levensgevaar te brengen? Het motief zou voor altijd een raadsel zijn gebleven, ware het niet dat Trie als bijlage de eerste vier bladen (in handschrift) van Servets *Restitutio* meestuurde.

Wie was ook alweer de enige mens op aarde die het manuscript van (een gedeelte van) de *Restitutio* in zijn bezit had?

U kent mij als een schrijver die niet graag kwetst, zeker

niet als het christenmensen betreft. Ik aarzel dus het antwoord op die bange vraag op te schrijven. Ik aarzel vooral omdat ik het soort verrader waarvan hier sprake is, het best meende te kunnen omschrijven als een 'rat', in de overtuiging dat mijn calvinistische broeders en zusters van harte met die omschrijving zouden kunnen instemmen.

Het hoge woord moet eruit: de enige ter wereld die behalve Servet zelf een gedeelte van het manuscript van de *Restitutio* in zijn bezit had, was Johannes Calvijn. Guillaume Trie moet dus de meegestuurde bladen van Calvijn hebben gekregen. Omdat ik niemand wil kwetsen laat ik de kwalificatie van dit gedrag aan de lezer over, maar de eerlijkheid gebiedt mij te zeggen dat ik geen verschil zie tussen de situatie van Servet en die van Appelbol. Calvijn verraadde Servet aan de geheime politie van de vijand. Mocht u daarom besluiten de heer Calvijn, althans in zijn aanpak van Servet, een 'rat' te vinden, is dat geheel voor uw rekening. Mij hoort u het niet zeggen. Ik bedoel: dit boek is een objectief verslag van de gebeurtenissen zoals ze hebben plaatsgevonden en daarin passen geen meningen van de auteur. De uitspraak *Johannes Calvijn heeft zich tegenover Miguel Servet als een rat gedragen* werp ik dan ook verre van mij.

Waarom interactief theater zo ontroerend is

Neef Antoine in Lyon wist na de brief van Guillaume precies wat hij moest doen. Hij waarschuwde onverwijld de grootinquisiteur van Frankrijk Matthieu Ory, die in Parijs zetelde. Antoine vatte het geval Servet dus op als een zaak van nationaal belang. De eer van Frankrijk was in het geding. Guillaume had in zijn brief listig gesteld dat 'de ondeugd hier godzijdank beter wordt gecorrigeerd dan in jullie landen', en meer zinsneden die het eergevoel van de Franse katholieken moesten prikkelen. Dat lukte, want er was een propagandaoorlog gaande, waarin de ene partij de andere in vroomheid probeerde te overtreffen. Dat is een verschijnsel dat in de geschiedenis meer is voorgekomen, ook in omgekeerde zin: in de jaren zeventig van de vorige eeuw tuimelden christenen over elkaar heen in steeds extremer wordende vrijzinnigheid. Het voordeel van extreme vrijzinnigheid is dat het niet tot bloedbaden leidt, extreme rechtzinnigheid wel.

Matthieu Ory was, hoe kan het anders, een dominicaan. Hij had aan de Sorbonne gestudeerd, in die tijd een instituut dat katholieker was dan de paus. Hij was een fervent ketterjager. Wanneer ik zeg dat hij bij die onheilige jacht werd gesteund door de staat, druk ik me te zwak uit. In morele kwesties stond de staat machteloos tegenover het oordeel van de kerk. Hoe je ook over het morele gehalte van Hendrik de Achtste mag denken, het feit dat niet de Engelse rechter, maar de paus moest oordelen over zijn echtscheiding, komt ons nu absurd voor. Engelands breuk met de kerk van Rome ging in feite om het herstel van de suprematie van de staat.

In het protestantse kamp op het vasteland ging het precies

de andere kant op sinds Luther en Melanchton in 1536 een stuk hadden ondertekend waarin werd gesteld dat de staat de plicht had blasfemie te onderdrukken. Zij gingen Calvijn dus vooraf in diens poging de staat ondergeschikt te maken aan de kerk, want blasfemie is een ruim begrip, dat tot in het oneindige kan worden opgerekt. Calvijn liet bijvoorbeeld de Geneefse overheid het dansen verbieden. De koningen moesten volgens hem 'de dienst van God beschermen en straf opleggen aan goddeloze verachters, die of zijn dienst te gronde proberen te richten of de ware leer door dwalingen verkrachten'.

Hierin waren de ultrakatholieke Matthieu Ory en de ultraprotestantse Johannes Calvijn het dus roerend eens, zij het dat zij over 'de ware leer' van mening verschilden en, als dat mogelijk was geweest, *elkaar* om die reden zouden hebben verbrand. Waar het om gaat is dit: Calvijn stemde natuurlijk niet in met de leer van de katholieke kerk, maar hij stemde wel in met de noodzaak van een kerkelijke Inquisitie.

Het moet Ory bekend zijn geweest dat de verraderlijke tip over de aanwezigheid van Servet in Vienne uit het ketterse Genève kwam. Wat zal hij daarvan hebben gevonden? Dat een beruchte ketter als Miguel Servet zich zo lang ongestoord in Frankrijk had kunnen ophouden was erg, dat diezelfde Servet erin was geslaagd zich als Michel Villeneuve tot Fransman te laten naturaliseren was bijna onverdraaglijk, maar dat dezelfde ketters die hij zo ijverig liet verbranden hem de gouden tip moesten bezorgen, zal hem het schaamrood op de kaken hebben gejaagd.

Hiermee heb ik, denk ik, een aantal van Calvijns motieven te pakken. Met het geval Servet wilde hij laten zien dat

1. De gereformeerde kerk minstens even streng wenste op te treden tegen ketters als de roomse;

2. Dat de kerk van Rome mensen vervolgde die hun heil zochten bij Jezus Christus, de zoon van God, terwijl zij een

ketter als Servet, die de goddelijkheid van Jezus ontkende, ongemoeid liet.

Het geval Servet was een plaagstootje in de propagandaslag. De mededeling was: wij passen beter op de zuiverheid van de leer dan jullie, wij zijn een keurige kerk.

Waarom wilde Calvijn de wereld dit zo graag laten weten? Dat wilde hij omdat er al decennia lang een fikse dreiging boven zijn markt hing. In zijn ijver om een godsdienstvrede te bereiken, streefde Karel de Vijfde naar een verzoening met de Duitse protestanten. Maar de kans dat hij meer dan één protestantse geloofsrichting zou erkennen was klein, misschien nihil. In 1555 voltrok zich dan ook wat Calvijn al die jaren had gevreesd: alleen de Lutherse kerk werd door de keizer erkend. Vanaf dat moment werd het Calvinisme in bijvoorbeeld Straatsburg opgevat als een sekte, niet als een kerk. Maar ook Martin Bucer en anderen die geen lutheranen waren moesten verdwijnen. Calvijns demonstratie van keurigheid, waar Miguel Servet het slachtoffer van werd, heeft dus niet mogen baten.

Matthieu Ory waarschuwde onmiddellijk de autoriteiten in Vienne, maar vroeg om uiterste discretie, omdat de papieren die hem door Antoine werden toegestuurd weliswaar waren ondertekend door Miguel Servet, maar zij bewezen niet dat Villeneuve en Servet een en dezelfde persoon waren. Servets huis in Vienne werd doorzocht, maar er werd niets aangetroffen dat Villeneuve verbond met Servet. Daarop vroeg Ory Antoine om meer bewijs.

De ijverige Fransman gaf het verzoek door aan zijn neef Guillaume en met verbazingwekkende snelheid wist deze in een bijlage bij de brief geschreven op 31 maart het sluitende bewijs te leveren. De bijlage bestond uit 'twee dozijn' persoonlijke brieven van Servet aan Calvijn! In de laatste brief verklaarde de schrijver Miguel Servet te zijn en excuseerde hij zich voor het gebruik van de schuilnaam Villanueva, de naam van zijn geboortedorp.

Hoe is Guillaume Trie aan die privécorrespondentie gekomen? Hij schreef:

'Maar ik verzeker je dat het me heel wat moeite heeft gekost de heer Calvijn te ontfutselen wat ik je vandaag stuur; niet omdat hij niet zou wensen dat dergelijke verschrikkelijke blasfemieën worden onderdrukt, maar omdat hij vindt dat [...] het zijn plicht is de ketters te overtuigen, eerder dan ze te vervolgen.'

Zo vroom.

Zo hartverwarmend.

En zo opzienbarend leugenachtig.

Herinnert u zich die zinsnede uit de brief aan Farel nog? '...als hij komt en mijn autoriteit iets waard is, zal ik niet toestaan dat hij hier levend uit komt.'

In 1546 was hij niet van plan om Servet te overtuigen, maar om hem te (laten) doden. Is het geloofwaardig dat hij in 1553 het dodelijke bewijs tegen Servet leverde om hem te 'overtuigen'?

Soms hoor je bij een zware overtreding de verslaggever uitroepen: 'Dit heeft niets met voetbal te maken!'

Ga ik te ver wanneer ik zeg dat Calvijns optreden weinig met christelijk geloof te maken had, maar alles met doortraptheid? Of moet ik veronderstellen dat er iets mis is met de voetbalsport? U mag het zeggen.

*

Misschien heb ik tot nu toe het belangrijkste motief voor Calvijns verraad nog niet vermeld. Het is het motief dat ongenoemd achter de hervorming van Luther zat, achter de hele Reformatie. Luther, Melanchton, Zwingli en Calvijn schenen zich voornamelijk af te zetten tegen de kerk van Rome, maar zonder het misschien zelf te weten bestreden zij met nog diepere overtuiging het humanisme. Na Erasmus' dood nam de afkeer van zijn gedachtegoed in beide kampen groteske vormen aan. Tot op de dag van vandaag kun je afkeurend horen praten over zijn 'lafheid' of zijn 'besluiteloosheid'. Erasmus was een vroom christen, maar noch de christenen, noch andere flinkerds lusten hem.

Het humanisme probeerde de mens zijn gevoel van eigenwaarde terug te geven door het op te diepen uit de Griekse en Romeinse oudheid.

Het roomse zowel als het reformatorische christendom baseerde zijn leer op de onwaardigheid van de mens. De twee stromingen verschilden alleen van mening over de manier waarop de mens zich kon rechtvaardigen tegenover God. In feite stonden de katholieken en de gereformeerden veel dichter bij elkaar dan zij gezamenlijk bij de humanisten stonden. Na eeuwen geharrewar is dat ook gebleken: in de meeste Europese landen hebben katholieken en protestanten zich op politiek terrein verenigd om een bolwerk te kunnen vormen tegenover de erfgenamen van het humanisme.

Het gaat nog verder. Het christendom schijnt in onze dagen lijnrecht te staan tegenover de islam. En natuurlijk, christenen en moslims zullen nog menig robbertje uit te vechten hebben, maar nu al kun je constateren dat sommige kerken met nauwelijks verholen bewondering kijken naar de geloofsijver van de moslims. Nu al wijzen moslims en christenen naar elkaar om hun opvattingen over vrouwen, homoseksuelen, euthanasie, abortus en seksuele moraal kracht bij te zetten. Ik heb een moslimjongen krankzinnige ideeën over homoseksuelen horen verkondigen, waarbij hij zich niet beriep op de Koran, maar op de paus!

Christenen en moslims zijn meer aan elkaar verwant dan aan de seculiere wereld. Op een dag zullen ze zich verenigen en de waardigheid van de mens uit hem knijpen zoals je een tube tandpasta leeg knijpt.

*

Waar de zestiende-eeuwse hervormers zich vooral tegen verzetten was het katholieke idee dat de mens door een prestatie te leveren (de 'goede werken') kon bijdragen aan zijn rechtvaardiging. Niet dat zij iets tegen goede werken hadden, het ging erom dat de mens een verwerpelijk wezen was dat afhankelijk was van Gods genade. De mens was uit zichzelf tot niets in staat. Zelfs dit sprankje menselijkheid, waarmee de katholieke kerk de gelovige de kans gaf een pietsje trots op zichzelf te zijn, moest worden uitgeknepen.

Miguel Servet was dan ook verontwaardigd over de verkettering van de goede werken.

Tot op de dag van vandaag proberen obscurantisten de idealen van het humanisme verdacht te maken. Zij veronderstellen bijvoorbeeld dat het 'Wij kunnen worden wat wij willen' van Pico della Mirandola betekent dat de mens van zichzelf een god maakt. Maar als Pico ons 'noch sterfelijk, noch onsterfelijk' noemt, heeft hij het naar mijn mening niet over ons fysieke bestaan, maar over het rijk van de geest. De mens kan alles worden, behalve fysiek onsterfelijk. Als de mens god kan worden, dan toch een sterfelijke god, wat een tegenspraak in woorden is.* Het zijn de gelovigen die weigeren de dood te aanvaarden, niet de ongelovigen.

Ik las bij een of andere minkukel dat het humanisme heeft gefaald omdat het geen oplossing biedt voor de dood. Beste minkukel, er is geen oplossing voor de dood en daar waren de humanisten zich goed van bewust. Maar de dood hoeft het leven niet te bederven. Integendeel: de dood verleent urgentie aan het leven. 'Het feit dat de dood op ons loert maakt zelfs het saaiste moment hartverscheurend interessant.'† Zonder de dood zouden we niet leven, maar hooguit bestaan, zoals God in zijn oeverloze eeuwigheid. Het eeu-

---

* De term 'sterfelijke god' als beschrijving van de mens nam Giannozzo Manetti in 1452 over van Cicero.
† Fernando Savater in *Las preguntas de la vida*.

wige leven, een bestaan zonder enige urgentie, lijkt mij de hel. Het niet-zijn heb ik al 'meegemaakt' voor mijn geboorte en ik heb er niet merkbaar onder geleden. Het sterven is een lastig eindexamen, maar de dood hoef ik niet te vrezen, omdat het een herhaling is van het niets waaruit ik voortkom.

Het humanisme heeft de angst voor de dood in ieder geval niet aangewakkerd, het officiële christendom wel. Sinds de 'zondeval' (ik zet dat woord tussen aanhalingstekens omdat het begrip niet in de Bijbel voorkomt) was de mens een verwerpelijk wezen geworden. Dit verwerpelijke wezen, dat tot niets goeds in staat was, zou zich na zijn dood moeten verantwoorden voor zijn miezerige optreden tijdens het aardse bestaan. Wat kon deze mens anders verwachten dan verwerping en hel, tenzij hij zich tijdens zijn leven had vastgeklemd aan het wrakhout van Christus' kruis? Maar ook dan was hij nergens zeker van. Had hij zich wel voldoende vernederd, had hij zijn vertrouwen niet toch een heel klein beetje op 'de wereld' gesteld en bovendien: hoorde hij bij het kleine aantal uitverkorenen of niet? Luther beval christenen de geestesgesteldheid aan van 'schapen bij de slager'.

U ziet: de verschillen tussen katholiek en protestant christendom zijn er wel, maar ze zijn miniem, het verschil tussen (christelijk) humanisme en kerkelijk christendom is enorm. Ik zie nauwelijks verschil tussen de met goddelijk gezag beklede predikant en de met goddelijk gezag beklede priester. Het gaat de een zowel als de ander erom dat de gelovige zich schikt in zijn nietswaardigheid en bij hem zijn heil zoekt.

Miguel Servet, was, behalve een warhoofd, een wetenschapper, een mysticus en een christelijk humanist. Als mysticus zocht hij zijn eigen, individuele weg naar God, als wetenschapper wenste hij te geloven wat hij zag, als humanist kwam hij op voor de waardigheid van de mens, eenvoudigweg door zich God niet voor te stellen als een tiran, noch als een onafwendbaar noodlot, maar als een weg die de ziel aflegt naar het licht.

Mysticus en humanist, Calvijn hoefde niet scheel te kijken om twee vliegen in één klap voor zich te zien.

*

Op 4 april 1553 werd Miguel Servet gearresteerd en opgesloten in het bisschoppelijk paleis van Vienne. Hij ontkende alles. Hij beweerde niets te hebben geschreven dat inging tegen de leerstellingen van de kerk en in zijn correspondentie met Calvijn had hij net gedaan of hij Miguel Servet was, terwijl hij in werkelijkheid Michel Villeneuve was, geboren in Tudela, Navarra. Behalve dat hij hiermee een eeuwenlange twist tussen historici veroorzaakte over de plaats van zijn geboorte, zouden sommigen zijn ontkenning 'schaamteloos' noemen.

Matthieu Ory was persoonlijk overgekomen naar Vienne en leidde het verhoor. Servet wist dus hoe laat het was: de opperste baas van de kerkelijke geheime dienst had de moeite genomen om vanuit het verre Parijs voor dokter Villeneuve naar Vienne te komen. De man droeg de stank van schroeiend mensenvlees met zich mee. Tegenover een dergelijk persoon heeft een mens niet alleen het recht, maar zelfs de plicht om te liegen. Miguels *Restitutio* was inmiddels in druk verschenen. Op aanwijzing van Calvijn was de drukker Baltasar Arnoullet eveneens gearresteerd en net als Servet opgesloten in het bisschoppelijk paleis. Ook zijn leven liep gevaar en Servet mocht dus niet bekennen.

Servets 'schaamteloze' ontkenning heeft voor dit verhaal nog een andere betekenis. Het is van belang dat wij nu weten dat Servet de dood niet zocht, maar, integendeel, zo lang mogelijk in leven wilde blijven. Ik schrijf zo lang *mogelijk*, omdat hij wist dat zijn opvattingen hem uiteindelijk zijn leven zouden kosten. Hij schreef in 1546 in een van zijn brieven aan Abel Pouppin: 'Ik weet zeker dat ik hiervoor zal sterven.'

Er is een groot verschil tussen iemand die levensmoe is en iemand die zijn mond niet kan houden en zich daarmee in levensgevaar begeeft. Servets gelieg en gedraai tijdens het verhoor in Vienne is het bewijs van zijn vitaliteit en zijn vechtlust. Bovendien was Vienne niet de plaats voor het uiteindelijke gevecht. Bisschop Pierre Palmier was eerder een vriend dan een vijand. De katholieke kerk was in Servets ogen een onnozel en heidens instituut, maar een lammetje vergeleken met de gereformeerde kerk van Calvijn, die met haar leer van de zondeval, totale verwerpelijkheid en predestinatie volgens Servet de mens had gereduceerd 'tot een houtblok en een steen.'

Tijdens de verhoren moet Servet hebben gemerkt dat zijn zaak onhoudbaar was. Men houdt het voor mogelijk dat Pierre Palmier of iemand anders die Servet welgezind was, hem bij het trekken van die conclusie heeft geholpen.

Servet werd op een nogal chique manier gevangengehouden. Zo had hij bijvoorbeeld toegang tot een tuin waarin hij zijn behoeften kon doen. Op 7 april, 's morgens om vier uur, gekleed in ochtendjas en slaapmuts, vroeg Servet zijn cipier om de sleutel van de deur die uitgaf op de tuin. De man was vroeg op omdat hij op het punt stond met zijn knechten naar zijn wijngaard te vertrekken. Hij gaf Servet de sleutel, niet vermoedend (?) dat Servet onder zijn ochtendjas volledig gekleed was.

Toen de cipier was vertrokken, wist Servet via een gebouwtje met een plat dak achter in de tuin te ontsnappen. Zijn ontsnapping doet denken aan die van Francisco de Enzinas in Brussel. Ook hij zat tamelijk deftig opgesloten. Op een dag vond hij een deur die altijd op slot zat open, waarna hij Brussel in wandelde. Heeft iemand de deur bewust voor hem opengezet? 'In elk geval werd ik op een wijze gevangengehouden, alsof men heeft gewenst dat ik mij zou redden,' verklaarde Servet tijdens zijn proces in Genève.

Het gedrag van Servets cipier is te onnozel om er geen

opzet in te zien. Hij had immers kunnen wachten tot Miguel zijn grote dan wel kleine boodschap had gedaan? Het lijkt erop dat de cipier de opdracht had zich van den domme te houden.

Miguel was twaalf jaar lang een brave huisarts geweest en een gezien burger van Vienne. Zijn vrienden zullen zich bedrogen hebben gevoeld, maar het is mogelijk dat ten minste een van hen de marteldood op een brandstapel net een tikkeltje te gortig heeft gevonden voor een man die wellicht als arts levens had gered. Ten minste een van hen is in de ketter een mens blijven zien, een dwaze mens, maar een mens. Misschien was het Pierre Palmier, de aartsbisschop, die altijd grote bewondering voor zijn lijfarts had gekoesterd. Het was in ieder geval iemand die de grootheid had in te zien dat Miguel met zijn afwijkende overtuiging niemand kwaad had gedaan.

Arnoullet, de drukker, zat wat langer gevangen, maar zijn naam kon niet overtuigend in verband worden gebracht met de gedrukte *Restitutio*. Bovendien werd zijn argument dat hij 'theologisch onwetend' was, door de rechtbank aanvaard en hij werd dan ook bij gebrek aan bewijs vrijgelaten.

*

Op 17 juni 1553 bevestigde de Franse justitie het oordeel van de Inquisitie en bevond Servet schuldig aan schandalige ketterij, opstandigheid en ontvluchting uit gevangenschap.

Ik sta even stil bij het begrip 'opstandigheid'. De toevoeging van deze beschuldiging zou erop kunnen wijzen dat, althans bij de wereldlijke autoriteiten, enige twijfel bestond over de vraag of Servets ketterij alléén voldoende grond was voor een doodvonnis. Het is in ieder geval opmerkelijk dat in dit oordeel de begrippen ketterij en opstandigheid apart worden genoemd, als twee van elkaar te onderscheiden delicten. Het is vooral zo opmerkelijk omdat de beschuldiging volkomen vals was.

Niets wijst erop dat Miguel Servet in politiek was geïnteresseerd, noch dat hij volgelingen heeft willen werven of een kerk heeft willen stichten. Wat dat betreft verschilde hij principieel van de anabaptisten. In Genève verklaarde hij dat hij 'de wederdopers die tegen de overheid opstonden en alle dingen gemeenschappelijk wilden hebben, altijd had verworpen en verwerpt'.

Hij was een mysticus en een intellectueel. Een mysticus heeft de kerk niet nodig. Hij wilde bijvoorbeeld de zondag afschaffen omdat volgens hem elke dag een dag des Heren moest zijn (God beware me!). Daar heeft geen enkele kerk belang bij denk ik. Hij schreef zijn boeken om in discussie te gaan met de hervormers, niet om het volk tegen iemand op te stoken.

Het zou kunnen zijn dat de magistraat deze valse beschuldiging nodig had omdat Servet een geliefd persoon was bij de bevolking van Vienne. Zelfs bij verstek heeft men geen doodvonnis tegen hem durven uitspreken zonder naast de door de kerk te beoordelen ketterij een 'burgerlijke' misdaad te introduceren. Dit is een truc die ik tijdens mijn leven heb zien toepassen in de Verenigde Staten: als iemands ideeën je niet bevielen, beschuldigde je hem eenvoudig van communisme (dat is: opstandigheid), want met dat toverwoord kreeg je het volk achter je.

Het kan ook zijn dat de beschuldiging een formaliteit was die ertoe diende de wereldlijke rechter (en de koning) het idee te geven dat het wel degelijk de staat was die over het lot van de verdachte besliste, en pas in de tweede plaats de kerk. Calvinistische historici die, verwijzend naar het vonnis van Vienne, proberen van Servet een politieke agitator te maken, zijn jokkebrokken.

Het vonnis deelde mee dat Servet 'in het zicht en op het uur van de markt' via de marktplaats naar het Charnèveplein moest worden gebracht om daar 'op een laag vuur te worden verbrand en wel zodanig dat zijn lichaam tot as zou vergaan'.

Maar Servet was er niet en dus moest er een 'effigie' worden gefabriceerd. Ik weet niet hoe deze beeltenis er in dit geval uit heeft gezien. Soms was het een gipsen beeld, vaker was het een manshoog stuk karton in de vorm van een mens. Ik denk niet dat zo'n effigie een hoog kunstzinnig gehalte heeft gehad, maar de bedoeling was ongetwijfeld goed: het zal geleken hebben op het trotse resultaat van een cursist figuurzagen.

Miguels beeltenis werd, samen met zijn boeken, op een vuilniskar vervoerd naar het Charnèveplein, de plek waar de varkensmarkt werd gehouden. Christelijke vroomheid gaat gepaard met oog voor details zoals u merkt.

Bedenk dat al deze details even precies waren uitgevoerd als men Servet levend in handen had gehad. Hij moest door de stad worden vervoerd op het drukst van de dag, om 'op een laag vuur', langzaam dus, op de varkensmarkt te worden verbrand. Het Laatste Oordeel is pas echt spectaculair als er publiek is, veel publiek. Het ging niet alleen om de pijn, het ging ook om de schande, de vernedering en om de sensatie van een onverwachte bekering. Tot op het laatste moment zou op Servet zijn ingepraat: herroep, vraag om vergeving, bekeer je. Ook bij het publiek zouden er mensen zijn die luidkeels bij hem om bekering smeekten en anderen die hem beschimpten. Een ketter werd gezien als een trawant van de duivel die de gemeenschap in gevaar had gebracht. Een bekering zou in de oorlog tegen de duivel een overwinning betekenen, met schelden beschermde je jezelf tegen zijn invloed. Als het wonder gebeurde: als het slachtoffer zich op het laatste moment bekeerde, ging er een golf van ontroering door het publiek. Het schelden verstomde. Met tranen in de ogen ontstak de beul het jonge hout waarmee 'een laag vuur' werd geproduceerd, waarna hij zijn slachtoffer om vergeving vroeg. Zo ontroerend! Zo ongelooflijk christelijk! Het was een interactieve theatervoorstelling, een thriller, die, bekering of geen bekering, in ieder geval uitliep op het spektakel van een verbranding, zodat het publiek nooit voor niks het huis of de werkplaats had verlaten en na afloop voldaan het leven kon vervolgen.

Niemand schijnt ooit last te hebben gehad van gewetenswroeging. Ook geen twijfel over de vraag hoe vroom het is om God geen keus te laten: de mens had het Laatste Oordeel al voltrokken nog voor Hij zich kon uitspreken. De arrogantie die ten grondslag lag aan het trieste werk van de kerkelijke rechtbanken heeft men blijkbaar nooit opgemerkt.

Dat kwam doordat de kerk ver was afgedwaald van haar oorsprong zult u zeggen. Wanneer zij zich had gebaseerd op het evangelie waren dit soort wantoestanden nooit ontstaan.

We zullen zien.

De logica van de obsessie

De routeplanner van de ANWB vertelt me dat wanneer ik van Vienne (Frankrijk) naar Napels (Italië) wil reizen, ik het beste over Lyon, scherend langs Chambéry, en vervolgens over Turijn kan gaan. Het ziet er op de kaart dan ook logisch uit. Maar stel je voor dat ik zo snel mogelijk Frankrijk uit wil, wat is dan de beste weg? Die naar Genève.

Was dat in de zestiende eeuw ook het geval? Chambéry was (is) de hoofdstad van Savoye en was Savoye niet een vazalstaatje van Spanje? Dat is waar, maar nu, in 1553, even niet, dat wil zeggen vanaf 1536 niet, toen Frans de Eerste een groot deel van Savoye bezette.

Savoye was dus in 1553 te Frans voor iemand die snel het land uit wilde. De route over Genève naar Italië was voor zo iemand dus een logische keus.

Miguel was ontsnapt uit zijn gevangenis in Vienne en wilde volgens eigen zeggen naar Napels. Hij nam de route over Genève. Ik heb al aangetoond dat die route niet onlogisch was, maar is het te begrijpen dat hij naar Napels wilde? Napels was immers in Spaanse handen. We weten dat hij ook in Spanje werd gezocht. Liep hij in Napels niet evenveel gevaar als in Frankrijk? Nee.

Spanjaarden die in Spanje werden vervolgd, zochten vaak hun heil in Italië. Miguel de Cervantes deed het toen hij was veroordeeld tot het in het openbaar afhakken van zijn rechterhand (zijn schrijfhand!). Hij monsterde in Italië rustig aan op de Spaanse vloot die de Turken bij Lepanto zou verslaan. Eerder had Juan de Valdés zich in Napels gevestigd, waar hij in alle rust kon schrijven en publiceren, terwijl hij in Spanje zeker op de brandstapel zou zijn beland. Er had zich rond hem een tamelijk vrijzinnige en hervormingsgezinde groep christelijke humanisten gevormd. Dat was mogelijk doordat in Napels pas laat in de eeuw de Inquisitie werd ingevoerd. In 1553 was Valdés weliswaar dood, maar Servet zal zich aangetrokken hebben gevoeld tot het betrekkelijk tolerante klimaat in Napels.

Beide voornemens, die om in Napels 'onder Spanjaarden te gaan leven' en om de route over Genève te nemen, zijn dus te begrijpen. Wat het laatste voornemen betreft: misschien werd Servet verblind door zijn eigen logica. Ik schrijf 'verblind', want Servets logica is alleen logisch te noemen wanneer je voor een moment Calvijn wegdenkt. Doe je dat niet, dan zie je onmiddellijk in dat het een krankzinnig plan was. Hij reisde niet alleen *over* Genève, hij ging er doodleuk logeren in een herberg, die De Roos heette als ik me goed herinner. De herberg was gelegen aan de oever van het meer van Genève, op de hoek van de rue du Rhône en de place du Molard. Hij logeerde er onder een nieuwe schuilnaam: Micaele Vilamonti.

Zelfs deze gewaagde logeerpartij had nog goed kunnen aflopen, ware het niet dat hij op zondag 13 augustus meende ter kerke te moeten gaan. Ook deze stap was, hoe dwaas ook, niet geheel onlogisch.

Op zondag werden er twee kerkdiensten gehouden, de eerste 's ochtends, de tweede 's middags. De inwoners van Genève waren verplicht de ochtenddienst bij te wonen. Sommige historici zijn daarom van mening dat Servet, nu hij eenmaal de dwaasheid had begaan zich binnen de muren van Genève te begeven, naar de kerk ging om *niet* de aandacht op zich te vestigen: iedereen ging immers naar de kerk. Hij voegde zich bij een lange optocht van kerkgangers die voornemens was zich door zijn predikant stijf te laten schelden: verdoemden waren het, hypocrieten, domoren, ellendige zondaars, vijanden van God, om zich daarna fris te kunnen wassen in het bloed van Jezus. Het kopje koffie na afloop bestond nog niet.

Hoe zal Miguel zich op die zondagmorgen tussen de verdoemden hebben gevoeld? Als een schaap dat zich sprakeloos naar de slachtbank laat leiden? Ik denk van niet. Ik denk dat de aanblik van Calvijns kudde zijn strijdlust alleen maar heeft aangewakkerd. Hoe kun je onbewogen blijven tussen mensen wie door hun geestelijke herder is wijsgemaakt dat zij misbaksels zijn? Maar nog steeds kan niet worden geconcludeerd dat Servet de confrontatie zocht. Hij had zich niet voor niets een nieuwe schuilnaam aangemeten. Hij had zichzelf bovendien jaren lang getraind in het onderdrukken van zijn gevoelens. Het lijkt me mogelijk dat hij zich heeft wijsgemaakt dat hij logisch handelde en dat hij in één moeite door zijn nieuwsgierigheid kon bevredigen.

Misschien heeft hij zich met de menigte gelovigen door het nauwe Kanunnikenstraatje gewrongen, dat tegenwoordig rue de Calvin heet en waar Calvijns pastorie stond. In de smalle kier die de straat openlaat doorsteekt een van de spitse torens van de kathedraal Saint-Pierre als een dolk de lucht. Misschien kwam hij er daar achter dat Calvijn die morgen niet in de Saint-Pierre preekte, maar in de Madeleine. Heeft Miguel in tweestrijd gestaan? Heeft hij erover gedacht Calvijn te mijden? Hoe dan ook, hij is de weg naar de Madeleine ingeslagen, waar Johannes Calvijn op zijn kudde wachtte, onwetend van de nadering van zijn aartsvijand.

Miguel Servet betrad voor het eerst sinds zijn kortstondige verblijf in Bazel en Straatsburg een protestantse kerk. Het moet hem in die kaalgeslagen ruimte vreemd te moede zijn geweest. De preekstoel had het altaar vervangen, want God was het woord van de predikant geworden. Anders dan vroeger, toen de pastoor de mis vierde onder het beeld van de gekruisigde, had de gemeente slechts uitzicht op een man, een door God geroepene die het verlossende woord sprak. Een man die niet het offer van de godheid herhaalde, maar Gods onfeilbare spreekbuis was. Tijdens de katholieke eredienst werd het mysterie gevierd, tijdens de protestantse dienst werd één eenduidige waarheid verkondigd. De macht van de predikant was niet te vergelijken met die van de pastoor, maar met die van de profeet.

Heeft Miguel teruggedacht aan de bespottelijke verering van de paus, waarvan hij getuige was in Bologna? Nu was hij getuige van de kwezelachtige verering van de protestantse predikant, die, zo kan ik hem verzekeren, tot ten minste de twintigste eeuw zou voortduren en misschien nog voortduurt hier en daar. Had Calvijn dat typische domineestoontje al ontdekt? Die manier van galmen, die je nergens anders aantreft dan in de protestantse kerk?

Ik heb de eer gehad in mijn jeugd enige jaren te zijn opgesloten in een gereformeerd internaat. Wij moesten iedere zondag luisteren naar dominee Kwast, die met zijn stemgebruik het bovenzinnelijke tot een waar auditief genot maakte, want een normaal mens sprak zo niet. Het was duidelijk dat God Zelf iedere zondag, zowel des morgens als des middags, bezit nam van het spraakorgaan van dominee Kwast en hem dwong tot een uitzonderlijke uitspraak van de Nederlandse taal en tot een melodie onder iedere frase waarvan je oren spontaan begonnen te klapwieken. Als er een godsbewijs bestaat is het dit: de heer Kwast beheerste dit bijzondere spraakgebruik uitsluitend op de kansel. Zodra hij was afgedaald, werd hij een gewone meneer die 'goeiemorrege' zei als je hem 's morgens op straat tegenkwam.

Neem me niet kwalijk dat ik in dit objectieve verslag even persoonlijk word. Ik stel me Miguel Servet voor in de Madeleine onder het gehoor van Johannes Calvijn en ik denk: verveelde jij je ook zo verschrikkelijk Miguel? Weet u, ik heb nooit enig bezwaar gehad tegen mijn christelijke opvoeding. De meeste schoolmeesters wisten de Bijbelse verhalen mooi te vertellen, maar de kerkgang was een gesel en dat kwam vooral door de preek. Er gaapt een kloof van verschil tussen een verhaal en een preek. Een preek legt uit wat je moet denken bij een verhaal en heeft dus de amusementswaarde van schuurpapier. Het is dit schuurpapier dat Calvijn tot het centrum van de protestantse eredienst heeft gemaakt.

Ik weet niet of verveling leidt tot godsvrucht, maar misschien is dat de bedoeling ook niet. Het gaat er misschien eerder om dat kerkgang een opgave is, dat er wordt *afgezien* om in wielertermen te spreken. Saaiheid geeft de kerkdienst een plechtig cachet, waardoor het niet uitmaakt wat er wordt getoeterd als er maar wordt getoeterd. Als je 'amen' hoort is het afgelopen en kun je gesticht naar huis.

Servet verveelde zich natuurlijk niet, want hij moet danig in zijn piepzak hebben gezeten.

*

De enige logica die overblijft is die van de obsessie. Servet wist sinds zijn proces in Vienne dat Calvijn hem naar het leven stond. Hij was naar zijn eigen idee heel logisch via Genève op weg naar Napels, maar nu zat hij in een kerk naar zijn verrader te staren. Het konijn en de slang.

Ik heb een preek van Calvijn aan mezelf voorgelezen en getimed: hij duurde drie kwartier. Genoeg tijd om het gezicht van een mens voor altijd in je hersenen te tatoeëren. De portretten die er van Calvijn bestaan laten het magere, ascetische gezicht zien van een man die een voorkeur heeft voor ernst, een gezicht dat sporen van verdriet vertoont. Toen Servet Calvijn in 1553 zag waren Martin Bucer en Idelette dood, Calvijns geboorteplaats Noyon was onlangs door Spaanse troepen verwoest. Hij was afgemat door zijn strijd tegen de koppige magistraten, die niet voldoende wilden inzien dat de gereformeerde kerk het enige instituut ter wereld was dat goed en kwaad met het fileermes van het evangelie netjes van elkaar wist te scheiden.

Calvijn was moe, maar zijn preek zal strijdvaardig hebben geklonken, want zo klinken alle preken die ik van hem heb gelezen. Elk van zijn preken gaat af als een bom en de aarde trilt nog steeds na van het Grote Gelijk dat de bom zijn explosieve kracht gaf. Het is niet de inhoud van de preken van Calvijn die Europa op zijn grondvesten deed schudden, maar het onthutsend simpele wereldbeeld dat je eruit tegemoet spat. Er is slechts één interpretatie van het evangelie mogelijk, die van Calvijn. Wie het met Calvijn oneens is, is een vijand van Christus, dat wil zeggen een knecht van de duivel. Na elke willekeurige preek van Calvijn zakt mij de moed diep in mijn schoenen: het is onmogelijk in discussie te gaan met gelovigen, tegen dit gelijk valt niet op te tornen.

Zo zal het, denk ik, Miguel Servet ook zijn vergaan. Als hij al naar Genève was gekomen om een min of meer romantisch duel met Calvijn uit te vechten, moet hem tijdens de kerkdienst in de Madeleine duidelijk zijn geworden dat hij aan het verkeerde adres was. Wat het verraad in Vienne hem misschien nog niet voldoende duidelijk had gemaakt, werd glashelder toen hij Calvijn hoorde, niet in zijn theologische werken, want daarin kan iedere gek als een gek tekeergaan, maar in zijn preek, want die was bedoeld om door gewone mensen gehoord te worden. De preek was het voertuig waarin Calvijn zich aan gewone mensen vertoonde, en wat zij zagen was een wagenmenner met een zweep.

Servet heeft Calvijn dan ook niet na de dienst opgewacht, wat normaal zou zijn wanneer hij nog steeds had geloofd in een duel. 'Hier ben ik,' zou hij hebben gezegd. 'Noem tijd, plaats en wapen.' Ik bedoel: wanneer, waar en op welke voorwaarden houden we ons dispuut? Er zijn talloze voorbeelden van dergelijke openbare discussies in de zestiende eeuw. Maar nee, niets daarvan. Servet heeft de kerk anoniem verlaten. Hij heeft een ontmoeting met Calvijn ontweken en is teruggekeerd naar herberg De Roos in de rue du Rhône, ongetwijfeld met het plan zo snel mogelijk zijn koffers te pakken. Hij zocht de dood niet en Calvijn was de dood.

Hij dacht dat hij anoniem was gebleven, maar hij was herkend.

Veel gelovigen vervelen zich tijdens de preek. Als kind begon ik dan rond te kijken en rare neuzen te zoeken. Wie heeft de raarste neus? Wie de grootste? Enzovoorts. Soms ontmoette ik de blik van een volwassene en voelde me betrapt, niet beseffend dat die volwassene natuurlijk ook aan het tellen was.

Er zaten op 13 augustus 1553 in de Madeleine-kerk in Genève een paar Fransen uit Lyon die zich verveelden. Zij keken dus een beetje rond. Opeens, als bij donderslag, verveelde een van hen zich niet meer, omdat hij dokter Villeneuve uit Vienne meende te herkennen. (Stoot buurman aan, fluistert 'is dat niet...' Buurman gaat op zoek. 'Jawel, dat is...' Beiden verstijfd van schrik en genot. De meest gezochte ketter van Europa zomaar onder handbereik! Gingen zij even een goeie beurt maken bij dominee Calvijn! Het hart slaat over. Geen woord, zelfs geen Woord Gods dringt meer tot hen door. Een ketter in hun kerk, een handlanger van de duivel! De wereld is onverhoeds opwindend geworden, veel opwindender dan de zaligheid in het hiernamaals. Het heilige vuur van de haat laait hartverwarmend in beide mannen op. Dit is pas leven!)

Heeft een van hen Servet als een private-eye geschaduwd na afloop van de dienst? Dat zal wel, want Servet werd nog diezelfde dag in herberg De Roos gearresteerd.

*

Miguel Servet werd, nu hij bekendstond als vluchtgevaarlijk, dit keer niet erg deftig gehuisvest. 'De luizen eten me levend op,' schreef hij aan de Geneefse raad, 'mijn kleren zijn gescheurd en ik heb niks om me te verschonen, geen jas of bloes...' En bij een andere gelegenheid: 'Het is nu drie weken geleden dat ik gehoor heb proberen te vinden, maar het was tevergeefs. Ik smeek u, om de liefde voor Jezus Christus, mij niet te weigeren wat u geen Turk zou weigeren die bij u zijn recht zoekt. [...] Wat uw opdracht betreft dat er iets moest worden gedaan opdat ik mij schoon kon houden, er is niets gedaan en ik ben er slechter aan toe dan ooit. De kou is rampzalig vanwege mijn buikpijn en mijn breuk, die klachten veroorzaken die te beschamend zijn om te beschrijven. [...] In de naam van Gods liefde, geachte heren, geef [mijn bewakers] opdracht [om mij te laten verzorgen], uit plichtsgevoel of uit medelijden.'

De Geneefse autoriteiten schoten dus ernstig tekort in hun verantwoordelijkheid voor hun gevangene, maar wat mij het meest verbaast is de houding van de kerk. U herinnert zich dat Katharina Zell in Straatsburg de gevangenen van de stad regelmatig bezocht, niet alleen die arme Melchior Hoffmann, maar ook moordenaars en zo. Ze kwam natuurlijk niet alleen om hallo te zeggen. Ze bracht Hoffmann zijn medicijnen en het spreekt vanzelf dat ze lette op diens verzorging. Ze gehoorzaamde daarmee aan een opdracht van Jezus, die hij uitsprak in de Bergrede. Ik weet van Guillaume Farel in Neuchâtel dat zijn predikanten verplicht waren eens in de week de gevangenen te bezoeken. In Genève zal dat niet anders zijn geweest. Uit Servets klachten blijkt dat hij nooit werd bezocht, dat er door niemand op zijn gezondheidstoestand werd gelet en dat hij zelfs niet in de gelegenheid werd gesteld om zich te verschonen. Calvijn trad de facto op als Servets aanklager. Ik vind daarom niet dat Calvijn de plicht had persoonlijk toe te zien op Servets behandeling, maar wel dat hij een van zijn collega's had moeten sturen. Normaal gesproken had hij daartoe geen opdracht hoeven geven, omdat de gevangenen *vanzelfsprekend* regelmatig moesten worden bezocht. Het lijkt er dus op dat er een tegengestelde opdracht is uitgegaan: Servet mocht, tegen de gewoonte in, niet worden bezocht. Tegelijkertijd werd hem, ondanks herhaald verzoek, een verdediger geweigerd. 'Aangezien Servet zo goed kan liegen, heeft hij geen reden om een advocaat te verlangen,' was het cynische commentaar van de christelijke autoriteiten.

Servet moest dus zijn eigen verdediging voeren. Het heeft er alle schijn van dat men hem fysiek en psychisch heeft willen slopen: hij stond bekend om zijn scherpe tong en zijn niet minder scherpe intelligentie. Men heeft dus zijn gezondheid willen ondermijnen om hem als verdediger van zijn eigen zaak te verzwakken.

Maar of het nu opzet of nalatigheid was, het was in ieder geval buitengewoon onchristelijk. Telkens weer blijkt dat de Heilige Schrift achteloos aan de kant wordt geschoven als gelovigen hun gram willen halen of hun zin willen doordrijven. Johannes Calvijn was daarin geen uitzondering. Het is misschien treurig te moeten erkennen dat het geloof niet helpt, maar ik vind dat gelovigen zo flink moeten zijn dat onder ogen te zien.

Ik zal u nu vanwege de broodnodige balans iets aardigs vertellen over Calvijn. Hij had, als een van de weinigen in zijn tijd, een grondige afkeer van de slavernij. Hij vond niets in de Bijbel waarmee je die misstand kon verdedigen. Ondanks deze glasheldere positie van Calvijn hebben de Hollandse calvinisten zich enthousiast op de slavenhandel gestort en hebben daarbij niet alleen de Heilige Schrift, maar ook hun eigen gereformeerde profeet met groot gemak terzijde geschoven. Zij wisten dankzij Calvijn beter, maar dit weten was niet profijtelijk voor hun portemonnee. Vroomheid is allerminst een garantie voor goed gedrag.

Calvijn op zijn beurt wist van de uitdrukkelijke opdracht van Jezus in de Bergrede. Hij had waarschijnlijk in alle andere gevallen stipt zijn christenplicht gedaan, maar nu even niet.

*

Alle processtukken zijn door Angela Alcalá in het Spaans vertaald en bijeengebracht in de *Obras completas* deel 1. Het is verschrikkelijke lectuur, vooral om de beschamende theologische schermutselingen tussen Calvijn en Servet.

Omdat God niet bestaat hebben theologische discussies altijd iets potsierlijks, maar ze kunnen niettemin vermakelijk en soms zelfs interessant zijn. De discussie tussen Calvijn en Servet was geen discussie, maar een scheldpartij. Beide heren maakten elkaar uit voor rotte vis.

Ik vind Servets gedrag vergeeflijker dan dat van Calvijn, omdat Servet voor zijn leven vocht en Calvijn slechts voor zijn reputatie. Bovendien kon Calvijn zich goed laten verzorgen, terwijl Servet met opzet werd verwaarloosd. Je zou dus verwachten dat Calvijn zich minder overspannen en met meer waardigheid in het debat kon storten, maar helaas, er is geen verschil in niveau merkbaar. Het debat is enerzijds een tergend saaie verzameling van theologische haarkloverijen en anderzijds een ordinaire kroegruzie, waarbij je elk moment kunt verwachten dat de zatlappen met elkaar op de vuist gaan.

Ik zal u er niet mee vermoeien.

Ik sta wel even stil bij een van de rotte vissen, de zogenaamde 'leugenaar'. Beide heren veronderstellen herhaaldelijk dat de ander liegt wanneer deze een tekst 'foutief' interpreteert. Die primitieve veronderstelling is de diepste grond van de intolerantie.

U herinnert zich het inzicht van Thomas More (dat hij vervolgens in de praktijk vergat) dat de Heilige Geest de ene mens misschien iets anders influistert dan de andere. Dit inzicht is de bodem waarop de tolerantie rust. Er wordt tegenwoordig veel gescholden op religieus en cultureel *relativisme*, maar dit relativisme betekent niets anders dan dat iemand een andere mening kan zijn toegedaan zonder te liegen. Dat betekent niet dat elk idee even goed is. Elke religie en elke cultuur heeft goede en minder goede ideeën. Cultureel relativisme betekent niet dat het onmogelijk is slechte ideeën met betere te bestrijden. Het is hypocriet wanneer christenen zich opwinden over de gewoonte van sommige exotische volkjes zo nu en dan een kop te snellen terwijl op de christelijke slagvelden miljoenen zijn gecrepeerd, maar dat neemt niet weg dat ik het koppensnellen tot de minder goede ideeën reken.

Gelovige mensen hebben moeite met relativeren. Toen de profeet Mohammed ontdekte dat de joodse Heilige Teksten wezenlijk in betekenis en inhoud verschilden van wat hij geopenbaard had gekregen, meende hij dat de joden hun teksten hadden *vervalst*. Let wel: Mohammed loog niet, hij was deze mening oprecht toegedaan, omdat hij zeker wist dat de Koran hem vanuit een goddelijke bron was ingeblazen. Binnen deze logica is de tegenstander vanzelfsprekend een falsaris.

We hebben in Nederland die bespottelijke kwestie gehad over de slang in het paradijs: had de slang nu letterlijk met zijn gespleten tongetje mensentaal gelispeld of moest je die tekst symbolisch opvatten? Om het antwoord op deze vraag scheurde een kerk dwars doormidden, omdat het blijkbaar onmogelijk was zich met lieden in één kerkgebouw te bevinden die de ene dan wel de andere mening waren toegedaan. Beide groepen geloofden oprecht dat hun uitleg door de Heilige Geest was gedicteerd. De ander 'loog' dus, omdat hij, dat kon niet anders, met opzet de Heilige Geest tegensprak.

Wat brengt een mens ertoe de Heilige Geest tegen te spreken, of beter gevraagd: wie? De duivel natuurlijk. En waarom? Om de mens zijn eeuwige verdoemenis te bezorgen.

De tegenstander is niet iemand met een opvatting, hij is een handlanger van de duivel. Hij is geen mens, hij is een beest dat moet worden verdelgd. Zo stond Calvijn tegenover Servet en zo stond Servet tegenover Calvijn. Het valt te betwijfelen of Servet Calvijns fysieke ondergang zocht, maar de toon waarop hij hem bestreed voorspelde weinig goeds. Dat Calvijn Servet dood wilde hebben, staat vast. Het verschil tussen beide zatlappen was dat Calvijn was gewapend met het gezag van de overheid en dat Servets handen waren geboeid.

Het heeft me moeite gekost om mijn afkeer van dit tafereel in zoverre te onderdrukken dat ik de stukken kon lezen, maar ik kan u verzekeren dat er niets in staat dat het niveau van lallende vechtersbazen te boven gaat.

Interessanter zijn de pogingen van Servet om vanuit zijn cel zijn rechters te beïnvloeden. Hij stuurde verscheidene brieven, bijvoorbeeld die over zijn lichamelijke verzorging waaruit ik al heb geciteerd. Op 22 september stuurde hij een brief met in het aanhangsel een lijst vragen die aan Calvijn zouden moeten worden gesteld. De eerste vijf betreffen vragen naar de rol van Calvijn bij Servets aanhouding en berechting door het Heilig Officie in Vienne. Het zijn slimme vragen, die Calvijn aan de kaak stellen als een verachtelijke verrader, maar de zesde vraag is historisch gezien de belangrijkste. Zij luidt:

'Of hij [Calvijn] niet heel goed wist dat het niet behoort tot de taken van een dienaar van het evangelie een man voor de wet te vervolgen om zijn dood te bewerkstelligen.'

Dit is een verbazingwekkende zin omdat ook in protestantse kring de opvatting was dat de kerk (vertegenwoordigd door de 'dienaar van het evangelie', dat is: de predikant) *verplicht* was ketters te vervolgen, ook wanneer de doodstraf daarvan het gevolg was. Het lijkt wel of we hier de stem van David Joris horen. Kende Servet diens werk? Die mogelijkheid bestaat omdat Van Blesdijk een aantal traktaatjes in het Latijn heeft vertaald.

Servet lichtte zijn stelling als volgt toe:

'...zaken die de leer betreffen behoren geen onderwerp te zijn van strafvervolging zoals ik ruimschoots kan aantonen door bij de kerkvaders te rade te gaan.'

In deze toelichting gaat Servet verder dan in zijn 'vraag'

aan Calvijn: opvattingen over het geloof horen niet bloot te staan aan strafvervolging. Laat staan dat je iemand met afwijkende opvattingen vervolgt 'om zijn dood te bewerkstelligen'. Volgens Servet moest het delict 'ketterij' dus uit het wetboek van strafrecht worden geschrapt.

Was een van zijn rechters het misschien met hem eens?

Er waren onder hen mannen die Calvijn graag een loer wilden draaien, maar ze hebben die loer niet gezocht in welwillendheid tegenover Servet, maar in een wedstrijd in vroomheid. Zij probeerden aan te tonen dat zij, de autochtone burgers van Genève, geen Fransman nodig hadden voor hun rechtzinnigheid. Zij zochten het kortom in een nog hartelozer optreden tegen Servet dan zelfs Calvijn nodig vond.

Is er dan niemand geweest die het voor Servet opnam?

*

Jawel.

Ik ben zijn naam niet tegengekomen in de Servetliteratuur, maar ik moet nog eens goed pluizen om er werkelijk zeker van te zijn dat niemand hem noemt. Hij heette Pierre Toussaint. Hij was predikant in Montbéliard en bevriend met Guillaume Farel. Verder weet ik weinig van hem af.

Nog tijdens het proces tegen Servet schreef hij, op 21 september 1553, een brief aan Farel, die op dat moment in Neuchâtel was. Toussaint nam het in zijn brief niet speciaal op voor Servet, maar schreef met het oog op diens proces een zinsnede die voor dit verhaal van belang is.

'Volgens mij,' schreef hij, 'zouden wij niemand, wie dan ook, vanwege de godsdienst moeten vervolgen om hem ter dood te laten veroordelen, tenzij er een opstand of andere ernstige redenen bijkomen om de overheid te doen ingrijpen.'

Toussaint wond er geen doekjes om: *wij* vervolgen en wij *doen* (de overheid) *ingrijpen*. Wij, dat is de kerk, of preciezer nog: wij, dat zijn de predikanten. Hij doet geen poging zich te verstoppen achter de wereldlijke autoriteiten, het is de kerk die handelt en de overheid die volgt. De kerk hoort niet te vervolgen, schrijft hij. En over criminele activiteiten, zoals opstandigheid, behoort de overheid te oordelen. Toussaint nam hiermee een standpunt in dat Maarten Luther tot het eind van zijn leven koppig heeft verdedigd. Hem was gebleken dat in het verleden 'alleen de meest heiligen en onschuldigen waren gedood'. 'Ik kan niet toestaan dat valse leraren worden omgebracht. Verbanning volstaat.'

Toussaints brief, geschreven terwijl het proces tegen Servet nog gaande was, heeft hem zijn vriendschap met Farel gekost. Ik ben er zeker van dat Farel Calvijn niet op de hoogte heeft gesteld van Toussaints oppositie, want Farel was er de man niet naar om Calvijns geloofsijver te temperen.

De brief van Toussaint is nog om een tweede reden interessant. Toussaint vond het blijkbaar op zijn minst waarschijnlijk dat er een doodvonnis zou worden uitgesproken. Ik krijg de indruk dat het voor hem al vaststond. Hij voelde zich gedwongen zich tegen de doodstraf-om-het-geloof uit te spreken, terwijl hij geweten moet hebben dat hij daarmee tegen de haren van Farel en Calvijn in streek. Ik denk aan Pierre Toussaint wanneer van calvinistische zijde wordt aangevoerd dat we het optreden van Calvijn tegen Servet 'in zijn tijd' moeten zien. Er waren 'in zijn tijd' mensen als Pierre Toussaint, gelovige mensen dus, mensen uit Calvijns eigen kring, die inzagen dat Calvijn, in naam van de kerk, in naam van het evangelie, een verschrikkelijke misdaad dreigde te plegen. Er zullen meer van zulke mensen zijn geweest waarvan niemand weet. Ook 'in zijn tijd' heeft Calvijn een keuze gehad. Hij was niet de gevangene van een tijd, hij was de gevangene van zijn gelijk.

Ook in onze tijd zijn er mensen die denken dat de bereidheid tot het sluiten van compromissen een blijk van zwakheid is. Het is omgekeerd: het sluiten van compromissen vergt moed. Het onvermogen tot het sluiten van compromissen is een vorm van angsthazerij die onvermijdelijk tot agressie leidt. Calvijn had een hekel aan het debat omdat Gods Woord (dat wil zeggen dat van Calvijn) er was om verkondigd te worden en niet om over te debatteren. De 'verkondiging' is de preek. Het voordeel van de preek is dat jij de enige bent die aan het woord is en dat niemand tegenspreekt.

Ook in onze tijd zijn er mensen die denken dat 'gedogen' een vorm van slapheid én oneerlijkheid is. Je moet zeggen wat je denkt en doen wat je zegt. Ze hebben blijkbaar geen idee hoe wreed deze zogenaamde eerlijkheid uitpakt bij de mensen tegenover wie men zogenaamd eerlijk is. Gedogen is niet alleen verstandig, het is een vorm van fatsoen. Calvijn noemde de paus 'de vertegenwoordiger van de duivel'. Hij zei wat hij dacht en was dus 'eerlijk', maar hij had geen oog voor de benarde situatie waarin katholieken verkeerden die het ongeluk hadden in protestantse landen te wonen. Zij waren volgelingen van 'de vertegenwoordiger van de duivel' en hingen dus een abject geloof aan. Martin Bucer was in staat in katholieken medechristenen te zien en hij ging dan ook met hen in debat. Calvijn meed hen als de pest. Martin Bucer was bereid tot compromissen, maar hoewel Calvijn zijn oudere vriend in allerlei opzichten bewonderde, had hij een uitgesproken hekel aan juist die soepelheid.

Ik denk dat Bucer nooit de moordenaar van Servet had kunnen worden, ondanks dat hij af en toe agressieve mannentaal uitsloeg, net zomin als Pierre Toussaint of het echtpaar Zell en nog duizend anderen die ik niet bij name kan noemen.

Het lijkt me ongepast Calvijn voor te stellen als een slachtoffer van zijn tijd. Hij was geen slachtoffer, hij was een dader. Hij werd een dader omdat zijn eerlijke geloof hem ertoe bracht zijn tegensprekers te zien als vertegenwoordigers van het kwaad. Bent u van mening dat deze vorm van eerlijkheid is uitgestorven? Ik niet. Populisten van alle tijden maken er gebruik van, want niets maakt een mens zo populair als haat die zich verkleedt als eerlijkheid.

Over de gereformeerde gezindheid en de geur van brandend vlees

Over een duveltje uit een doosje gesproken: voorafgaand aan de brief van Toussaint was daar op 1 september geheel onverwacht een anonieme, in het Nederlands gestelde brief uit Bazel:

[Ik schrijf u] 'Nu ik heb gehoord wat de goede en waardige Servet is overkomen, hoe hij u in handen is gevallen, niet uit vriendschap en liefde, maar uit jaloezie en haat, zoals zal worden duidelijk gemaakt op de dag van het Oordeel aan allen wier ogen op dit moment door sluwheid verblind zijn en de grondslagen van de waarheid niet kunnen begrijpen, moge God hun begrip bijbrengen, overal, en mij bovendien ter ore is gekomen dat uw wijze predikanten en zielenherders bij enkele steden om raad hebben gevraagd en dat zij hebben besloten dat hij ter dood gebracht moet worden.'

Krasse taal. Wat was het geval? Calvijn heeft inderdaad om raad gevraagd bij de 'steden', dat wil zeggen bij de Zwitserse kerken. Zij hebben geen van allen expliciet gevraagd om Servets dood, maar ze hebben een doodvonnis ook niet ontraden. Hoe dan ook: onze anonieme briefschrijver wist blijkbaar op 1 september al dat het doodvonnis bij voorbaat vaststond en dat het proces tegen Servet een schijnvertoning was. En ten tweede: ook hij was van mening dat Servets lot in handen was van de 'wijze predikanten' en niet in die van de overheid.

Wie was deze anonieme, blijkbaar Nederlandstalige briefschrijver uit Bazel?

Christus leerde ons, schreef hij verder, 'dat niemand behoort te worden gekruisigd of gedood om wat hij onderwijst. En niet alleen dat: hij verbood ons streng wie dan ook te vervolgen.'

Hoewel Jezus zich nooit uitdrukkelijk heeft uitgelaten over gewetensvrijheid, is er zeker een aantal Bijbelteksten die de mening van de briefschrijver ondersteunen. Ik herhaal: ook in de zestiende eeuw hadden gelovigen een keus. Waarom zou de één wel de gevangene zijn van zijn tijd en de ander niet? 'De deugd is het juiste gebruik van de vrije wil,' zei Augustinus, en dus niet, vul ik aan, het volgen van de tijdgeest of de mode. Calvijn zelf is er een voorbeeld van: zijn afkeer van de slavernij ging tegen de tijdgeest in. Ook hij was in staat tot een persoonlijke keuze.

Kennen we een Nederlander in Bazel? Jawel! Hoe ging het eigenlijk met ons fraaie groepje daar? Met Sebastian Castellio, Thomas Platter, Francisco de Enzinas en Johan von Brugg? Castellio had weer een baan, Thomas Platter leidde een onderwijsinstelling die hem 'wijd en zijd befaamd heeft gemaakt' en Johan von Brugg zat er nog steeds warmpjes bij in zijn slot te Binningen. Alleen met Francisco de Enzinas ging het niet goed, want die was het jaar daarvoor aan de pest gestorven.

Was het niet beter geweest dat Calvijn in 1552 was gestorven in plaats van Francisco? Zeker. Maar de kans dat Calvijn de pest kreeg was minicm en wel om de eenvoudige reden dat hij niet aan ziekenbezoek deed.

Hij vond zichzelf te belangrijk voor de kerk om zich aan besmettingsgevaar bloot te stellen.

De enige Geneefse predikant die tijdens de pestepidemie van 1543 wél de zieken bezocht, was Sebastian Castellio, die toen predikant was in een voorstadje van Genève.

Ik ga verder met de anonieme brief uit Bazel.

'Moeten de mensen elkaar haten en elkaar doden voor deze verschillen van mening?'

En: 'Hoeveel mensen zouden er overblijven op aarde als iedereen de macht had de ander als ketter te beoordelen?* De joden houden de christenen en de moslims voor ketters. De papisten en de lutheranen, de zwinglianen en de anabaptisten, de calvinisten en de onverschilligen verketteren elkaar.'

En: 'Kleingeestige mensen moeten leren tijdens hun dagen van onwetendheid en verblinding, niet oordelen. Laat niemand het wagen [een ander] te veroordelen.'

Het is een brief als een schatkist. Een schatkist die in de jaren die volgden wijd open zou gaan, het eerst in de Lage Landen.

De brief was afkomstig van Johan von Brugg, die drie jaar na zijn dood zou worden ontmaskerd als David Joris, geboren in Brugge, getogen in Delft. Deze internationaal gezochte ketter, deze schelm die een lekker leventje leidde op kosten van zijn volgelingen en zijn rijke schoonzoon, deze schuinsmarcheerder die waarschijnlijk bigamie pleegde, heeft hij geen monument in Brugge en Delft verdiend om deze schitterende brief?

*

Noch de brief van Toussaint, noch die van Joris heeft mogen baten. Waarschijnlijk is geen van beide brieven Calvijn onder ogen gekomen. Toch moet hij hebben geweten van het verlangen dat door Europa woei: het verlangen naar verdraagzaamheid. Dit verlangen werd niet alleen gevoed door ethische motieven, maar ook door politieke noodzaak. Europa dreigde onder de voet te worden gelopen door de Turken en kon onderlinge verdeeldheid niet gebruiken. Calvijn heeft zich beziggehouden met de Turkse kwestie en zich daarover ongerust gemaakt, maar vond zuiverheid in de leer belangrijker dan Europese veiligheid. Deze zuiverheid moest des-

---

* '...als men vry waer een ketterisch mensch te dooden, hoe veele dan noch op aerden blyven, so doch die eene d' andere daer voor holdt.'

noods met geweld worden opgelegd, want een dwaling kon 'veel meer kwaad doen dan zwaarden'. Opvattingen die niet overeenkwamen met de zijne, bevatten een 'krachtig vergif' dat 'verraderlijk bezit neemt van ons verstand en al spoedig ons hele leven verderft'.

Tweehonderd jaar later kwam Voltaire in een verbazend aantal brieven terug op het proces tegen Servet. Herhaaldelijk liet hij weten dat naar zijn mening Calvijn een wrede 'ziel' had. Ik lees die merkwaardige 'ziel' als 'karakter'.

Ik heb een grote bewondering voor Voltaire, maar dat oordeel is me te gemakkelijk. Een mens is zeer goed in staat tot wreedheid zonder dat je kunt spreken van een wreed karakter. Als Calvijn een psychopaat was geweest zou iedereen dat langzamerhand wel hebben doorzien, maar het zit ingewikkelder. Had Zwingli een wreed karakter omdat hij vier anabaptisten liet verdrinken? Had Luther een wreed karakter omdat hij het bloedige neerslaan van de boerenopstand toejuichte? Het kan zijn, maar het hoeft niet.

Ik denk dat het veel erger is.

*

David Joris introduceerde het begrip 'jaloezie' bij zijn aanval op Calvijn. Voltaire paste hetzelfde woord toe in zijn *Essay sur les mœurs et l'esprit des nations*, waarin hij ruime aandacht besteedde aan de moord op Servet. 'Men moet Calvijn veroordelen om zijn vervolging van Castellio, een man die geleerder was dan hij, en die hij uit jaloezie liet verbannen uit Genève, en om de wrede dood waarmee hij een tijd later de arme Miguel Servet ten onder liet gaan.' In dit geval wordt de jaloezie in stelling gebracht in verband met de verbanning van Castellio.

Was er jaloezie in het spel? Ik denk van wel, maar die jaloezie betrof niet Castellio's geleerdheid of Servets intellectuele prestaties. Ik denk dat er in de strijd tussen Calvijn en

Servet twee goden met elkaar in de slag waren: de god van de levensangst en de god van de levenslust. De god van de levensangst is een jaloerse god, die geen andere goden voor zijn aangezicht duldt. Aanbidders van de eerste god zullen alles doen om hun angst te vergroten omdat zij van mening zijn dat hun godheid behagen schept in hun vrees, terwijl aanbidders van de tweede god alles zullen doen om hun angst te verkleinen omdat zij menen dat hun godheid hen uitnodigt tot 'zotheid', dat wil zeggen, extase, enthousiasme.

Je zou zeggen dat deze twee goden rustig naast elkaar kunnen bestaan, maar zo is het niet. De aanbidders van de levensangst zijn jaloers op de aanbidders van de levenslust. Het is het soort jaloezie waarmee Erasmus werd bestookt, en een paar eeuwen later ook Voltaire vanwege zijn irritante 'air van gelukkigheid'. Ik geef u een voorbeeld van het laatste: toen Voltaire een tijd in de Bastille had doorgebracht en ten slotte werd vrijgelaten bedankte hij de koning voor 'het gastvrije verblijf'. Dit soort vertoon van onverwoestbare innerlijke vrijheid drijft de angsthaas tot jaloerse razernij. Ook Castellio had blijk gegeven van die innerlijke vrijheid, door Calvijn tegen te spreken. Iedereen, wie dan ook, die blijk geeft van fierheid, wordt vroeg of laat slachtoffer van de pedanterie van de machthebber. Wie ooit in een fabriek, op een kantoor, in 'de zorg' of bij het onderwijs heeft gewerkt weet waar ik het over heb. De pedante machthebber wil dat u bang bent en dat u gehoorzaamt. U dient zijn eigen angst te weerspiegelen. Als u uw levenslust weerspiegelt zal hij u arrogant vinden.

Het is moeilijk te begrijpen en ik zal daar ook geen poging toe doen: de aanbidder van de god van de levensangst doet er alles aan om zijn angst te vergroten. Calvijn hield niet op te belijden dat hij een zondig mens was, maar hij specificeerde zijn zonden nooit. Had iemand hem daartoe gedwongen dan zou er ongetwijfeld een opsomming van kinderachtigheden zijn gevolgd. Achter de vrome belijdenis van enorme zondigheid blijkt niets anders te zitten dan een behoefte aan angst.

Door de voortdurende herhaling van de mantra over de totale verwerpelijkheid van de mens kan een pedant persoon zichzelf het gevoel geven dat hij nederig is en dus vroom. Het is misschien wel de enige manier waarmee een mens pedant kan zijn en nederig kan lijken. Maar wanneer hij wordt betrapt op zijn pedanterie ontsteekt hij in redeloze woede. Castellio en Servet zijn niet de enigen die dat hebben ondervonden. Een zekere Jean Valentin Gentilis, een antitrinitariër uit Napels en vluchteling in Genève, werd net als Servet op instigatie van Calvijn opgesloten en zou ter dood zijn veroordeeld, maar hij was slimmer dan Servet, want hij herriep. Een herroeping was lang niet altijd levenreddend, maar Gentilis was zo verstandig zijn herroeping vergezeld te laten gaan van een uitbundige lofzang op Calvijn. Hij vernederde zich dus en dat is wat de pedante persoonlijkheid aanziet voor vroomheid. Gentilis redde zijn leven omdat hij Calvijns psychologie begreep. De man werd 'slechts' verbannen om later in het oergezellige en o zo protestantse Bern alsnog te worden verbrand.

Tekenend voor Calvijn is dat hij in de menswording van God vooral een vernedering zag. Gods verlossende daad was gelegen in de schande van een geboorte in een stal, in armoede dus, en in de ontering van een kruisdood tussen misdadigers. Calvijns God stelde zelfvernedering blijkbaar zeer op prijs. Het beeld dat een mens van God maakt, is onvermijdelijk een beschrijving van zijn eigen karakter. Volgens Calvijn is de vrome mens iemand die zichzelf vernedert. Hij begreep niet dat er niets schandelijks is aan een geboorte in armoede en niets onterends aan een marteldood.

Servet werd het slachtoffer van dit gruwelijke misverstand. Calvijn zag Servet als een uitzonderlijk arrogant man. We weten nu wat hij daaronder verstond: een man die geen behoefte had aan zelfvernedering, maar aan zelfverheffing. Daarin had hij gelijk. Servet probeerde zichzelf te verheffen met het voorbeeld van Jezus voor ogen.

Calvijn meende dat de doodstraf Servet voor altijd zou onteren, maar een beul onteert uitsluitend zichzelf.

Miguel Servet werd ter dood veroordeeld om het ontkennen van de drie-enigheid Gods en het afwijzen van de kinderdoop. Van opstandigheid of politieke machinaties was in het vonnis geen sprake.

*

Een jaar voor het proces tegen Servet, op 9 november 1552, vaardigde de raad van Genève een plakkaat uit. Nadat de raad onder meer Farel en Calvijn had gehoord, werd het volgende afgekondigd:

'Het boek Istitution Chrestiene van meneer Calvijn is goed en heilig gemaakt, zijn leer is de heilige leer van God. Daarom mag voortaan niemand dit boek en zijn leer tegenspreken.'

De *Institutio* bevatte dus niet langer de opvattingen van een meneer, het verwierf de status van een openbaring. De ontvanger van een openbaring noemen we gewoonlijk een profeet. Het bespotten of tegenspreken van een profeet wordt vanaf Bijbelse tijden gezien als een ontering van God Zelf. Het verbaast me dan ook niks dat Calvijn furieus placht te reageren op aanvallen tegen zijn persoon, omdat hij zijn eigen eer identificeerde met die van God. Het plakkaat van 1552 bevestigde de profetische status die Calvijn de jaren daarvoor al had verworven.

In 1546 had een zekere Pierre Ameaux zich oneerbiedig uitgelaten over meneer Calvijn. Hij werd verraden en veroordeeld. Hij moest geknield voor de raad van Genève God en meneer Calvijn om genade smeken. Let wel: Ameaux had niets oneerbiedigs over God gezegd, hij had uitsluitend de heer Calvijn beledigd. Hij moest niettemin, behalve Calvijn, God om genade smeken, omdat Calvijns eer samenviel met die van God.

Deze straf was Calvijn niet vernederend genoeg. Hij stapte, vergezeld van twaalf predikanten naar de raad en eiste een zwaardere straf. Ameaux moest vervolgens blootshoofds en slechts gekleed in een hemd, met een fakkel in de hand door de stad lopen en daar God en Calvijn om genade smeken.

Pierre Ameaux was niet de enige die een dergelijke vernedering moest ondergaan, maar een opsomming van alle slachtoffers van Calvijns gekwetste eergevoel zou saai worden. Deze is nog wel leuk: in 1549 draaide een zekere Boniface Conte de bak in omdat hij zijn hond naar Calvijn had genoemd.

Het kon erger. Jaquet Gruet werd in 1547 gemarteld en onthoofd. Zijn lichaam werd aan de galg vastgebonden, zijn hoofd eraan vastgespijkerd. Wat had deze onverlaat voor vreselijks gedaan? Hij had Calvijn een huichelaar genoemd.

*

Calvijn was erbij toen het doodvonnis werd uitgesproken. Hij schreef:

'Hij [Servet] was een ogenblik als verdoofd, toen begon hij zuchten te slaken die in de hele zaal hoorbaar waren, vervolgens begon hij te schreeuwen als een gek en vertoonde niet meer zelfbeheersing dan een bezetene. Ten slotte sloeg hij zich herhaaldelijk op de borst en riep misericordia, misericordia, in het Spaans.'

Zie hier de wraak van de kleine man: een respectloze beschrijving van de schrik van een ter dood veroordeelde. De triomf van de benepen ziel: jawel, ook de superketter, de arrogantie in persoon, vernederde zich in zijn angst voor de dood.

Ondanks de in gif gedrenkte pen van Calvijn, ontroert de

scène mij. Servet moet tot op het laatste moment hebben gedacht dat hij kon winnen. Anders dan Gentilis had hij blijkbaar geen kijk op de man die hij voor zich had. Iedereen wist dat hij ter dood zou worden veroordeeld, behalve hij.

Dat neemt mij voor hem in. Hij wist van Calvijns vijandigheid, maar hij heeft nooit geloofd dat de grote hervormer zo diep zou kunnen zinken. Ik ook niet, tot op het moment dat ik in Huesca in het Miguel Servetpark zat en Pilar Uriarte me Servets levensverhaal vertelde. Ik geloofde haar niet meteen, maar de twijfel was gezaaid.

Toen Servet weer bij zinnen was, wist hij maar één verklaring te bedenken voor Calvijns gedrag: hij had de man diep beledigd. Daarom vroeg hij om een gesprek 'op cel' en Calvijn ging op dat verzoek in.

Kunt u zich deze twee mannen voorstellen samen in een gevangeniscel? De muren moeten bol hebben gestaan van de spanning, de kalk barstte van het plafond en de ratten trokken zich bevend terug in hun holen.

Servet wilde Calvijn om vergiffenis vragen, niet voor zijn denkbeelden, maar voor het geval hij hem persoonlijk had beledigd. Die kant wilde Calvijn niet op: 'Ik zei hem toen eenvoudig, en dat is de zuivere waarheid, dat ik geen rancune koesterde tegenover hem persoonlijk [...] ik smeekte hem om vergeving te vragen aan God.'

Het klinkt onwaarschijnlijk huichelachtig nu wij weten hoe gevoelig Calvijn was voor beledigingen.

Toen Servet begreep dat hij werkelijk werd veroordeeld om een opvatting en niet omdat hij Calvijns eer had gekwetst, ontstak hij opnieuw in woede. Althans dat meen ik uit Calvijns verslag op te mogen maken: 'Maar toen ik zag dat ik niets goeds kon bereiken...'

De doodstraf als gevolg van gekwetst mannelijk eergevoel had Servet waarschijnlijk aanvaardbaarder gevonden. Hij vergat dat Calvijn van mening was dat hij, Miguel Servet, Gods eer had gekwetst en dat Gods eer door zijn dood zou worden hersteld. Hij begreep tot op het laatst niet dat Calvijns eer hetzelfde was als Gods eer.

Calvijn 'was geneigd zijn eigen opvattingen gelijk te stellen met die van God' schrijft W.J. Bouwsma eufemistisch. En dat kwam doordat Calvijn in het bezit was van de enige ware Heilige Geest.

'Maar toen ik zag dat ik niets goeds kon bereiken,' schreef Calvijn, '[...] ging ik weg bij de ketter *die zichzelf had veroordeeld.*'

De cursivering is van mij. Herkent u deze zinsnede? *Zij/hij heeft het zelf uitgelokt*. Het is niet alleen een bekend refrein in het treurige liedje van verkrachters, het is wat hier en daar werd gesmiespeld nadat Theo van Gogh namens God was omgebracht.

*

Miguel Servet werd verbrand in Champel, een wijk van Genève. Men weet precies waar. In de tuin van wat tegenwoordig de privékliniek La Colline is, aan de avenue de Beau-Séjour (de Schone Verblijfplaats) nummer zes.

Hij werd er vastgebonden aan een paal op een houtstapel. Sommige verslagen beweren dat het brandhout nog groen was. Jong hout werd gebruikt om de marteling langer te laten duren. Ik kan in het vonnis geen veroordeling tot verbranding op een laag vuur ontdekken, dus ik weet niet of het waar is.

Servet had zijn rechters verzocht om een zachtere dood, namelijk door het zwaard, maar dat verzoek was afgewezen. Calvijn zegt Servets verzoek te hebben ondersteund, maar tevergeefs. Het is eigenaardig dat Calvijn zich tegenover de autoriteiten niet heeft beroepen op zijn eigen *Voorschriften* uit 1542, waarin hij verbranding van ketters voor Genève had verboden. Ik stem dus in met sommigen van Calvijns biografen, die van mening zijn dat hij in deze kwestie niet erg zijn best heeft gedaan, maar zich wonderlijk snel heeft neergelegd bij de door hem zo verfoeide, 'paapse' ketterstraf. Had hij daartegen dan iets kunnen uitrichten? O zeker! Hij had bescheiden kunnen mompelen dat hij Genève onmiddellijk zou verlaten als de autoriteiten het hart hadden Servet te verbranden. Dan waren ze stram en saluerend in de houding gesprongen. Bij andere gelegenheden heeft Calvijn dat wapen met succes ingezet.

Ik denk daarom dat Calvijns haat te diep zat om moeite te doen voor een zo verachtelijke ketter als Servet in zijn ogen was.

Op vrijdag 27 oktober 1553 werd Miguel Servet uit zijn cel gehaald. Ooggetuigen zeggen dat hij in vodden was gehuld en dat hij het koud had. Op zijn tocht naar de brandstapel werd Servet op Calvijns verzoek begeleid door Guillaume Farel.

Neem het plaatje rustig in u op: de keurige Farel in zijn gereformeerde pak, plechtig schrijdend naast de bibberende, in lompen gehulde Miguel Servet. Men zegt dat Miguel onderweg een paar keer viel.

Ik geef geen commentaar omdat ik denk dat u een indruk heeft.

De optocht ging door de rue de la Cité, passeerde la Place de Bourg du Four, la rue des Chaudronniers en vervolgens de stadspoort Saint-Antoine. Daarna werd de heuvel (la colline) van Champel beklommen tot in de tuin van de huidige privékliniek, die toen ook wel Het Veld van de Beul werd genoemd, wat mij geen aanbeveling lijkt voor de huidige clientèle.

Onderweg heeft Farel stevig zijn best gedaan Servet alsnog te bekeren, wat natuurlijk zijn christenplicht was. Ik heb daar alle begrip voor. Je bent christen of je bent het niet.

Hij heeft zelf verslag gedaan van deze vrome pogingen. Een of meer 'broeders', dat wil zeggen broeders in de Heer, hadden volgens Farel er bij Servet op aangedrongen dat hij zijn dwalingen openlijk zou opbiechten en zijn vergissingen zou verwerpen, maar Miguel antwoordde dat hij ten onrechte moest lijden en dat hij God bad om vergeving voor zijn aanklagers. 'Toen zei ik: "Wil je jezelf nog steeds rechtvaardigen terwijl je zo verschrikkelijk hebt gezondigd? Als je zo doorgaat doe ik geen stap verder en laat ik je over aan Gods oordeel. Ik had mij voorgenomen bij je te blijven en allen op te wekken voor je te bidden, in de hoop dat je het volk zou opbouwen [met een herroeping]. Ik was niet van plan je alleen te laten tot je je laatste adem hebt uitgeblazen.'

Hierna zweeg Miguel.

Dit zwijgen is mij een raadsel, want daardoor moest Servet deze man tot zijn laatste zucht naast zich verdragen, terwijl ik al moeite zou hebben met zo'n type op dertig kilometer afstand als de wind in de verkeerde hoek zit.

Ik haast me te zeggen dat Farel een brave man was, die een reuze braaf leven heeft geleid. Het enige waar Calvijn een beetje bezwaar tegen heeft gemaakt was het feit dat de man, ik bedoel Farel dus, op tachtigjarige leeftijd met een meisje van twaalf of dertien, leg me niet vast op een jaartje, in het huwelijk trad. Het kan ook zijn dat ze veertien was en hij negenennegentig, dus zo erg was het nu ook weer niet. Een onberispelijke man, echt waar. Dat u niet denkt dat ik de man zwart wil maken. Hij heeft maar één man levend verbrand, eentje maar! Als je daarmee een stevig fundament kunt leggen onder de gereformeerde kerken overal ter wereld is één brandoffer echt niet veel. Wordt deze man, naast de voortreffelijke Calvijn nog wel voldoende geëerd in gereformeerde kring? Wordt het geen tijd voor een Farelmonument tussen de bloeiende fruitbomen in de Betuwe?*

Ik keer terug naar Het Veld Van De Beul.

Het vuur werd ontstoken. Terwijl Farel en zijn broeders in de Heer toekeken, brandde Miguel. Daar moet u niet ge-

---

*In Neuchâtel staat een momument ter ere van onze geloofsheld.

ring over denken. Het geschreeuw, het gekerm, de stank, de ontploffende schedel, je moet heel diep gelovig zijn om het te kunnen aanzien. Farel hield zich ferm. Toen Miguel dood was wendde hij zich tot de omstanders en sprak de volgende woorden:

'Jullie hebben gezien hoeveel macht Satan heeft over de zielen die hij in bezit neemt. Deze man dacht ongetwijfeld dat hij de waarheid leerde, maar hij viel in handen van de demon die hem niet meer zal loslaten. Pas op dat jullie niet hetzelfde overkomt.'

O zeker. Guillaume Farel was een achtenswaardig man.

Hebt u meer bewijs nodig? Vooruit dan.

Farel bleef na de verbranding van Servet nog een tijdje in Genève. Ik kan me voorstellen dat het gebeuren zelfs een doorgewinterd christen als Farel niet onberoerd had gelaten en dat hij zichzelf een weekje Genève gunde om bij te komen. Maar ik heb hem onderschat.

Miguel stierf op vrijdag 27 oktober en op woensdag 1 november, slechts vijf dagen na het brandoffer, stak Farel in de Madeleine een donderpreek af tegen de jeugd van Genève. De jeugd deugde niet, dat begrijpt u. Ze liet zich in met zondig vertier, dat spreekt vanzelf. Er was nog nooit een jeugd geweest die zo in en in verdorven was als deze. U haalt me de woorden uit de mond.

Vijf dagen nadat het vlees van Miguels botten was weggeknetterd, stond dominee Farel ongebroken en als groot moreel voorbeeld voor de jeugd te tieren op de preekstoel van de Madeleine.

Maar toen gebeurde er iets dat de grote man niet zal hebben verwacht: de jeugd van Genève pikte het niet. Het zal begonnen zijn als voorzichtig gemopper, maar het eindigde in een heuse opstand, die op 9 november zelfs levensbedreigend werd voor onze flinke dominee. Het schijnt dat hij op straat werd omsingeld door woedende jongeren en dat zij riepen: 'In de Rhône met hem!'

Hij heeft het God zij dank overleefd, waardoor hij op hoge leeftijd gelukkig kon worden met zijn kleine meisje.

'De ongelovigen mogen ook een soort vrede hebben,' preekte Calvijn, 'maar het is geen vrede met God. Want nooit hebben zij vrede of rust, tenzij zij God en zichzelf vergeten en totaal verhard zijn.'

Ik ben een ongelovige. Ik vind het ontstellend dat Farel en Calvijn na de verbranding van Servet in 'vrede of rust' verder hebben kunnen leven. Ik kan niet anders dan aannemen dat zij God en zichzelf vergaten en totaal verhard waren. De vrede en rust van Farel en Calvijn lijkt mij aanzienlijk goddelozer dan de onvrede en onrust van de ongelovigen.

*Hoe een ordinaire moord deftig 'de fout
van een tijdperk' werd*

Noch Johannes Calvijn, noch Guillaume Farel zullen in hun ergste nachtmerries hebben gedroomd dat er vlak bij Het Veld van de Beul ooit een straat naar Miguel Servet zou worden vernoemd: rue Michel Servet. Calvijn en Farel hebben ook allebei een straat in Genève, maar het zijn kleine rotstraatjes vergeleken met die van Servet.

Er waren tijdgenoten die een dergelijk eerbetoon zouden hebben toegejuicht, maar ook zij zullen het niet voor mogelijk hebben gehouden. Straten worden nu eenmaal zelden naar slachtoffers genoemd. Een van hen was David Joris, een andere Sebastian Castellio, de twee vrienden uit Bazel.

Je kunt je afvragen waarom Castellio tijdens het proces niets van zich heeft laten horen en pas na de dood van Servet zijn indrukwekkende stem verhief. Ik denk dat hij bang was dat een protest van zijn kant Calvijns standpunt alleen maar zou hebben verhard. Hij wist misschien dat Calvijn zijn stem, ook wanneer hij onder schuilnaam schreef, onmiddellijk zou herkennen. In dat laatste heeft hij gelijk gekregen. Castellio schreef onder schuilnaam, maar werd door Calvijn herkend.

In 1554 verscheen Castellio's *Over de ketters en of zij moeten worden gestraft met het zwaard van de magistraat*, een boek dat Calvijn aanleiding gaf Castellio uit te maken voor een 'hond', een 'monster', 'de ergste plaag van onze tijd' en 'het uitverkoren instrument van Satan'.

Je kunt dus rustig aannemen dat Castellio's boek bij Calvijn flink is aangekomen.

Het jaar 1553 was voor Calvijn prima verlopen. Servet was opgeruimd en de altijd vriendelijke Filips Melanchton had Calvijn van harte met die ruiming gefeliciteerd. Heel ontroerend. Anders dan ik had verwacht, had de moord op Servet Calvijns positie in de protestantse wereld niet ondermijnd, maar juist versterkt. Achteraf begrijp ik mijn misverstand: ze zijn in die kringen erg gesteld op mannen die van 'doorpakken' weten. 'Je verantwoordelijkheid nemen', u kent het wel. Tegenwoordig is de aanbidding van meedogenloze flinkheid de nationale godsdienst.

Ik denk dat de mensen Calvijn zo waardeerden omdat hij 'rechtdoorzee' was. Het is maar een mening hoor, ik zeg wat ik denk.

Geef mij het zigzaggend-door-zee-karakter van Erasmus maar ('een Turk is in de eerste plaats een mens'), de 'slapheid' van Willem van Oranje (die Lumey ontsloeg omdat hij katholieken martelde en ophing), de vredelievendheid van Van Oldenbarnevelt (die niet het onderste uit de kan wilde hebben, maar vrede met Spanje probeerde te sluiten terwijl Spanje spartelend op zijn rug lag). Deze mannen zouden nu schamper 'politiek correct' worden genoemd. Onze tijd houdt niet van correct. Weet u wat politiek correct betekent? Het betekent dat je probeert fatsoenlijk te zijn tegenover mensen die niet in de positie verkeren waarin ze zo'n grote waffel kunnen opzetten als jij. Dus hier volgt mijn bekentenis: *ik probeer politiek correct te zijn*.

Zo. Dat moest er godverdomme even uit.

Waar was ik gebleven?

Castellio was zoals u weet al in Genève met Calvijn in conflict gekomen. Dat conflict ging over meedogenloosheid. Calvijn had een meedogenloze God bedacht die Zijn Zoon had laten doodmartelen aan een kruis, niet om alle mensen te verlossen, maar alleen Gods uitverkorenen. Geloven alleen was niet voldoende. Wanneer je niet tot de uitverkorenen behoorde, was je verdoemd. Anderzijds was je als uitverkorene onkwetsbaar voor de verleidingen van Satan, omdat je al van de eeuwigheid af aan voorbestemd was om gered te worden. Het is dus niet goed te begrijpen hoe Miguel Servet een bedreiging kon vormen voor deze uitverkorenen. Blijft over dat Servet moest sterven omdat hij Gods eer had gekwetst, dat wil zeggen, die van Calvijn.

Castellio doorzag dit. Hij begreep dat 'Gods eer' altijd te berde wordt gebracht door een in zijn eer gekwetst mens.

Telkens weer wordt beweerd dat wraak- en moordzucht niets met religie te maken heeft. Men ziet religie graag als zuiver en verheven. Wanneer religie tot moord en doodslag leidt, komt dat doordat de mens misbruik maakt van religie. Maar naar mijn idee zit er een ernstige weeffout in openbaringsreligies. Zij gaan ervan uit dat God zich tegenover bepaalde mensen uitspreekt en hen daardoor met een meer dan menselijk gezag bekleedt. Iedereen kan claimen zo'n mens te zijn, een 'geroepene', die dus met goddelijk gezag spreekt en van Godswege macht mag uitoefenen over anderen. Van 'misbruik' van religie is geen sprake, omdat openbaringsreligies die mogelijkheid nu eenmaal bieden.

Calvijns vriend Louis du Tillet probeerde Calvijn uit het hoofd te praten dat hij een geroepene was omdat hij begreep hoeveel macht een mens zich daarmee toe-eigent. Het goddelijk gezag waarmee Calvijn zich bekleedde was niet van een ander gehalte dan dat van de paus.

De scheldwoorden die Castellio voor Calvijn bedacht luidden dan ook: bisschop, paus en tiran. Luther had geprobeerd het probleem te ondervangen door te stellen dat elke gelovige een priester is (en Servet voegde daar het koningschap aan toe). Hij spreidde daarmee het recht op interpretatie over alle gelovigen. Calvijn daarentegen bracht het priesterschap terug bij de geroepene, bij de eenling dus, de 'paus'.

Een 'paus', of hij nu in Rome zetelt of elders, wordt door zijn exclusieve recht op interpretatie van de Heilige Schrift (door zichzelf) gedwongen tot machtsuitoefening. Luther verklaarde zich luid en duidelijk tegen kettervervolging, waarschijnlijk omdat hij inzag dat handhaving van die middeleeuwse gewoonte onherroepelijk zou leiden tot een religieuze dictatuur zoals die bestond in de katholieke kerk. Je moest volgens hem ketters overtuigen met boeken, niet met het zwaard.

Calvijn greep in een aantal opzichten terug op ideeën uit de middeleeuwen waartegen de Reformatie nu juist te hoop was gelopen.

Een malloot uit de Verenigde Staten (Robert Reymond) probeerde nog in de twintigste eeuw de moord op Servet goed te praten. Een van zijn argumenten luidde dat Torquemada, de beruchte inquisiteur van de zeer katholieke koningen van Spanje, ongeveer 8800 mensen heeft laten verbranden en dat de moord op Servet daarmee vergeleken maar een wissewasje is. Ik geef toe: de heer Reymond toonde hiermee aan dat Torquemada een 8800 keer zo grote klootzak was als Calvijn, maar het schokkende van de moord op Servet is dat Calvijn beweerde zich te baseren op het evangelie. Daar gaat het om. Het was die bewering die Castellio's woede wekte.

*

'En vervolgens [na de dood van Servet] durven jullie te praten over de barmhartigheid van Christus en je zijn volgelingen te noemen?' schreef Castellio aan Calvijn en diens volgelingen.

Dat was de kern van de zaak.

Castellio ging niet in op de leerstellingen van Servet, waarmee hij het in een aantal opzichten oneens was. Voor hem was de vraag niet of Servet gelijk had, maar of Servet met zijn ongelijk recht van leven had. Jawel, zei hij, en hierin werd hij zeker door David Joris beïnvloed, want niemand kan weten hoe het precies zit met die triniteit, met de vrije wil, met de doop, de voorbestemming enzovoort en omdat niemand het kan weten, kan ook niemand oordelen.

Castellio wees erop dat het niet moeilijk is een vroom christen te zijn zolang je arm bent en machteloos, maar dat rijkdom en macht corrumpeert. 'Degene die eerst Christus verdedigde, verdedigt vervolgens Mars en verandert ware religie in machtsmisbruik en geweld.'

Ik geloof niet dat er zoiets als 'ware religie' bestaat, maar wel dat moord en doodslag onvermijdelijk uit openbaringsgodsdiensten voortvloeien. Luthers oplossing: iedere gelovige is een priester, leidt uiteindelijk tot versplintering. Calvijn was in zijn jeugd net als Luther gekant tegen het vervolgen van ketters, maar toen hij zich in Genève zware verantwoordelijkheden had toegeëigend, merkte hij dat tegenspraak zijn politieke positie ondermijnde. Hij greep de ketterij van Servet aan om voor eens en voor altijd zijn tegenstanders de mond te snoeren. De boodschap was dat de kerk van Calvijn niet met zich liet spotten en die boodschap is haarscherp overgekomen.

Castellio's woede over de moord op Servet heeft ons een schatkamer aan bevrijdende ideeën opgeleverd. Ik geef een paar citaten:

'Wie zou Christus willen dienen als zij die een verschil van mening hebben met de autoriteiten op een controversieel punt levend worden verbrand?'

'Stel je voor dat Christus, ons aller rechter, aanwezig is. Stel je voor dat hij het vonnis uitspreekt en de toorts hanteert. Wie zou Christus dan niet aanzien voor Satan?'

'Ik smeek U [Christus] in de naam van Uw Vader, beveelt U [nu werkelijk] dat degenen die Uw voorschriften niet begrijpen worden verdronken, tot in hun ingewanden gegeseld, met zout bestrooid, de ledematen afgehakt, verbrand op een laag vuur en anderszins zo lang mogelijk gemarteld?'

Castellio stelde dus onomwonden dat met het gebruik van geweld Jezus' naam wordt beklad, of anders gezegd dat

Calvijns optreden tegen Miguel Servet godslasterlijk was. Daar lijkt me geen speld tussen te krijgen. De christelijke godsdienst liep gevaar, want als religie de mensen geen vrede brengt, gaat zij ten onder. Wat overblijft is een politieke beweging die een religieuze terminologie bezigt om politieke macht te verwerven. Dit geldt tot op de huidige dag voor het christendom, maar natuurlijk ook voor de islam.

'Het doden van een mens is niet het verdedigen van een doctrine, het is het doden van een mens. Toen de autoriteiten van Genève Servet doodden, verdedigden zij geen doctrine, zij doodden een mens. Het verdedigen van een doctrine is geen zaak van de wereldlijke autoriteiten (wat heeft het zwaard met een doctrine te maken?) maar die van de leraar. Het is de zaak van de autoriteiten de leraar te beschermen, zoals zij de boer, de smid, de dokter en anderen tegen onrecht beschermen. Dus als Servet Calvijn had willen doden, zou de magistraat terecht Calvijn hebben beschermd. Maar toen Servet vocht met argumenten en geschriften, had hij moeten worden terechtgewezen met argumenten en geschriften.'

Het klinkt zo gewoon en het was zo ongewoon. Wat wij nu gewoon vinden, klonk het merendeel van Castellio's tijdgenoten bizar in de oren. Zowel de protestanten als de katholieken trokken in deze kwestie partij voor Calvijn en toch is ons calvinistische landje gebouwd op de ideeën van Castellio en niet op die van Calvijn.

Godzijdank.

*

Ik kom terug op het proces tegen Servet. Zijn aanklagers verweten hem dat hij met zijn leer 'de jood en de Turk' naar de mond praatte. Met de Turk werd de moslim bedoeld.

Miguel Servet heeft inderdaad geprobeerd van Europa een thuis te maken voor christenen, joden en moslims. Hij heeft een geestelijk klimaat willen scheppen waarin zowel de volgelingen van Mozes als die van Jezus en Mohammed hun ideeën vrij konden ontwikkelen, zonder zijn eigen voorkeur voor Jezus te verhullen. Maar Europa heeft die grootse gedachte niet aangekund. In het sterfjaar van Servet, 1553, werd in Tordesillas, Spanje, Francisco de Gómez de Sandoval y Rojas geboren. De man zou beroemd worden als de hertog van Lerma, die onder de zwakke Filips de Derde een grote machtspositie verwierf. Hij was het die in 1609 het voor Spanje vernederende Twaalfjarig Bestand met de Nederlanden sloot en vervolgens, om zich tegenover de politieke haviken flink voor te doen, de hele moslimbevolking van Spanje het land uit zette. Er is naar mijn idee een verband tussen het slagen van de opstand in de Nederlanden en het treurige lot van de Spaanse moslims.

Miguel Servet was van mening dat godsdienst verdraagzaam kan zijn. Hij heeft zich daarin vergist. Openbaringsgodsdiensten zijn door hun geloof in de 'geroepene' (de profeet) per definitie onverdraagzaam. Een verdraagzame samenleving kan alleen ontstaan wanneer die samenleving voldoende vrijzinnige gelovigen en ongelovigen bevat.

Vanaf oudtestamentische tijden hebben monotheïsten getobd met de vraag hoe je een almachtige God tegelijkertijd rechtvaardig kunt houden. Ik geef een voorbeeld: wanneer God alles in de hand heeft, veroorzaakt hij dus ook rampen waarbij onschuldige kinderen omkomen. Is dat rechtvaardig? Erasmus was bereid iets van Gods almacht in te leveren om Gods goedheid overeind te kunnen houden. Luther niet. Zijn antwoord aan Erasmus luidde: 'Als Gods rechtvaardigheid met het menselijk begrip kon worden herkend als recht, zou het niet goddelijk zijn.'

Waarom zei Luther dit? Wilde hij God met opzet in het duister houden, onbegrijpelijk en onbenaderbaar? Zeker. Maar het belangrijkste wat hij bestreed was het sprankje toeval dat Erasmus wilde introduceren. God had, volgens

Luther, ook de hand in gebeurtenissen die ons onrechtvaardig lijken. Gods rechtvaardigheid is ook rechtvaardig wanneer die niet strookt met het menselijk rechtsgevoel.

De gedachte van Luther heeft gewonnen, die van Erasmus verloren. Het toeval kan blijkbaar door de meeste gelovigen niet worden toegelaten. Wat zit daarachter?

Gods woede had altijd een oorzaak. God stuurde een pestepidemie wanneer er zonden waren begaan die hij wilde bestraffen. In Genève werden dan ook na zo'n pestepidemie, onder verantwoordelijkheid van Calvijn, 'schuldigen' aangewezen en ter dood gebracht.* Hierin schuilt de behoefte aan de almachtige God en de afkeer van het toeval. Wanneer God almachtig is en tegelijkertijd rechtvaardig en er is tegenslag, dan zijn er dus schuldigen. Er zijn actieve schuldigen: zij die Gods woede hebben gewekt, maar er zijn ook passieve schuldigen: zij die het Kwaad niet ijverig genoeg hebben bestreden. Na een ramp wordt de gemeenschap eraan herinnerd dat zij laks is geweest. De gemeenschap stort zich vervolgens ijverig op de zondaars en bestraft hen.

Gods almacht biedt een gemeenschap dus de mogelijkheid bij iedere tegenslag schuldigen aan te wijzen en te vervolgen. De schuldigen heten jood, moslim, ketter, heks, goddeloze, vrouw, het doet er niet toe hoe hij heet, als het maar de ander is, niet wijzelf. 'Wij' zijn laks geweest en hadden 'ze' al veel eerder moeten uitzetten, verbannen, vervolgen, vermoorden.

Gelovigen, of het nu christenen of moslims zijn, wijzen nog steeds naar de ander wanneer er iets misgaat, zelden naar zichzelf. De jood, de homo, de vrouw, de communist,

---

*Na de pestepidemie van 1542 werden er, met instemming van Calvijn, zeven mannen en vierentwintig vrouwen verbrand, na die van 1543 tien mannen en achtentwintig vrouwen. Jean Granjat, de beul, folterde en verbrandde bij die gelegenheid zijn eigen moeder.

de goddeloze heeft het gedaan, nooit zijzelf. Wanneer je het toeval introduceert is het veel moeilijker je rancune onder dak te brengen.

De almachtige God bestuurt natuurlijk ook de geschiedenis. Er is een einddoel en een weg daarheen. Helaas weet niet iedereen wat het einddoel is, noch welke de juiste weg is. Dat weet alleen de 'geroepene'. Ook bij deze opvatting, die Karl Popper 'historicisme' noemt, komt de afwezigheid van het toeval goed van pas. De 'geroepene' weet het doel en de juiste weg en kan dus bepalen wie de gang van de geschiedenis de verkeerde kant op stuurt. Tijdens de militaire dictatuur in Argentinië verklaarde admiraal Massera dat Marx, Freud en Einstein de 'opperste dwarsliggers' (ketters) waren. Marx en Freud omdat zij de sociale orde hadden verstoord, dat is duidelijk. Maar Einstein? Waarom Einstein? Nou logisch: Einstein had het universum in de war geschopt.

De almachtige God veroorzaakt een paranoïde wereldbeeld. De duivel beloert ons vanuit de medemens en wil ons in het verderf storten. Niemand is te vertrouwen. In deze sfeer moet de mens zijn vroomheid bewijzen door de ander te verketteren voordat de ander naar hem wijst. De gemeenschap sluit zich af voor de boze buitenwereld en organiseert wantrouwen en angst in de binnenwereld. Men leeft kortom in de vreze Gods.

De vijandigheid tegenover de buitenwereld en het wantrouwen in de binnenwereld kenmerkt de sfeer waaraan de orthodoxe gelovige verslaafd is. Waarom is hij verslaafd aan zijn paranoïde wereldbeeld? Omdat het hem een gevoel van morele superioriteit oplevert, een meerderwaardigheidscomplex dat hij vroomheid noemt. Alles wat zijn angst zou kunnen verminderen, wekt zijn woede. Het is de woede van de junk die je zijn naald onthoudt.

Tegenover dit paranoïde wereldbeeld heeft Miguel Servet een paar eenvoudige ideeën geopperd. God wil verheffen, niet vernederen. Hij wil geen angst aanjagen, maar liefhebben. Hij wil niet neerdrukken, maar enthousiasmeren. Hij sluit zich niet af, maar maakt zich toegankelijk. Hij blaast ons zijn geest in. Je kunt hem overal ontmoeten. Hij staat ons onze vergissingen toe. Hij bevordert de ontwikkeling van ons denken.

*

Op 27 oktober 1903 werd er in Genève, dicht bij de plek waar hij werd verbrand, een monumentje opgericht voor Miguel Servet. Het was een initiatief van Émile Doumergue, een bewonderaar van Calvijn, en werd betaald door gereformeerde kerken uit vele landen, waaronder Nederland. Er staan twee inscripties op.

1. *Op 27 oktober 1553 stierf op de brandstapel in Champel Miguel Servet uit Villanueva, Aragón, geboren op 29 september 1511.*

Op de andere kant van de granieten plaat staat:

2. *Wij, de respectvolle en dankbare erfgenamen van Calvijn, de grote reformator, veroordelen een fout, die de fout was van het tijdperk waarin Calvijn leefde, hoogachten boven alles de vrijheid van het geweten volgens de ware leerstellingen van de Reformatie en het Evangelie, en hebben dit monument van berouw op 27 oktober 1903 opgericht.*

Ik vind het loffelijk dat de gereformeerden 350 jaar na de gruweldood van Miguel Servet de moeite hebben genomen hem met een steen te gedenken, maar ik vind hun berouw halfhartig.

Ten eerste betwijfel ik of de gereformeerden de vrijheid van geweten 'boven alles' hoogachten en ik weet niet zeker of deze ooit tot de 'ware leerstellingen' van de Reformatie heeft behoord.

Ten tweede vraag ik me af of de verbranding van Servet een 'fout' mag worden genoemd. Ik ben gewend het doden van een mens een misdaad te noemen, geen fout.

Ten derde ben ik van mening dat Calvijns misdaad niet kan worden verklaard uit zijn tijd, maar uit zijn opvattingen. Ik heb voldoende tijdgenoten van Calvijn opgenoemd die minstens zo vroom waren als hij, maar die nooit tot een dergelijke misdaad zouden zijn gekomen. De moord op Servet was het gevolg van Calvijns paranoïde wereldbeeld. Tot in onze tijd lopen er mensen rond met een vergelijkbaar wereldbeeld. Geen enkele rechter zal hun misdaden vergoelijken met de aanname dat zij worden gedreven door de geest van de tijd.

Het idee dat er profeten (geroepenen) bestaan die namens God voor eeuwig hebben vastgelegd wie de goeden zijn en wie de kwaden, kan niet anders dan tot misdaad leiden.

Of het nu de moord op Servet, die op Theo van Gogh of die op Pim Fortuyn betreft, ze werden bedreven vanuit de gedachte dat de ander (mede)schuldig was aan de rampspoed in de wereld. Hun moordenaars waren in het bezit van de Waarheid en zij beschouwden hun slachtoffers als personen die de geschiedenis de verkeerde kant op dreigden te sturen. Zij moesten dus worden geëlimineerd. De moslims wijzen naar Amerika, Amerika wijst naar Irak, Syrië, Iran, niemand wijst naar zichzelf. De westerse wereld weigert te onderzoeken wat de oorzaak is van de moslimwoede, de moslimwereld vraagt zich nauwelijks af of de ellende waarin zij verkeert misschien te maken heeft met verkeerde opvattingen. Het geloof in de almachtige God die het eigen volk ter wille is en het andere volk verdoemt, is blijkbaar veel genoeglijker.

Het geloof in profeten en een almachtige God is een vorm van gemakzucht. We moeten zelf bedenken wat recht is en om rampen te voorkomen moeten we hard werken.

Het grappige is dat sommigen van u dit een calvinistische boodschap zullen vinden.

Het zij zo.